中國語言文字研究輯刊

九 編

許 錟 輝 主編

第 4 冊

吳越徐舒銘文研究

吳 欣 倫 著

花木蘭文化出版社

國家圖書館出版品預行編目資料

吳越徐舒銘文研究／吳欣倫 著 -- 初版 -- 新北市：花木蘭文
化出版社，2015〔民 104〕

目 4+340 面；21×29.7 公分

（中國語言文字研究輯刊 九編；第 4 冊）

ISBN 978-986-404-385-9（精裝）

1. 金文 2. 春秋時代

802.08   104014804

ISBN- 978-986-404-385-9

9 789864 043859

中國語言文字研究輯刊

九 編   第 四 冊   ISBN：978-986-404-385-9

吳越徐舒銘文研究

作　　者　吳欣倫

主　　編　許錟輝

總 編 輯　杜潔祥

副總編輯　楊嘉樂

編　　輯　許郁翎

出　　版　花木蘭文化出版社

社　　長　高小娟

聯絡地址　235 新北市中和區中安街七二號十三樓

　　　　　電話：02-2923-1455 ／傳眞：02-2923-1452

網　　址　http://www.huamulan.tw 信箱 hml 810518@gmail.com

印　　刷　普羅文化出版廣告事業

初　　版　2015 年 9 月

全書字數　158087 字

定　　價　九編 16 冊（精裝）　台幣 40,000 元

吳越徐舒銘文研究

吳欣倫 著

作者簡介

吳欣倫，女，一九八四年生於台北，國立中正大學中國文學研究所畢業。大學時曾在《野葡萄文學誌》專欄發表文章，研究所時於《東方人文雜誌》發表〈徐國文字研究〉一文，爲碩士論文打底。畢業後仍熱愛文字學，現爲新北市漳和國中國文教師。

提　要

　　吳、越、徐、舒是春秋晚期活動於江、淮流域的楚系國家之一，四國間的互動以及和楚國的交涉十分頻繁，但因爲彼此族屬、文化淵源不同，使得他們的文字在楚國的影響下，仍保有其特色。

　　有關吳、越、徐、舒有銘銅器的國別界定還有爭議，本文整理出四國銅器七十三件，釐清銘文內容、年代、待識字等問題，並對文字構形進行分析。在構形分類上以小篆爲基礎，佐以甲骨文、金文、秦簡等古文字形，將四國金文分成簡化、繁化、類化和變異三種。文字形體的分析，可以認清四國特殊寫法的字體，進而達到判斷國別的作用。除了一般金文之外，吳國和越國的鳥蟲書字體，也十分有特色。本文先探討各家對鳥蟲書形體的分類，依此定出論文的分類標準，並將二國鳥蟲書分爲五類。文字裝飾符號的研究，讓我們對美術字體的形態和各國的地域寫法更了解，有助於四國的研究。

目

次

表格目次

所有表格皆有三個號碼，第一碼爲論文章數，第二碼爲論文節數，第三碼爲表格編號。如 2-1-3 表示第二章第一節表 3；4-2-5 表示第四章第二節表 5。

引用書目簡稱對照表

（依出版年代遞增排序）

簡　　稱	引　書　目　錄
汗簡	宋・郭忠恕《汗簡》
四聲韻	宋・夏竦《古文四聲韻》
鐵	劉鶚《鐵雲藏龜》（1903）
前	羅振玉《殷虛書契前編》（1913）
珠	金祖同《殷契遺珠》（1939）
甲	董作賓《殷虛文字甲編》（1948）
乙	董作賓《殷虛文字乙編》（1948）
京津	胡厚宣《戰後京津新獲甲骨集》（1954）
存	胡厚宣《甲骨續存》（1955）
粹	郭沫若《殷契粹編》（1965）
侯馬	《侯馬盟書》（1976）
三代	羅振玉《三代吉金文存》（1968）
漢印	羅福頤《漢印文字徵》（1978）
先秦幣編	商承祚《先秦貨幣文編》（1983）
銘文選	馬承源《商周青銅器銘文選》（1986）
陶文	高明《古陶文字徵》（1991）
睡虎地	張守中《睡虎地秦簡文字編》（1994）
鳥篆編	張光裕、曹錦炎《東周鳥篆文字編》（1994）
包山	張守中《包山楚簡文字編》（1996）
集成	《殷周金文集成釋文》（2001）

第一章　緒　論

第一節　研究動機、目的與範圍

　　春秋、戰國不僅是個社會階層流動頻仍，諸子思想大鳴大放的時期，在文字上也有其獨特的面貌。其中金文經歷政治的統一與分裂，見證當時文字字體的演變過程。時間與地域的橫跨、獨特的體裁形式增添了金文字體的複雜性，而春秋戰國時期的時代特徵、地域特徵，在蕪雜交錯的金文字體中，有較為集中的體現。因此和甲骨文、簡牘文、帛書、玉石文字和璽印文字相比，金文有不可忽視的獨特價值，是最能代表這個時代特殊變化的字體。〔註1〕最早將金文分類的是陳夢家，陳氏依照國家的地理位置分為東土、西土、南土、北土和中土五系，〔註2〕其中南土系的國家以楚國最具影響力，因此李學勤在後來的分類中，以楚系稱之。〔註3〕各系文字之間有明顯的地域特色，秦系文字筆畫彎曲柔

〔註1〕張曉明：《春秋戰國金文字體演變研究》（山東：齊魯書社，2006年11月），頁2～3。

〔註2〕陳夢家：《海外中國銅器圖錄》（臺北：台聯國風出版，1976年10月），頁4。其中東土系有齊、魯、邾、莒、杞、薛、滕；西土系有秦、晉、虞、虢；南土系有吳、越、徐、楚；北土系有燕、趙；中土系有宋、衛、陳、蔡、鄭。

〔註3〕李學勤：〈戰國題銘概述〉，《文物》第7至9期（1959年7至9月）。文中將戰國文字分成六系：齊、燕、三晉、兩周、楚和秦。

弱；三晉文字端莊整飭、用筆纖細；燕系文字工整而筆畫僵硬，字多方折；齊系文字修長均勻、精簡凝重；〔註4〕楚系文字修長婉轉、粗細如一，富有自由奔放的精神。〔註5〕

　　五系文字除了地域上的差異之外，同系之內各國文字在線條、筆畫、特殊用字等方面也有不同，進而交織出燦爛、繽紛的春秋、戰國文字。其中楚系文字所處的南方地區，有廣大的疆域、出土器類多元、文化上除了濃厚的地方特色，還吸收了豐富的中原文化，這些因素都使得楚系文字廣泛的被研究。楚系文字中，對楚國的研究已經相當完備，舉凡楚簡〔註6〕、帛書〔註7〕、璽印〔註8〕、銅鏡〔註9〕、官制〔註10〕、文化〔註11〕等都有人鑽研，因此對其的了解是完整且全面的。相對楚國以外的楚系國家，如蔡、宋、吳、越、徐、舒等則較少人論及。〔註12〕其中吳、越、徐、舒是互動頻繁又有各自獨特文字

〔註4〕湯餘惠：〈略論戰國文字形體研究中的幾個問題〉，《古文字研究》15 輯（2005 年 8 月）。

〔註5〕黃錫全：〈楚系文字略論〉，《華夏考古》第 3 期（1990 年 9 月），頁 101。

〔註6〕黃武智：《上博楚簡「禮記類」文獻研究》（高雄：國立中山大學中國文學所博士論文，2008 年）、柯佩君：《上海博物館藏戰國楚竹書文字研究》（高雄：國立高雄師範大學中國文學所博士論文，2009 年）。

〔註7〕陳嘉凌：《《楚帛書》文字析議》（臺北：國立臺灣師範大學中國文學所博士論文，2008 年）。

〔註8〕文炳淳：《先秦楚璽文字研究》（臺北：國立臺灣大學中國文學所博士論文，2001 年）。

〔註9〕吳雅卿：《先秦楚地銅鏡研究》（臺南：國立臺南藝術大學藝術史與藝術評論研究所碩士論文，2003 年）。

〔註10〕文炳淳：《包山楚簡所見楚官制研究》（臺北：國立臺灣大學中國文學所碩士論文，1997 年）。

〔註11〕蔡馨儀：《從楚國相關銅器看楚國的軍事、外交、交通與婚盟關係》（高雄：國立中山大學中國文學所碩士論文，2008 年）、陳珈貝：《東周楚系文化圈研究》（臺北：國立政治大學歷史研究所碩士論文，2009 年）。

〔註12〕有關四國的研究詳第二節，而蔡國和宋國相關研究有潘琇瑩：《宋國青銅器彝銘研究》（臺南：國立成功大學中國文學所碩士論文，1993 年）、岳紅琴：〈春秋時期宋國與列國的盟誓關係試探〉，《河南師範大學學報》第 5 期（2005 年 9 月），頁 84～86、李學勤：〈試論幾件宋國青銅器〉，《商丘師範學院學報》第 1 期（1985 年 1 月），頁 11～13、李民：〈蔡國始封與蔡姓始祖溯源〉，《史學月刊》第 9 期（2003

風格的四國，其出土材料以銅器爲主，目前並無發現簡帛、玉石等器物，因此對四國的認識就落在金文研究上。

　　吳國和越國的鳥蟲書，不管是出土數量還是字體造形，都在南方文字中獨樹一格，且鳥蟲書銅器中以越國所佔比例最高；徐國和舒國歷史記載雖少，但透過字形分析和銘文研讀，可以有更正確的認識。四國金文除了有各自特色之外，隨著春秋中晚期之後戰爭的起伏，還和楚文化交融、昇華成更複雜的面貌。毛穎、張敏認爲四國青銅器中，有楚系青銅器的因素，各國文化也因此注入楚文化，產生新的活力而更加豐滿。另一方面楚式青銅器廣泛吸收四國銅器的典範，逐漸形成了統一的長江流域南方文化體系。〔註 13〕作爲南方文化或楚文化的一環，四國金文自然有其重要性，值得我們深入探討。另外從銘文角度來看，吳、越、徐、舒等淮水及長江下游一帶的國家，一直是銅、錫製品盛行的地區，其銅器不僅精美，金文從書法到文理也具有高度水準，〔註 14〕是金文研究的典範。

　　研究範圍上，本文以吳、越、徐、舒四國銅器爲主，探討其在銘文構形及鳥蟲書寫法的異同。銅器國別的判定以銘文內容、文字風格和學者研究成果爲主，數量方面吳國三十二件、越國十七件、徐國和舒國二十四件，共計七十三件。其中〈之利鐘〉、〈能原鎛〉、〈南疆鉦〉等器物，或只存摹本，或銘文解讀困難，或國別斷定有爭議，本文不錄。本文所討論的銅器中年代確定者，以吳國〈宜侯夨簋〉最早，約在西周康王時期（公元前 1020～996），最晚的是〈者汈編鐘〉，爲越王翳十九年（公元前 393）的標準器，〔註 15〕研究年代至少橫跨了西周初期至戰國初期。

年 11 月），頁 22～23、董楚平：〈六件「蔡仲戈」銘文匯釋——兼談蔡國的鳥篆書問題〉，《考古》第 8 期（1996 年 8 月），頁 71～80、陳彥堂：〈1988 年蔡國故城發掘紀略〉，《華夏考古》第 2 期（1990 年 6 月），頁 60～71。

〔註 13〕毛穎、張敏：《長江下游的徐舒與吳越》（武漢：湖北教育出版社，2005 年 1 月），頁 401。

〔註 14〕董楚平：《吳越徐舒金文集釋‧序》（杭州：浙江古籍出版社，1992 年 12 月），頁 2。

〔註 15〕越國有些銅器如〈越王差徐戈〉、〈越王劍〉、〈越王矛〉等，因年代不確定，此處仍以〈者汈編鐘〉做爲斷代器物中年代最晚者。

第二節 研究方法與前人成果述評

本文的研究方法有數項，茲說明如下：

一、歸納法。爲了了解四國金文的書寫結構、附加符號的運用方式等，本文採用歸納法，從字形表中挑出寫法不同於一般金文及小篆的字，將其歸納爲簡化、繁化、類化及變異等類別，從構形的分析中看出四國文字書寫的特徵。

二、偏旁分析法。針對待識字、拓本模糊的字或各家有爭議而未定論之字，本文利用偏旁分析法，在已知偏旁的基礎上，搭配上、下文例的使用，逐一隸定字形，進而推敲其意思。

三、歷史比較法。從歷史的角度考察字形，將不同階段的文字材料互相比較，以突顯四國金文中某些字的特殊寫法。而同一個國家隨著時代的不同，也會出現一些該時代的特殊字，透過前後字形的比較，更能確定器物的時代性。

本文遵循以下的研究步驟：

一、收集前人研究資料，對四國的興起背景、文化、歷史發展等，有初步的了解，進而將相關有銘銅器歸納、分類，判定國別、年代、世系等問題，釐清本文所要探討的範圍。

二、本文主要從馬承源《商周青銅器銘文選》〔註 16〕、曹錦炎《商周金文選》〔註 17〕、中國社科院編《殷周金文集成釋文》〔註 18〕、容庚《商周彝器通考圖錄》〔註 19〕等書中，掃描吳、越、徐、舒銅器銘文的圖版、拓片，製成四國金文文字表。銘文考釋以各家隸定爲主，個別單字有疑議者則於文中探討。

三、根據字形表分析文字的構形，並以小篆爲基礎，將吳、越、徐、舒金文分成簡化、繁化、類化和變異四種。從文字結構中歸納出各國特殊寫法，以作爲國別判定的依據。

〔註16〕 馬承源：《商周青銅器銘文選》（北京：文物出版社，1986 年 8 月）。

〔註17〕 曹錦炎：《商周金文選》（杭州：西泠印社，1990 年 3 月）。

〔註18〕 中國社會科學院考古研究所編：《殷周金文集成釋文》（香港：香港中文大學中國文化研究所，2001 年 10 月）。

〔註19〕 容庚：《商周彝器通考》（臺北：文史哲出版，1983 年 2 月）。

四、從吳國、越國銅器中挑出銘文爲鳥蟲書者，分析其鳥形裝飾附加情形，
　　以期找出專屬吳、越的鳥蟲書特徵。

　　章節分配上，第二章先概述四國有銘銅器，釐清其年代、國別、器主和部分單字的隸定；第三章對四國金文構形做分析，整理出特殊寫法的字；第四章則針對鳥蟲書文字做分析，歸納專屬於吳、越的鳥蟲書符號。第五章爲結論，分爲成果綜述和未來展望，並於文末附上吳、越、徐、舒字形表，作爲本文的論述基礎。

　　關於吳、越、徐、舒文字的研究，已有一些成果，以下分爲專書、期刊論文、學位論文、字典四部份介紹。

一、專　　書

　　專書部分直接相關的是董楚平《吳越徐舒金文集釋》〔註 20〕，該書較完整的介紹了四國銅器的出土、著錄及銘文，對於歷來的一些問題和待釋字，也提出合理的推斷。唯是書並無將四國金文通盤比較，對鳥蟲書的探討也較少，本文在銅器概述的部份即以是書爲基礎，並綜合各家資料，以補不足。馬承源編的《吳越地區青銅器研究論文集》〔註 21〕收錄了各家對吳、越青銅器斷代、墓葬及紋飾討論的篇章，其中也有針對銘文內容做說明的文章。唯該書所收文章多偏向紋飾、鑄造技巧、器物背後的文化意涵等方面，在文字釋讀上較少有研究。曹錦炎《吳越歷史與考古論叢》〔註 22〕則較多對吳器、越器銘文的探討，包含銘文內容和史料的對照、各字的隸定、器主和年代的討論等，也收錄了一些新發現的銅器。鄭小爐《吳越和百越地區周代青銅器研究》〔註 23〕對於該地區各種銅器的類型、族屬、源流和關係等，做了詳盡介紹，但多偏向文化層面，較少談及文字。

二、期刊論文

　　對四國金文的探討，多數是隨著出土報告的發表而來，從各銅器文字的考

〔註 20〕董楚平：《吳越徐舒金文集釋》（杭州：浙江古籍出版社，1992 年 12 月）。

〔註 21〕馬承源編：《吳越地區青銅器研究論文集》（香港：兩木出版社，1997 年 1 月）。

〔註 22〕曹錦炎：《吳越歷史與考古論叢》（北京：文物出版社，2007 年 11 月）。

〔註 23〕鄭小爐：《吳越和百越地區周代青銅器研究》（北京：科學出版社，2007 年 12 月）。

釋到數件銅器的比較，從單一國家的研究到相關地域的探索，數量頗豐。詳細
篇章參第二章各銅器銘文之介紹。

三、學位論文

　　陳國瑞《吳越文字研究》〔註24〕是較早研究吳、越文字的學位論文，對二
國銅器有詳盡的介紹，也考釋出一些文字，唯某些字的圖版不甚清晰，且囿於
出版年代較早器物收羅不全。林文華《吳國青銅器銘文研究》〔註25〕較完整的
整理吳國有銘銅器，並探討文字的構形和銘文價值，唯論述範圍只限吳國，較
爲狹窄。徐再仙《吳越文字構形研究》〔註26〕較全面的分析二國文字，對於一
般金文的構形和鳥蟲書字體的裝飾符號，有深入的探討。但在分類上，沒有交
代爲何採用叢文俊的分法，也無清楚說明不同分類之間的確實差異，且將二國
鳥蟲書按照鳥、鳳、龍、蟲等形體分爲十一類，似乎有太過瑣碎的嫌疑。林清
源《楚國文字構形演變研究》〔註27〕將楚國文字構形分爲簡化、繁化、變異、
類化與別嫌現象，討論構形演變的時代特徵和各現象條例的運用與限制，並依
此考釋出不少待識字，可作爲文字構形研究的重要參考。黃靜吟《楚金文研究》
〔註28〕對於楚金文的斷代和分期、文字形構與筆勢、異體字與待識字，以及其
和各系金文的比較都有詳細的論述，圖版清晰、完整，對楚國文字的研究有很
大幫助。許仙瑛《先秦鳥蟲書研究》〔註29〕對於鳥蟲書的起源、名稱、文化內
涵等詳細考證，也釋疑了十二件鳥蟲書器物的銘文和字形，並且分別討論吳、
越、楚、蔡、曾、宋等國的鳥蟲書特色。該書對列國字形的分析仔細，也歸納
出各國的書體特色，但因爲鳥蟲書整體字數不多，再加上國別分法較細，時常
各別單字只有少數幾個字例，容易產生以偏概全的推論。

〔註24〕陳國瑞：《吳越文字研究》（高雄：中山大學中國文學所碩士論文，1997 年）。

〔註25〕林文華：《吳國青銅器銘文研究》（高雄：高雄師範大學國文學系碩士論文，1998
　　　　年）。

〔註26〕徐再仙：《吳越文字構形研究》（臺北：私立東吳大學中國文學所博士論文，2003
　　　　年）。

〔註27〕林清源：《楚國文字構形演變研究》（臺中：私立東海大學中國文學所博士論文，
　　　　1997 年）。

〔註28〕黃靜吟：《楚金文研究》（高雄：國立中山大學中國文學所博士論文，1996 年）。

〔註29〕許仙瑛：《先秦鳥蟲書研究》（臺北：國立臺灣大學中國文學所碩士論文，1999 年）。

四、字 典

施謝捷《吳越文字彙編》〔註30〕不避重複共收 432 字、合文 4 組、存疑 143 字，並於文字圖版之後附有著錄和說明，是研究吳、越文字不可或缺的工具書。張光裕、曹錦炎編《東周鳥篆文字編》〔註31〕正編及補遺共收錄了 265 個字頭、1377 字，器物圖版共 159 件，是目前鳥蟲書字體收錄最完備者，圖版拓片也十分清晰，對於鳥書構形的研究有很大的幫助。劉彬徽、劉長武所編《楚系金文匯編》〔註32〕收錄了楚、曾、蔡、越、舒等國銅器共計 160 件，各器並有釋文和注解，可做為楚系文字相互比較之用。何琳儀《戰國古文字典──戰國文字聲系》〔註33〕地域上收錄戰國各系文字，器類上則有銅器（含兵器）、石器、貨幣、璽印、陶文、封泥、簡帛等書寫品類，並於字之下列出文例及說明，方便查考。

從前人研究中可以發現，同時探討吳、越、徐、舒四國銘文的篇章較少，尤其是徐國和舒國除了討論個別銅器的單篇論文外，研究更乏。本文欲在前人基礎上做通盤研究，整理出四國金文專屬的字形和特色。

第三節　吳越徐舒考述

一國的文字風格和特色，會受到其歷史脈絡、文化背景、社會風俗等的影響，因此在討論吳、越、徐、舒金文前，應先對四國做簡單的介紹。吳國和越國有各自的發展脈絡，且此兩國的興起對於中原國家產生重大影響，〔註34〕因

〔註30〕施謝捷：《吳越文字彙編》（南京：江蘇教育出版社，1998 年 8 月）。

〔註31〕張光裕、曹錦炎：《東周鳥篆文字編》（香港：翰墨軒出版，1994 年 9 月）。

〔註32〕劉彬徽、劉長武編：《楚系金文匯編》（武漢：湖北教育出版社，2009 年 5 月）。

〔註33〕何琳儀：《戰國古文字典──戰國文字聲系》（北京：中華書局，2007 年 5 月）。

〔註34〕鄭金仙謂春秋後期吳國和越國的戰爭，其實是晉、楚爭霸的延續。參氏著《《左傳》與《國語》敘事藝術比較研究──以春秋晚期吳楚、吳越之爭為範圍》（高雄：高雄師範大學國文學研究所碩士論文，2005 年），頁 5～9。宋蜀華也認為楚自齊桓公去世後，吸收鄭、魯等齊國原本的盟國，勢力開始壯大；而晉文公也為了對付楚國，在公元前 632 年聯合秦、齊、宋等國與楚戰於城濮。此時的晉、楚兩國勢力相當，形成霸局平分的局面，兵戎相接的情形相對減少，但鬥爭卻以扶持第三國，以牽制敵國的形式延續。因此晉國扶持吳國作為其進攻楚國的助力；而楚國也聯合越、陳、蔡及其他小國攻打吳。參氏著〈論春秋戰國時期楚、吳、越之間的三角關係及其演

此我們分開來介紹。另外吳、越之間的戰爭，不僅是春秋後期的大事，也是影響銘文字體風格的因素（詳第四章第二節），對此我們討論檇李之戰、夫椒之戰和姑蘇之戰。其中前兩戰爭和吳國較有關係，因此放在吳國的部份談論，最後的姑蘇之戰爲越滅吳的重要戰役，放在越國部份討論。徐、舒兩國關係密切，甚至有學者認爲是同一國，對此我們將兩者放在一起敘述其間的差別。討論一個國家可以從很多層面切入，未避免失焦，本文只討論和銅器銘文較有關係的歷史、地理位置、世系、姓氏及其與各國間的關係等問題，以下分爲吳國、越國和徐、舒三個部份。

一、吳　國

　　吳國的姓氏，根據《左傳》〔註35〕對黃池之會的記載：「秋，七月辛丑盟，吳、晉爭先。吳人曰：『於周室，我爲長。』晉人曰：『於姬姓，我爲伯。』。」吳人自稱爲周王室之後代，應當爲姬姓。〔註36〕如此看來吳國並非「蠻夷之邦」，〔註37〕反而還和周王室有血緣關係。有關吳國的歷史記載可以追朔到西周初年，《史記·吳世家》：

> 吳太伯，太伯弟仲雍，皆周太王之子，而王季歷之兄也。季歷賢，
> 而有聖子昌，太王欲立季歷以及昌，於是太伯、仲雍二人乃奔荊蠻，
> 文身斷髮，示不可用，以避季歷……太伯之奔荊蠻，自號句吳。荊
> 蠻義之，從而歸之千餘家，立爲吳太伯。〔註38〕

史記以爲吳國是吳太伯所建立，定都地點爲「荊蠻」，即今日的蘇州一帶。

變〉，《湖北民族學院學報》第 21 卷第 4 期（2003 年 8 月），頁 4。

〔註35〕以下所引《左傳》皆出自楊伯峻編著《春秋左傳注》（臺北：洪葉文化，1993 年 5 月）。

〔註36〕楊伯峻：《春秋左傳注》襄公十三年傳：「秋，吳子壽夢卒，臨於周廟，禮也。凡諸侯之喪，異姓臨於外，同姓於宗廟……。」也可證明吳和周同爲姬姓國。

〔註37〕楊伯峻：《春秋左傳注》成公七年傳：「七年，春，吳伐郯，郯成。季文子曰：『中國不振旅，蠻夷入伐，而莫之或恤。無弔者也夫！《詩》曰：『不弔昊天，亂靡有定』，其此之謂乎！有上不弔，其誰不受亂？吾亡無日矣。』。」可知中原國家將吳國視爲蠻夷。

〔註38〕以下所引《史記》皆出自〔日〕瀧川資言：《史記會注考證》（高雄：復文圖書公司，1991 年 7 月）。

〔註39〕但近來學者認爲在當時的地理條件下，說太伯爲了讓賢給季歷，率領眾人從陝西一路橫越數千里到蘇州安身，是很難令人相信的。〔註40〕到底太伯和吳國有什麼關係?吳國的世系是怎樣傳遞的?以下討論這些問題。

　　《史記》記載周武王（公元前 1134～1116）時，因爲太伯之後周章已經封吳，所以改封周章之弟虞仲爲虞。〔註41〕後封之虞因位於周之北，又稱北虞，相對位於南方的吳，在春秋時期因爲方言的關係而稱爲「攻吳」。〔註42〕因此吳和虞都是太伯的後代，他們各自的發展可從太史公的總結中看出：「自太伯作吳，五世（筆者按：太伯 → 仲雍 → 季簡 → 叔達 → 周章）而武王克殷，封其後爲二：其一虞，在中國；其一吳，在夷蠻。十二世而晉滅中國之虞。中國之虞滅二世，而夷蠻之吳興。〔註43〕」，其中「中國之虞」就是虞仲的北虞；「蠻夷之吳」就是周章的南吳，也就是本文討論的吳國。北虞和南吳所分封的地點不同，以下先談論北虞。

　　從出土文物來看，陝西隴縣曹家灣有虞仲戈（又稱矢仲戈）及其他帶「矢」字器物的發現，〔註44〕這個「虞仲」應該是被封爲北虞的虞仲。〔註45〕由虞

〔註39〕《史記會注考證》頁 60 正義：「太伯奔吳，所居城在蘇州北五十里常州無錫縣界梅里村，其城及塚見存。而云『亡荊蠻』者，楚滅越，其地屬楚，秦滅楚，其地屬秦，秦諱『楚』，改曰『荊』，故通號吳越之地爲荊。」。

〔註40〕劉啓益：〈西周矢國銅器的新發現與有關的歷史地理問題〉，《考古與文物》第 2 期（1982 年 3 月），頁 44。

〔註41〕《史記・吳世家》：「太伯卒，無子，弟仲雍立，是爲吳仲雍。仲雍卒……子周章立。是時周武王克殷，求太伯、仲雍之後，得周章。周章已君吳，因而封之。乃封周章弟虞仲於周之北故夏虛，是爲虞仲，列爲侯。」。

〔註42〕唐蘭：〈宜侯矢簋考釋〉，《考古學報》第 2 期（1956 年 6 月），頁 82。

〔註43〕〔日〕瀧川資言：《史記會注考證》（高雄：復文圖書公司，1991 年 7 月），頁 538。

〔註44〕參盧連成、尹盛平：〈古矢國遺址、墓地調查記〉，《文物》第 2 期（1982 年 2 月），頁 48～57；高次若：〈寶雞貫村再次發現矢國銅器〉，《考古與文物》第 4 期（1984 年 8 月），頁 192。

〔註45〕劉啓益認爲文獻記載中有兩個虞仲，一個是太伯的弟弟仲雍，《吳太伯世家》中稱仲雍爲吳仲雍；一個是仲雍的曾孫，《周本紀》中稱爲虞仲。但仲雍的時代和季歷相當，而虞仲戈所屬的南坡 M6 墓年代約武王時期，因此這邊的虞仲應爲仲雍的曾孫。參氏著〈西周矢國銅器的新發現與有關的歷史地理問題〉，《考古與文物》第 2 期（1982 年 3 月），頁 43

仲戈所在的隴縣，聯繫散氏盤銘文中位於汧水流域的夨國，〔註46〕以及寶雞以東出土的夨王簋蓋等器物，〔註47〕可以發現夨國的地理位置距離周朝的岐山不遠，且時間上從周代早期到夷、厲時期都有。〔註48〕如此古代陝西一帶的夨國是由虞仲傳下來的，它的活動軌跡到了西周末期突然消失，直到周惠王（公元前 676～652）時因為被晉獻公所滅，才被歷史記載下來。而南吳的封地應該在洛陽，到了周康王（公元前 1078～1053）時才遷移到蘇州，這其中的推論因為和吳國早期銅器〈宜侯夨簋〉有關，本文留待第二章第一節再詳述。

　　太伯奔吳之後，其後代可分為北虞和南吳兩支，因為北虞被滅時間較早，且非本文討論重點，因此不談。南吳則是春秋時期和越國戰爭頻仍的吳國，關於其世系可從史書中推測出來。《史記》對吳國世系的記載較詳細，但也僅止於吳王壽夢以後的發展，在壽夢之前各王的確切年代和事蹟較不清楚，以下為吳王名號表。其中吳王壽夢之前的世系是依據《史記》所排出，在位年代不詳，壽夢之後的世系則是《左傳》對吳國各君王的記年，「吳國國君」欄內的是吳王稱號，括弧內為銅器銘文中使用的名字（詳第二章第一節）：

〔註46〕根據尹盛平、盧連成的考察，〈散氏盤〉銘文中多次出現的「瀗」可能是流經夨國境內的汧水，而汧水流域即在今天的隴縣、寶雞一帶。參氏著〈古夨國遺址、墓地調查記〉，《文物》第 2 期（1982 年 2 月），頁 56。

〔註47〕〈夨王簋蓋〉的發掘可參盧連成、尹盛平：〈古夨國遺址、墓地調查記〉，《文物》第 2 期（1982 年 2 月）。又在〈夨王簋蓋〉出土地寶雞縣賈村、上官村一帶曾發現西周的陶窯、窖坑和大面積的建築遺跡，說明這附近可能是西周夨國活動的中心區域。且根據鬥雞臺墓地出土的遺物分析，這裡可能是夨國王室和貴族的聚葬地。參盧連成、胡智生：《寶雞強國墓地》（北京：文物出版社，1998 年 10 月），頁 419。

〔註48〕《寶雞強國墓地》將夨王家族世系排定為：夨伯（夨伯鬲、夨伯甗，文王晚年，武、成王間）→夨王（夨王方鼎、夨王尊，康、昭王間）→夨王（同卣，穆王）→夨王（夨人盤、夨王簋，夷、厲王間）。參盧連成、胡智生：《寶雞強國墓地》（北京：文物出版社，1998 年 10 月），頁 410。

表 1-3-1：吳王名號表

《左傳》記年	在位年代	吳 國 國 君
		太伯
		仲雍
		季簡
		叔達
		周章
		熊遂
		柯相
		彊鳩夷
	不詳	余橋疑吾
		柯盧
		周繇
		屈羽
		夷吾
		禽處
		轉
		頗高
		句卑（皮難）
		去齊（者減）
成公六年	前 585～561	壽夢（是野、姑發難壽夢）
襄公十三年	前 560～548	諸樊（姑發習反）
襄公二十六年	前 547～544	余祭（工敔、叡䤱此鄩、叡䤱鄩、大叡）
襄公三十年	前 543～527	余昧
昭公十六年	前 526～515	僚
昭公二十八年	前 514～496	闔閭（光、趄）
定公十五年	前 495～473	夫差（玖）

　　前文說過，吳國是作為晉國牽制楚國的第三勢力而被扶植的，因此晉、吳關係很密切。《左傳》記載成公七年（公元前 584 年）晉國「巫臣請使於吳，晉侯許之。吳子壽夢說之。乃通吳於晉，以兩之一卒適吳，舍偏兩之一焉。與其射御，教吳乘車，教之戰陳，教之叛楚。〔註49〕」開始了吳、楚之間的戰

〔註49〕楊伯峻編著：《春秋左傳注》（臺北：洪葉文化，1993 年 5 月），頁 834～835。

爭。當其時楚國已經十分強大，而吳國還只是個依靠晉國、努力學習的小國，但楚國和晉國將近九十年的戰爭，〔註50〕使得兩國國力耗損。魯定公四年（公元前506年）所發生的吳、楚柏舉之戰，是奠定吳國勢力的重要戰役，〔註51〕自此之後吳國代替楚國成為春秋後期戰爭的主力。

柏舉之戰過後十年，在定公十四年（公元前496年）吳、越發生了檇李之戰，戰爭中闔廬傷亡，夫差即位，遂有了夫差為報父仇的夫椒之戰（哀公元年，公元前494年）。在夫椒之戰前，吳、越的交鋒是以闔廬和允常為主，本來兩國是被晉、楚扶植來牽制對方的，但因吳、越領土並鄰〔註52〕，再加上晉、楚勢力衰弱，兩國關係開始交惡。《左傳》襄公二十九年傳：「吳人伐越，獲俘焉，以為閽，使守舟。吳子餘祭觀舟，閽以刀弒之。〔註53〕」顯示和平之狀已難保持。《史記·越世家》更記載「允常之時，與吳王闔閭戰而相怨伐〔註54〕」，而檇李之戰正是闔廬趁允常去世，越國正逢國喪時出兵攻打，卻被剛即位的句踐打敗而傷亡。因此夫椒之戰是闔廬和允常退出吳、越相爭歷史舞臺，改由新一代的主角夫差和句踐來完成爭霸的戰役。〔註55〕

吳、越之間的戰爭，以句踐「十年生聚、十年教訓」，最終滅了吳國作收尾，以下我們先看越國的歷史、世系和興起，再來談影響吳國存亡的關鍵戰役——姑蘇之戰。

〔註50〕從魯僖公二十六年（公元前634年）楚軍圍宋，晉則發兵抗楚助宋，拉開晉、楚爭霸序幕起，到宋國向戌提出弭兵之會（公元前546年）止，晉、楚相爭持續了八十八年。

〔註51〕童書業認為「此役楚受重創，幾於亡國，為吳強楚弱之極峰。楚國大而難定，吳有內亂，越人入吳，秦師又救楚，故吳弗能克楚，然楚亦危矣。」參氏著《春秋左傳研究》（上海：上海人民出版社，1980年10月），頁110。

〔註52〕藍麗春認為「越居吳之南、吳在越之北，吳欲北向中原爭霸，則有越國趁機來犯的後顧之憂，為免除後患唯有消滅越國，而越欲北進中原，也只有剷除擋在年方的吳國之後才有可能。」參氏著〈夫椒之戰論〉，《嘉南學報》第28期（2002年），頁310。

〔註53〕楊伯峻編著：《春秋左傳注》（臺北：洪葉文化，1993年5月），頁1157。

〔註54〕〔日〕瀧川資言：《史記會注考證》（高雄：復文圖書公司，1991年7月），頁665。

〔註55〕鄭金仙：《《左傳》與《國語》敘事藝術比較研究——以春秋晚期吳楚、吳越之爭為範圍》（高雄：高雄師範大學國文學研究所碩士論文，2005年），頁131。

二、越　國

　　探討越國的姓氏要從其族屬看起，《史記・越世家》：「越王句踐，其先禹之苗裔，而夏後帝少康之庶子也。封於會稽，以奉守禹之祀。〔註56〕」、《越絕書・記地傳》：「昔者，越之先君無余，乃禹之世，別封於越，以守禹塚。〔註57〕」皆認爲越是禹的後代，禹的姓氏根據《史記》的說法是姒姓。〔註58〕但「越爲禹後」說近來有不少學者提出反對，孟文鏞謂此說是越王句踐基於政治上的需要，而編造出來的。孟氏更從新石器時代的幾何印陶文化、玉石器、生活形態等層面，認爲越族是生活在杭州灣寧紹平原和杭嘉湖平原一帶的土著。〔註59〕陳槃認爲越國國都在浙江紹興府的山陰縣，〔註60〕根據《路史》記載位在山陰的越族爲姒姓。〔註61〕

　　曹錦炎推翻舊說，謂越人之姓氏應該屬於祝融八姓中的彭姓諸稽氏，越器銘文中的「者旨於賜」就是「諸稽於賜」，「諸稽」爲氏、「於賜」爲名，這和中國古代「男子稱氏、女子稱姓」的習慣吻合。〔註62〕筆者以爲銅器銘文中的稱呼，有時和古籍文獻中的不合，楚國即是一例。〔註63〕且銘文爲越人自稱，當用越語，和典籍的中原記音會有差異，此處姒姓和彭姓諸稽氏都可做爲參考。至於越國的都城林華東也同孟氏一樣，認爲紹興市的句踐小城、句踐大城就是

〔註56〕〔日〕瀧川資言：《史記會注考證》（高雄：復文圖書公司，1991 年 7 月），頁 665。

〔註57〕東漢・袁康：《越絕書・外傳記地傳》（臺北：臺灣古籍，2002 年 1 月），頁 195。

〔註58〕《史記・五帝本記》：「帝禹爲夏後而別氏，姓姒氏。」。

〔註59〕孟文鏞：《越國史稿》（北京：中國社會科學出版社，2010 年 3 月），頁 120〜130。

〔註60〕陳槃：《春秋大事表列國爵姓及存滅表譔異》冊 5（臺北：中央研究院歷史語言研究所，1988 年 6 月），頁 790〜791。

〔註61〕宋・羅泌：《路史・國名記丙・越》（北京：北京圖書館，2003 年，中國國家圖書館藏宋刻本影印中華再造善本）。

〔註62〕曹錦炎：〈越王姓氏新考〉，《中華文史論叢》第 3 輯（1983 年 8 月），頁 219〜220。

〔註63〕《史記・楚世家》：「陸終生子六人，坼剖而產焉。其長一曰昆吾；二曰參胡；三曰彭祖；四曰會人；五曰曹姓；六曰季連，芊姓，楚其後也」可知文獻中之楚爲芊姓；秦國石碑〈詛楚文・大神厥湫〉銘文：「今楚王熊相康回無道、淫佚甚亂、宣侈競從、變輸盟約」稱楚王爲熊相，可知楚爲熊姓；楚器〈楚王媵邛中嬭南鍾〉銘文：「唯正月初吉丁亥，楚王媵邛中嬭南穌鍾，其眉壽無疆，子孫永保用之」自稱爲嬭姓。

越國的政、經中心。〔註64〕

　　和吳國相比，關於越國的歷史記載較少，連越王允常之前的世系都模糊不清。越國較早出現在典籍中是《左傳》桓公元年（公元前 711 年），魯國和鄭國在越地結盟，但此處的「越」還只是地名，沒有其他相關描寫。之後也只有昭公五年（公元前 537 年）楚和越等國聯手攻吳〔註65〕，以及定公五年（公元前 505 年）越趁吳攻打楚的時候入侵吳國〔註66〕，這兩條紀錄而已。目前只知道史籍上記載的第一個越國君王是無余，無余傳了十餘世之後是無壬、無擇，接著又有二十世不明，越王夫譚是春秋時期的第一個越國國君。因越國的活動年代橫跨春秋、戰國，《左傳》中沒有全部的紀錄，因此文獻記載的部份以《史記》和《吳越春秋》爲主。

　　表 1-3-2：越王名號表

文　獻　記　載	在 位 年 代	越　國　國　君
《吳越春秋・越王無余外傳》	不詳	無余（之後十餘世不明）
		無壬
		無擇（之後二十世不明）
《史記・越世家》		夫譚
	？～前 497	允常
	前 496～464	句踐（鵁淺）
	前 463～458	鹿郢（者旨於賜）
	前 457～448	不壽（丌壽、丌北古）
	前 447～411	朱句（州句）
	前 410～375	翳（不光）
	前 375～374	諸咎（者汈）
	前 374～373	錯枝
	前 372～361	無余之
	前 360～343	無顓
	前 342～306	無疆

〔註64〕林華東：〈越國都城探研〉，《中國古都研究》第 4 輯（1989 年 3 月），頁 360～370。

〔註65〕楊伯峻：《春秋左傳注》昭公五年經：「冬，楚子、蔡侯、陳侯、許男、頓子、沈子、徐人、越人伐吳。」。

〔註66〕楊伯峻：《春秋左傳注》定公五年傳：「越入吳，吳在楚也」。

　　越國是從允常開始登上春秋舞臺，這之間的君王都有確切年代，而無疆之後的越王則不可考。雖然史籍上對越國的紀錄較少，但越國在春秋晚期甚爲強大，其和吳國的戰爭是春秋後期的政治大事。

　　夫椒之戰越國被吳國攻入幾欲亡國，回國後句踐實行了一連串的改革。〔註67〕而吳國在打敗越國之後，積極向外發展，哀公十一年（公元前484年）大敗齊師，更加深了夫差稱霸的信心。〔註68〕遂於哀公十三年與晉在黃池會盟，兩國互爭唼血順序，而越國趁機攻打吳國，逼吳回國防守並與越國訂定和議。哀公十七年的笠澤之役是夫差在位第三次與越交手，卻被越國水軍打敗，從此吳國不再是越國的對手，由衰弱轉向滅亡。〔註69〕十九年越再戰吳，大勝〔註70〕，終於在哀公二十年（公元前475年）爆發姑蘇之戰。此戰役句踐迫使夫差自殺，吳國正式滅亡。

　　滅吳之後的越國史籍記載不清，但其滅亡卻可從《史記·越世家》的紀錄中看出：

> 楚威王……大敗越，殺王無疆，盡取笔吳地至浙江，北破齊於徐州。而越以此散，諸族子爭立，或爲王，或爲君，濱於江南海上，服朝於楚。後七世，至閩君搖，佐諸侯平秦。漢高帝復以搖爲越王，以奉越後。東越，閩君，皆其後也。〔註71〕

〔註67〕《國語·越語上》：「令壯者無取老婦，令老者無取壯妻。女子十七不嫁，其父母有罪；丈夫二十不娶，其父母有罪。將免者以告，公令醫守之。生丈夫，二壺酒，一犬；生女子，二壺酒，一豚。生三人，公與之母；生二人，公與之餼……句踐載稻與脂于舟以行，國之孺子之游者，無不哺也，無不啜也，必聞其名。非其身之所種則不食，非其夫人之所織則不衣，十年不收于國，民俱有三年之食。」。

〔註68〕鄭金仙認爲齊軍大敗後，宋、鄭兩國不斷的相攻，晉、楚衰弱自顧不暇，使得吳王夫差北上後不可一世，積極圖霸。參氏著：《《左傳》與《國語》敘事藝術比較研究——以春秋晚期吳楚、吳越之爭爲範圍》（高雄：高雄師範大學國文學研究所碩士論文，2005年），頁159。

〔註69〕鄭金仙：《《左傳》與《國語》敘事藝術比較研究——以春秋晚期吳楚、吳越之爭爲範圍》（高雄：高雄師範大學國文學研究所碩士論文，2005年），頁171。

〔註70〕楊伯峻：《春秋左傳注》哀公十九年傳：「越人侵楚，以誤吳也。夏，楚公子慶、公孫寬追越師，至冥，不及，乃還。」。

〔註71〕〔日〕瀧川資言：《史記會注考證》（高雄：復文圖書公司，1991年7月），頁670。

可知越國爲楚所破，四散各處，七世之後又滅於秦。

三、徐國與舒國

徐國是西周、春秋時期活動於長江、淮河下游的國家，其和四周諸多小國通稱淮夷，是屬於東夷集團的一支。〔註72〕《毛詩·大雅·常武》中稱徐國爲「徐方」；《尚書·費誓》中稱「徐戎」；〔註73〕《後漢書·東夷傳》中稱「徐夷」，〔註74〕從這些記載我們知道徐國的活動年代很早，且一直被中原國家視爲蠻夷之屬。舒國其實是春秋時期在江淮一帶活動的眾小國的通稱，史書中或稱之爲群舒，包含了舒蓼、舒庸、舒鳩〔註75〕等。徐國的姓氏《路史》主張爲姬姓，〔註76〕但《史記》認爲是嬴性，〔註77〕陳槃也舉《通志·氏族略二·徐氏》「皋陶生伯益，伯益佐禹有功，封其子若木於徐……自若木至偃王三十二世，爲周所滅，復封其子宗爲徐子。〔註78〕」爲例，說明再封宗、偃王子，仍然爲嬴姓。〔註79〕舒國的姓氏則較無爭議，一般認爲是偃姓。〔註80〕筆者

〔註72〕張鐘雲：〈淮河中下游春秋諸國青銅器研究〉，《考古學研究（四）》（北京：社會科學出版社，2000年10月），頁140～141。

〔註73〕清·吳闓生：《尚書大義》（臺北：中華書局，1986年11月），頁101～102：「公曰：嗟！人無譁，聽命！徂茲淮夷、徐戎並興，善敹乃甲冑，敿乃干，無敢不弔……甲戌，我惟征徐戎。峙乃糗糧，無敢不逮。」。

〔註74〕南朝·范曄：《後漢書·東夷傳》（臺北：中華書局，1991年影印中華書局據武英殿本），卷115，頁2：「康王之時，肅愼復至。後徐夷僭號，乃率九夷以伐宗周，西至河上。穆王畏其方熾，乃分東方諸侯，命徐偃王主之。偃王處潢池東，地方五百里，行仁義，陸地而朝者三十有六國。」。

〔註75〕楊伯峻：《春秋左傳注》宣公八年傳：「楚爲眾舒叛，故伐舒蓼，滅之。」、成公十七年傳：「舒庸人以楚師之敗也，道吳人圍巢，伐駕，圍釐、虺，遂恃吳而不設備。楚公子橐師襲舒庸，滅之。」、襄公二十四年傳：「吳人爲楚舟師之役故，召舒鳩人。舒鳩人叛楚。」。

〔註76〕宋·羅泌：《路史·國名紀戊·徐》（臺北：中華書局，1965年），頁27：「姬姓國，穆王時，滅偃以封姬姓。」。

〔註77〕《史記·秦本記》：「秦之先爲嬴姓。其後分封，以國爲姓，有徐氏、郯氏……。」。

〔註78〕宋·鄭樵：《通志略·氏族略二·徐氏》（臺北：中華書局，1966年，四部備要據金壇刻本校刊影印），頁14。

〔註79〕陳槃：《春秋大事表列國爵姓及存滅表譔異》冊1（臺北：中央研究院歷史語言研究所，1988年6月），頁541。

以為徐國應該是嬴姓，《左傳》昭公四年（公元前 538 年）記載楚國會諸侯伐吳，楚靈王因「徐子，吳出也，以為貳焉」所以將徐王囚禁於申地。此處顯示徐和吳有婚姻關係，而吳國為姬姓，根據當時「同姓不婚」〔註 81〕的原則，徐當非姬姓。

關於徐國的都城，顧頡剛認為魯東、齊西南和齊北都有「徐州」，可能是徐的舊居地，但西周時期經過幾次東征之後，徐國南遷到泗州徐城縣。〔註 82〕陳槃謂徐國南遷時先居薛縣，即今山東滕縣東南，最後定居安徽泗縣。〔註 83〕陳偉從眾史籍中推測，徐國故城在舊泗州城北約八十里處，即今江蘇洪澤縣的半城一帶。〔註 84〕從出土遺物來看，在江蘇的丹徒和邳州市都有徐器出土（詳第二章第三節），因此徐國都城位於江蘇比位於安徽的可能性大。至於舒國都城，楊伯峻在《左傳》文公十二年引顧棟高《大事表》，認為舒之地在安徽省舒城縣和盧江縣之間，此說較無可議。

徐、舒的歷史因記載較少，十分模糊，尤其舒國還是眾小國的集合體，更難得知其發展概況。近年因地下文物的出土，對於徐國有較多認識，但舒國的部份仍然空白。《左傳》中徐國始見於莊公二十六年（公元前 668 年），〔註 85〕

〔註 80〕 楊伯峻：《春秋左傳注》文公十二年經「夏，楚人圍巢」條，杜預認為巢國即群舒，為偃姓。

〔註 81〕 楊伯峻：《春秋左傳注》僖公二十三年傳：「男女同姓，其生不蕃」。又賈艷紅認為「同姓不婚」是古老的族外婚的演進形式，周代繼續了原始族外婚，把它制度化，並上升到禮的高度。參氏著〈論原始族外婚與周代之「同姓不婚」〉，《濟南大學學報》第 5 卷第 1 期（1995 年），頁 44；劉曉東謂「同姓不婚之制並非源於周代，周人所做的無非是把久已施行的這一習俗全面徹底地予以推行，並把它與禮樂政教的實施緊密結合起來。周人素以崇尚禮教而著稱。禮的基本原則是『別異』……落實在婚姻行為上就是『男女辨姓，禮之大司也』。能否遵守同姓不婚的原則具有非同小可的倫理意義。」參氏著〈先秦同姓不婚觀考察〉，《韓山師範學院學報》第 4 期（1999 年 12 月），頁 37。

〔註 82〕 顧頡剛：〈徐和淮夷的遷、留——周公東征史事考證四之五〉，《文史》第 32 輯（北京：中華書局，1990 年 3 月），頁 2～6。

〔註 83〕 陳槃：《春秋大事表列國爵姓及存滅表譔異》冊 1（臺北：中央研究院歷史語言研究所，1988 年 6 月），頁 542～543。

〔註 84〕 陳偉：〈古徐國故城新探〉，《東南文化》第 1 期（1995 年），頁 41～43。

〔註 85〕 楊伯峻：《春秋左傳注》莊公二十六年經：「秋，公會宋人、齊人伐徐」。

之後的記載不多，卻多少可以拼湊出一點徐國的史事。如《左傳》昭公六年傳「徐儀楚聘于楚，楚子執之，逃歸。懼其叛也，使薳洩伐徐，吳人救之。[註86]」儀楚即銘文中的義楚，聘楚時他可能尚未繼位。[註87]《左傳》昭公三十年傳：

> 吳子怒。冬，十二月，吳子執鍾吾子。遂伐徐，防山以水之。己卯，滅徐。徐子章禹斷其髮，攜其夫人以逆吳子。吳子唁而送之，使其邇臣從之，遂奔楚。楚沈尹戌帥師救徐，弗及。遂城夷，使徐子處之。[註88]

「斷髮文身」是吳、越的標記，[註89]章禹以「斷髮」表示他對吳國的臣服，章禹被吳俘虜之後，剩餘徐人奔楚，最後疑為楚所滅。

徐王的傳承從史籍和銅器銘文中可以略知一二，但確切年代及完整世系則無法考，舒國更是因為出土器物及文獻的不足，無法排出世系。以下為春秋、戰國時期的徐王世系，其中因徐王的在位年代無法確定，因此只能列出《左傳》中記載的徐王活動年代。

表 1-3-3：徐王名號表

《左傳》記載	徐　王	備　註
春秋早、中期	汆	
僖公、文公	糧（糧、季糧）	
襄公	庚兒	
昭公四年左右	禹又	
昭四到昭二十九	儀楚（義楚）	昭公六年尚未即位
昭公三十年之後	章禹（羽）	
年代不確定	子旃	

〔註86〕楊伯峻編著：《春秋左傳注》（臺北：洪葉文化，1993年5月），頁1279。

〔註87〕楊伯峻《春秋左傳注》認為「清光緒十四年四月江西安高縣出土有郐王義楚鍴……郐王義楚即此徐儀楚。聘楚時或尚為太子，其後始繼承王位。」。

〔註88〕楊伯峻編著：《春秋左傳注》（臺北：洪葉文化，1993年5月），頁1508～1509。

〔註89〕陳華文認為「古吳越民族的『斷髮文身』是做為該民族的標誌而記載於史籍中的，這種『文身斷髮』的習俗，歷來不但為區別民族歸屬，亦為研究古吳越民族的宗教信仰、生活環境和社會結構組織等提供了證據。」。參氏著〈吳越「文身」研究——兼論「文身」的本質〉，《中國民間文化》第7期（1992年9月），頁32。

　　徐、舒是否同源一直是學界的爭議點。梁玉繩認爲「徐」與「舒」古相
通，例證爲《史記・吳世家》記載闔閭三年拔舒，就是《左傳》記載的昭公
三十年滅徐。〔註90〕李世源從《說文》段注中「偃、嬴，語之轉耳」及皋陶和
少昊的故事，推斷徐與舒是血緣相近、同宗而不同姓，卻又有著密切關係的
兩個部落。〔註91〕陳秉新從安徽出土〈舒城鼓座〉（詳第二章第三節）銘文，
推測舒國是徐國的一個分支，周穆王時期徐人曾被周師窮追到江北，在當地
建立了一個小邦國，即春秋時期的群舒。〔註92〕近來這種說法大約已經被推
翻，鄭小爐以邳州九女墩 M3 和紹興 M306 這兩座徐國墓，說明其中的器物組
合和典型的舒器不同，顯然爲不同族的墓葬。〔註93〕舒潔認爲徐器和舒器在器
物形制、紋飾及銘文出土情形上有很大的差異，說明兩個國家有截然不同的
青銅文化。〔註94〕

〔註90〕清・梁玉繩：《史記志疑》卷 17（臺北：臺灣學生書局，190 年 7 月），頁 388。

〔註91〕李世源：《古徐國小史》（南京：南京大學出版社，1990 年 5 月），頁 17～18。

〔註92〕陳秉新：〈舒城鼓座銘文初探〉，《江漢考古》第 2 期（1984 年），頁 74～78。

〔註93〕鄭小爐：〈試論徐與群舒青銅器——兼論徐、舒與吳越的融合〉，《文物春秋》第 5
　　　　期（2003 年 10 月），頁 10～11。

〔註94〕舒潔：〈群舒略論——兼論徐舒異源〉，《皖西學院學報》第 24 卷第 4 期（2008 年
　　　　8 月），頁 89。

第二章　吳越徐舒器銘概述

　　本章針對吳、越、徐、舒四國器銘作介紹，首先依據馬承源《中國青銅器》〔註1〕中的分類，將各器物分成食器、樂器、兵器、水酒器等，並以總表列出各國器物的出土地點和年代。接著依照器物製作時代之先後，分別介紹各器銘文內容和圖版，〔註2〕銘文釋讀以董楚平《吳越徐舒金文集釋》〔註3〕為主，間或參考他家釋文，又銘文根據字形原構隸定，另於文字之後以（　）表示後世習用之字，如乍（作），或假借之字，如余（徐）；以□表示未識或不清楚之字。

第一節　吳國器銘概述

　　吳國有銘銅器約三十二件，〔註4〕可概分為食器、樂器、兵器和水器四類，其中以兵器二十件為大宗。吳國兵器遠近馳名，《戰國策·趙策》云：「夫吳干之劍，肉試則斷牛馬，金試則截盤匜；薄之柱上而擊之，則折為三，質之石上

〔註1〕馬承源主編：《中國青銅器》（臺北：南天出版社，1991年10月）。

〔註2〕為了不占篇幅，著錄請參附錄一，其中打*者為本器圖版出處。

〔註3〕董楚平：《吳越徐舒金文集釋》（杭州：浙江古籍出版社，1992年12月）。

〔註4〕〈吳王夫差劍〉出土8件，雖然銘文內容有個別差異，但器主同為夫差，所以此處只算一件，而於後文介紹夫差劍時詳細說明。另外〈吳王光劍〉3件，這裡也合算一把，〈吳王光韓劍〉雖然同屬於吳王光之劍，但因學者習稱，因此獨立算一把。

而擊之，則碎爲百。」現今發現的〈吳王夫差劍〉、〈攻敔王光劍〉等雖有銹蝕，但鋒刃仍然犀利，隱約反映出當時鑄造之精美。以下爲吳國有銘各器的出土資料，其中出土時間和地點皆不明者，列於出土資料不清一欄。

表 2-1-1：吳國有銘銅器出土表

時　間	出　土　地　點	器　　物
1761	江西省清江縣	〈者減鐘〉
同治中期	山西省代州蒙王村	〈吳王夫差鑑〉
1920 年代	河南省輝縣	〈禺邗王壺〉
1935	安徽省壽縣西門	〈攻致王夫差劍〉
1954	江蘇省丹徒縣龍泉鄉下聶村煙墩山	〈宜侯矢簋〉
1955	安徽省壽縣蔡侯墓	〈吳王光鑑〉、〈吳王光殘鐘〉
1957	北京海淀區東北旺	〈吳王御士簠〉
1959	安徽省淮南市蔡家崗趙家孤堆二號墓	〈工獻太子姑發劍〉、〈吳王夫差戈〉
1960	江蘇省江寧縣陶吳鄉	〈伯剌戈〉
1961	山西省萬榮縣賈家崖	〈王子扻戈〉
1964	江蘇省六合縣程橋春秋末期一號墓 山西省原平縣峙峪村	〈臧孫編鐘〉 〈攻敔王光劍〉
1974	安徽省廬江縣	〈吳王光劍〉
1976	河南省輝縣 湖北襄陽蔡坡	〈吳王夫差劍〉 〈吳王夫差劍〉
1977	浙江省紹興市狗頭山西南麓 陝西省鳳翔高王寺	〈配兒鉤鑃〉 〈無土脰鼎〉
1978	安徽省南陵縣	〈吳王光劍〉
1980	安徽省霍山縣	〈攻敔工敍戟〉
1982	湖北省襄樊市	〈攻盧王姑發邸之子劍〉
1983	山東省沂水縣諸葛公社北坪子春秋墓 湖北省江陵馬山磚瓦廠五號墓	〈工盧王劍〉 〈吳王夫差矛〉
1985	山西省榆社縣三角坪	〈工盧季子劍〉
1988	江蘇省六合縣程橋東周三號墓 湖北省谷城縣	〈工盧大叔盤〉 〈攻盧王虘旬此郤劍〉
1991	山東省鄒縣 河南省洛陽市	〈攻吾王夫差劍〉 〈敔王夫差劍〉

1995	江蘇省邳州市九女墩二號墓	〈叡巢編鎛〉
1997	浙江省紹興市	〈壽夢之子劍〉
出土資料不清		
〈邘王是野戈〉、〈吳季子之子逞之劍〉、〈攻敔王光韓劍〉、〈攻敔王光戈〉、〈大王光趞戈〉、〈工盧大叡鈹〉		

從出土時間可以發現 1980 年代吳器頻繁出土，這可能和當時國家文物部協同一些高等學校的考古專業師生，對江蘇、湖南、湖北等地區進行大規模考古發掘有關係。以下按器類介紹各器之形制和銘文內容。

一、食　器

　　吳國出土之有銘食器僅三件，即〈宜侯矢簋〉、〈吳王御士簠〉和〈無土脰鼎〉，從所有吳國墓葬的發掘簡報中可以發現，作爲食器或禮器的鼎、簋等器物較少出現，〔註5〕顯示了異於中原的器類組合。〔註6〕以下爲三件吳國有銘食器之形制表，其中若標示「不詳」，則爲器物殘損無法看出或出土報告、各家資料並無詳細描述者。

〔註5〕 出土〈吳王夫差劍〉的洛陽 C1M3352 墓共出陶器 11 件、銅器 13 件、日用器 208 件，其中銅器全爲兵器和車馬器，無一件食、禮器。參洛陽市文物工作隊：〈洛陽 C1M3352 出土吳王夫差劍等文物〉，《文物》第 3 期（北京：文物出版社，1992 年 3 月），頁 23～26。出土〈吳王光劍〉的原平峙峪墓葬，食器（8 件）與兵器（9 件）、車馬器（8 件）的數量相當，皆無銘文，且食器底部有煙薰痕跡，大多數爲實用器物。參戴遵德：〈原平峙峪出土的東周銅器〉，《文物》第 4 期（北京：文物出版社，1972 年 4 月），頁 69～71。出土〈叡巢編鎛〉的九女墩墓隨葬品共有 124 件，其中 43 件銅器中，食器（鼎）只占 3 件，參南京博物院等：〈江蘇邳州市九女墩二號墓發掘簡報〉，《考古》第 11 期（北京：社會科學，1999 年 11 月），頁 28～34。其它吳國墓葬均少有鼎、簋等食器出土。

〔註6〕 楊式昭：《春秋楚系青銅器轉型風格研究》（臺北：史博館，2005 年 12 月），頁 92：「從西周中葉起，墓葬中隨葬的銅禮器群已經逐漸轉變成『重食的組合』，是不同於商代的『重酒的組合』，而是以鼎與簋作爲主要器類，以食器爲主的一種組合形式。」蕭夢龍：〈吳國王陵區初探〉，《東南文化》第 4 期（1990 年 8 月），頁 98：「吳王墓青銅禮器的隨葬缺乏中原那種等級森嚴的組合規範，而是隨意靈活，同時所有銅器都是實用品……這也就是說在吳國還看不出有什麼嚴格的西周『禮制』。」

表 2-1-2：吳國食器形制表

形制 器名	大小（厘米）	器形外觀	紋　飾	銘　文
〈宜侯夨簋〉	高 15.7、口徑 22.5、腹深 10.5、足高 18	淺腹、四耳、高圈足	腹外飾大漩渦紋	腹底有銘 12 行 126 字
〈吳王御士簋〉	器高 9、寬 19.5、長 25.5	不詳	器外有重環紋、夔紋和垂鱗紋	器底有銘 11 字
〈無土胚鼎〉	高 21.6、口徑 19.7、腹深 25.4	附耳、子母口、圓底深腹、蹄足、蓋上有三枚「8」形鈕	蓋上飾凸弦紋和雲雷紋，鼎腹、耳飾雲雷紋，足底飾獸面紋	鼎內底部有銘 8 字

1、〈宜侯夨簋〉

圖版：

銘文內容：

　　隹三（四）月辰才（在）丁未，王眚（省）武王

　　成王伐商圖，徙（遂）眚（省）東或（國）圖，

　　王卜于宜。內（入）土（社），南鄉（向），王令

　　虞侯夨曰：「䣩（遷）侯于宜。」易（賜）鬯

鬯一卣，商嚻一□，彤弓一，彤矢百，

旅弓十，旅矢千。易（賜）土：氒川（甽）

三百□，氒□百又□，氒宅邑卅

又五，氒□百又卅。易（賜）才（在）宜

王人□□又七生（姓）。易（賜）奠七白（伯），

氒肙（盧）□又五十夫。易（賜）宜庶人

六百又□六夫。宜侯矢覹（揚）

王休，乍（作）虞公父丁障彝。

說明：

〈宜侯矢簋〉形制特點是四耳不垂珥，唐蘭指出商器往往不垂珥，但〈大丰簋〉（武王時）已經垂珥了，所以宜侯矢的時間應比武王晚，又從它的形制、花紋、銘文書法來看，其年代應為西周初期。[註7] 宜侯矢的年代有成王說[註8]、康王說和昭王說[註9] 等，有如此差異，除了各家釋字不同外，也因為此簋出土時破損，經拼接後仍不能十分密合，又銹痕未能完全清除，導致文意解讀上的差異，不過銘文的大致意思還是能夠了解。銘文主要記載王分封虞侯到宜地，並賞賜器物、土地和人的情形，器物年代從銘文中的王號、征伐動向的比對，可以確定是康王時期。[註10] 另外宜的地望有學者認為宜是今河南省宜陽縣、[註11] 有學者認為宜在今山東、江蘇交界的微山湖附

〔註7〕唐蘭：〈宜侯矢簋考釋〉，《考古學報》第2期（1956年2月），頁80。

〔註8〕陳夢家：〈西周銅器斷代（三）〉，《考古學報》第1期（1956年3月），頁166。

〔註9〕李伯謙：〈吳文化及其淵源初探〉，《考古與文物》第3期（1982年5月），頁90。

〔註10〕王號方面唐蘭認為雖然周初王號可以生稱，但不能有兩個王號同時生稱，成王時期武王已死，而一個活著的王和一個死了的王連說，在文例上不該有，所以此器應該是康王時期，武王成王的連稱是康王時的特點，參唐蘭：〈宜侯矢簋考釋〉，《考古學報》第2期（1956年2月），頁81。征伐方向方面譚戒甫以《呂氏春秋·古樂篇》的記載，印證康王伐東時矢立了大功，因而被冊封；由〈𣄢伯簋〉和〈益公鐘〉的銘文，確定康王伐東的地點是眉微和宜；由《宋微子世家》、《尚書·微子篇》、《殷·周本紀》等史書，推測康王伐東國應該是殷商遺民不堪壓榨，起來反抗，而宜和眉微可能是作為聲援的，參譚戒甫：〈周初矢器銘文綜合研究〉，《武漢大學學報》第1期（1958年5月），頁192～205。

〔註11〕黃盛璋：〈銅器銘文宜、虞、矢的地望及其與吳國的關係〉，《考古學報》第3期（1983

近，〔註12〕、有學者認爲宜在江蘇丹徒附近。〔註13〕宜的地望目前學界尚無共識，但依照矢簋出土地點、銘文「侯於宜」的記載，以及〈宜侯矢簋〉和一同出土的銅器是屬於同一個時代來看〔註14〕，器物並非如黃盛璋所說的後來帶入，而是當地製造的，因此筆者傾向於將宜定在江蘇丹徒附近。

本器的器主爲誰是最大的爭議點，有些學者認爲 1928 年出土於洛陽的〈作冊矢令簋〉、〈作冊矢令彝〉、〈作冊大鼎〉在文末都有稱「祖丁」，且銘文之尾都有鳥形圖案 ，而〈宜侯矢簋〉雖然銘尾沒有鳥形，但稱其父爲丁，顯然和作冊諸器有關，因此認爲這四件器是同一家族所有，甚至作器者是同一人。〔註15〕銘文中的「矢」唐蘭認爲是吳太伯的四世孫周章、〔註16〕董楚平認爲是太伯三世孫叔達，〔註17〕而關於吳國早期歷史，史書記載也有分歧，〔註18〕是以器主身分一直不明。目前筆者尚難判斷矢簋之器主爲誰，但根據

年7月），頁296～298認爲「宜」應該在離岐周不遠的東方通道上，〈宜侯矢簋〉於江蘇丹徒發現，是後來帶去的。

〔註12〕譚戒甫：〈周初矢器銘文綜合研究〉，《武漢大學學報》第1期（1958年5月），頁199。

〔註13〕唐蘭：〈宜侯矢簋考釋〉，《考古學報》第2期（1956年2月），頁82、楊向奎：〈宜侯矢簋釋文商榷〉，《文史哲》第6期（1987年6月），頁5～6。

〔註14〕陸九皋：〈從矢簋銘文談太伯仲雍奔吳〉，《吳文化研究論文集》（廣東：中山大學出版社，1988年8月），頁90。

〔註15〕王永波〈宜侯矢簋及其相關的歷史問題〉，《中原文物》第4期（1999年12月），頁51認爲，宜侯矢簋和矢令諸器在同一個時代；郭沫若〈矢簋銘考釋〉，《考古學報》第1期（1956年3月），頁9認爲「宜侯矢或虞侯矢與彼二器之作冊矢令，當係一人。」；劉啓益〈微氏家族同器與西周銅器斷代〉，《考古》第5期（1978年5月），頁315認爲「大與矢同爲作冊，官職相同，他們應爲父子關係。」。

〔註16〕唐蘭：〈宜侯矢簋考釋〉，《考古學報》第2期（1956年2月），頁82。

〔註17〕董楚平：《吳越徐舒金文集釋》（杭州：浙江古籍出版社，1992年12月），頁19～22。

〔註18〕《史記·周本紀》：「古公有長子曰太伯，次曰虞仲……太伯、虞仲知古公欲立季歷以傳昌，乃二人亡如荊蠻，文身斷髮，以讓季歷。」、《吳太伯世家》：「吳太伯，太伯弟仲雍，皆周太王之子，而王季歷之兄也……太伯卒，無子，弟仲雍立，是爲吳仲雍……是時周武王克殷，求太伯、仲雍之后，得周章。周章已君吳，因而封之。乃封周章弟虞仲於周之北故夏虛，是爲虞仲，列爲諸侯。」這裡虞仲又是太伯之弟，又是太伯四世孫周章之弟，兩者矛盾。由《春秋左傳注》僖公五年傳：「太伯、虞仲，大王之昭也。大伯不從，是以不嗣。」、《春秋左傳注》哀公七年

銘文周王要「省東國圖」，可知道「侯於宜」是往東遷移，而作冊諸器的出土地洛陽正好位於丹徒的西方。又〈作冊夨令簋〉、〈令彝〉紀錄了成王時期的賞賜、[註19]〈作冊大鼎〉則是關於康王時期的紀錄，[註20] 剛好可以和同爲康王時期的〈宜侯夨簋〉相連接，因此筆者推測虞侯原先可能分封於洛陽一帶，到康王時期才遷到宜地、改稱宜侯。若如此則研究作冊諸器的銘文和關係，將有助於我們對〈宜侯夨簋〉器主的認識。

　　〈宜侯夨簋〉銘文開頭關於周王分封的過程，除了個別單字釋文有差異外，[註21] 後面一大段賞賜土地、器物的銘文，各家隸定大致相同，可以說銘文內容上的爭議是大於銘文字形的。

　　2、〈吳王御士簋〉

　　圖版：

傳：「大伯端委以治周禮，仲雍嗣之，斷髮文身，臝以爲飾，豈禮也哉？」來看，大伯、虞仲和仲雍的關係可能如《吳越春秋・吳太伯傳》所言「古公三子，長曰太伯，次曰仲雍，雍一名吳仲，少曰季歷。」。

[註19] 陳夢家：〈西周銅器斷代（二）〉，《考古學報》第 10 期（1955 年 10 月），頁 78 認爲〈作冊夨令簋〉銘文中的王姜是成王之后。〈令簋〉和〈令彝〉同爲作冊夨所作，當爲同時之器，時代也在成王時期。

[註20] 譚戒甫：〈周初夨器銘文綜合研究〉，《武漢大學學報》第 1 期（1958 年 5 月），頁 207～210。

[註21] 「王卜於宜」之「卜」字陳邦福隸定爲「入」，郭沫若、唐蘭隸定爲「立」讀作「位」，譚戒甫釋爲「往」。筆者謂銘文字作▆明顯爲「卜」字，「入」〈驫羌鐘〉作▆、〈安邑下官鐘〉作▆，「立」〈克鼎〉作▆、〈陳章壺〉作▆，皆和本銘不似，「往」字字形差異更遠。「省東國圖」之「東」字，唐蘭、董楚平以爲是「南」，此字殘泐過甚無法辨析，但從虞侯遷移的方位來看，釋爲「東」較恰當。

銘文內容：

　　吳王御士尹氏

　　叔緐乍（作）旅筐（簠）

說明：

　　本器國名稱「吳」而非「工盧」、「攻敔」，可見年代較晚，至少不會早於春秋晚期。〔註22〕「御士」出土報告稱「造士」，觀「造」字〈秦子戈〉作 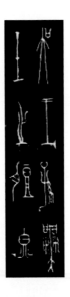、〈申鼎〉作 🈳，「御」字〈頌鼎〉作 🈳、〈虢弔鐘〉作 🈳，在字形上釋「御」較佳。「御士」《左傳》凡四見，〔註23〕「御士尹氏」應該是御士之長，在王左右供驅使。〔註24〕器主叔緐無可考，但根據史書記載擔任御士的都是公族子弟，而吳越王族專權更甚他國，因此吳王御士應該是王族子弟。〔註25〕銘文末字爲筐，假借爲簠。〔註26〕

　　3、〈無土胠鼎〉

　　圖版（蓋銘）：

〔註22〕馮時：〈工盧大叔鏇銘文考釋〉，《古文字研究》22輯（2000年7月），頁112提到，諸樊以前較早的時期寫作「工戲」，諸樊至季札諸兄弟時其通常寫作「工盧」，至諸樊兄弟的子輩則作「攻盧」，闔閭時已寫作「攻敔」、「句敔」和「吳」。

〔註23〕楊伯峻：《春秋左傳注》僖公二十四年傳：「奉大叔以狄師攻王。王御士將禦之」、襄公二十二年：「子南之子棄疾爲王御士」、襄公三十年：「單公子愆期爲靈王御士」、昭公二十一年「貜爲少司馬，多僚爲御士，與貜相惡」。

〔註24〕黃盛璋：〈吳王御士叔孫簠的官職、年代和出土地點〉，《文物》第12期（1958年12月），頁56。

〔註25〕董楚平：《吳越徐舒金文集釋》（杭州：浙江古籍出版社，1992年12月），頁86。

〔註26〕清·吳大澂：《說文古籀補》第五（臺北：藝文出版社），頁24。

銘文內容：

　　吳王孫無

　　土之胹鼎

說明：

　　本鼎器、蓋同銘，《商周青銅器銘文選》稱爲「無壬鼎」。筆者以爲此處當爲「無土鼎」。「土」字〈召伯簋二〉作 ⏺、〈司土司簋〉作 ⏺，上無橫畫；「壬」字〈競簋〉作 ⏺、〈父壬爵〉作 ⏺，上下畫等長，且上橫顯著，未見小短橫或小圓點之形。鼎蓋 ⏺ 字似乎有小短橫，但同銘的鼎身此字作 ⏺，並無短橫，考慮到本器「王」字末筆橫話右端也有歧出，因此 ⏺ 字開頭的短橫可能爲裝飾性質，或因殘損鏽蝕致豎畫開端歧出，當釋「土」爲宜。 ⏺ 字隸定爲胹，朱德熙、裘錫圭釋爲「廚」，〔註27〕「無土」出土報告認爲可能和闔閭、夫差同輩，因其父未稱吳王，故不用「吳王子」而冠以「吳王孫」的稱謂。〔註28〕

二、樂　器

　　吳國出土有銘樂器有三編鐘、一編鎛以及一句鑃，其中除了〈叡巢編鎛〉器主不可考之外，其餘樂器之器主皆可以在史書中找到相對應的人物。〈者減鐘〉據《西甲》記載出土時有十一件（現存四件），最小的一件無銘文，六件器形較大有銘文八十三字，四件器形較小有銘文二十八字，下表所錄爲形制較大的鐘。〈配兒鈎鑃〉出土兩件，其中一件銘文銹蝕嚴重，下表收錄銘文較完整的一件。〈臧孫編鐘〉出土九件，鐘的正面均有銘文，多爲反書，內容基本相同，〔註29〕下表收錄銘文最清晰完整的一件。〈叡巢編鎛〉出土六件，每

〔註27〕朱德熙、裘錫圭：〈戰國文字研究六種〉，《考古學報》第 1 期（1972 年 12 月），頁 81～83 認爲，從字音上說「胹」從豆聲，「豆」和「廚」上古都是侯部定母字；從訓詁上說「胹」字訓爲饌，與「廚」字意義密切；從字形上說「廚」從「广」，是從庖廚作爲一種建築方面著眼，「胹」從「肉」，是從庖廚的執掌方面著眼；從銘文來看，安徽壽縣楚器銘文的諸多「胹」字釋爲「廚」，文意都十分通順。

〔註28〕韓偉、曹明檀：〈陝西鳳翔高王寺戰國銅器窖藏〉，《文物》1 期（1981 年 1 月），頁 15。

〔註29〕江蘇省文物管理委員會：〈江蘇六合程橋東周墓〉，《考古》第 3 期（1956 年 3 月），頁 108。

件銘文皆相同，唯行款有異，下表也以最大的一件為主。以下為五件吳國有銘樂器形制表。

表 2-1-3：吳國有銘樂器形制表

形制　　器名	大小（厘米）	器形外觀	紋　飾	銘　文
〈者減鐘〉	高 38.7、寬 20.5	甬上有半圓形鈕、鐘體兩側稍外鼓、口部內凹弧度較大	遂部飾六組蟠螭紋、篆部飾變形雲紋	十件合得銘文 111 字
〈吳王光殘鐘〉	不詳	不詳	不詳	四十七件碎片合得銘文 79 字
〈配兒鉤鑃〉	高 40、執柄 14.5、舞縱 10.4、舞橫 12.7	平舞、侈銑弧于	柄近舞處有羽狀紋和獸目紋	鉦間兩側有銘 2 行 60 餘字
〈臧孫編鐘〉	高 15.5、舞縱 6.2、舞橫 7.9、鼓間 6.7、銑間 9.2	鈕為長方形	鈕飾三角雷紋，篆、舞、鼓皆飾蟠螭紋和螺旋紋	正面有銘37字
〈戲巢編鎛〉	舞縱 13.5、舞橫 9.8、鼓間 11.6、銑間 15.8	長方形環鈕、兩銑間平口、四側鼓內有音梁	鈕上飾變龍紋，舞、遂、篆部飾蟠螭紋	鉦部及左右鼓有銘 7 行 44 字

1、〈者減鐘〉

圖版：

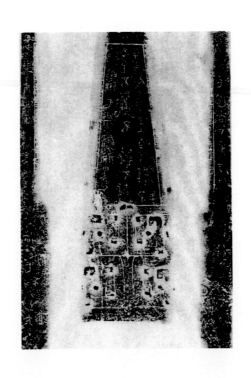

銘文內容：

> 隹正月初吉丁亥，工獻王皮難之子者減，擇其
>
> 吉金，自乍（作）鵗鐘。不帛（白）
>
> 不羍（驛），不濼（鑠）不凋（凋），鑅（協）于
>
> 我霝龠，卑（俾）穌卑（俾）□。用鸁（祇）
>
> 眉壽綧釐，于其皇且（祖）皇考，若釁（召）公壽，
>
> 若參壽，卑（俾）女（汝）龥音，穌全，其登于上下
>
> □□，聞於四旁（方）。子孫，永保是尚。

說明：

　　本器銘文由十件鐘合得而成，皮難和者減是誰，各家說法互異，王國維認爲皮難「以聲類求之，當即《史記·吳泰伯世家》之頗高，乃吳子壽夢之曾祖，《史記》載頗高子句卑與晉獻公同時，則皮難王吳當在春秋之初葉矣。」、〔註30〕楊樹達認爲「者減之名，經傳無所見，余以聲音求之，蓋《史記·吳世家》之轉也。《吳世家》記太伯十四傳爲禽處，禽處卒，子轉立。者減之合音爲轉。」、〔註31〕溫廷敬認爲者減是諸樊、〔註32〕馬承源認爲皮難是畢軫的音假，「畢軫即句卑，子去齊爲吳王，者減與去齊並非一人，應與去齊爲兄弟行。」、〔註33〕董楚平認爲馬說甚確，但者減就是去齊，「去」和「減」意思相近，符合名和字語意相配的慣例，〈者減鐘〉鑄於去齊爲太子時期。〔註34〕筆者認爲王說時代過早，〈者減鐘〉根據銘文刻在正面的兩欒及鉦之間、每一件鐘皆自爲全銘，〔註35〕以及銘文讀法從右欒和右鼓開始順讀自左欒結束等

〔註30〕王國維：〈攻吳王夫差鑑跋〉，《觀堂集林》卷18（上海：上海書店，1992年），頁9。

〔註31〕楊樹達：〈者減鐘跋〉，《積微居金文說（增訂本）》（長沙：湖南教育出版社，2007年12月），頁148。

〔註32〕溫廷敬：〈者減鐘釋〉，《中山大學文史學研究所月刊》3卷2期（1934年12月），頁63。

〔註33〕馬承源：〈關於翏生盨和者減鐘的幾點意見〉，《考古》第1期（1979年1月），頁65。

〔註34〕董楚平：《吳越徐舒金文集釋》（杭州：浙江古籍出版社，1992年12月），頁39。

〔註35〕正文中爲形制較大的〈者減鐘〉之全銘，至於形制較小的〈者減鐘〉，銘文爲「隹正月初吉丁亥，工獻王皮難之子者減自鵗鐘，子孫永保用之」，不管形制大小皆自爲全銘。

特點，都表明鐘的年代為春秋中、晚期，與「春秋之初葉」之說不符。〔註36〕
溫說因為諸樊劍的發現，其銘文自稱「姑發胃反」（詳後文）而被否認，楊氏
與馬氏皆從聲音上推求，但馬承源還結合了鐘的形制和紋飾，認為和〈邾公
牼鐘〉最為相似，後者為魯成公十八年（公元前 573 年）之後所作，則本鐘
應當作於魯宣、文之際。如此看來定皮鱶為句卑，在時代上較符合，而者減
應該是去齊，董楚平之說已經詳盡。

　　鐘銘「鵜」字有兩種寫法，一作 ，一作 ，前者隸定為鵜，後者隸
定為𪆵，兩者之左半部皆从「采」，右半部則像鳥形。樂器銘文常有「自乍龢
鐘」（〈越王者旨於賜鐘〉）、「以鑄龢鐘」（〈儔兒鐘〉）等套語，「鵜」鐘和「龢
鐘」一樣都是形容聲音和諧美麗。 上从二耒一刀，下从三犬，有以犬守
耒之意，是「協」的古字。〔註37〕「召」字銘文作 ，从「臼」从「酉」从
「皿」，金文「召」字多繁寫作 （〈大史友甗〉）、（〈召伯毛鬲〉）、（〈番
君召鼎〉），下方所从皆為承彝或盛酒之器。孫詒讓謂「召」字从爵省囊省召
聲，在金文中常用作國名，〔註38〕本銘「召公壽」和下面「參壽」都指希望
壽命如召公和參星一樣長久。「鱐鱐音音」之「鱐」字拓本不清楚，此處根據
《西清續鑑甲編》摹本而來，「音」字各家釋文皆作剖，也和《西清續鑑甲編》
之摹本相同，但觀現有拓本「音」字皆作 、，不从刀旁，此處依照拓
本隸定。

　　2、〈吳王光殘鐘〉

　　圖版（本器銘文由四十七片碎片合得而成，此處選擇較清楚的殘片）：

〔註36〕王世民：〈西周暨春秋戰國時代編鐘銘文的排列形式〉，《商周銅器與考古學史論集》
　　　　（臺北：藝文出版社，2008 年 3 月），頁 164～171。

〔註37〕于省吾：《甲骨文字釋林》（北京：中華書局，1983 年 8 月），頁 257～258。

〔註38〕孫詒讓：《名原・奇字發微第六》（濟南：齊魯書社，1986 年 5 月），頁 18～19。

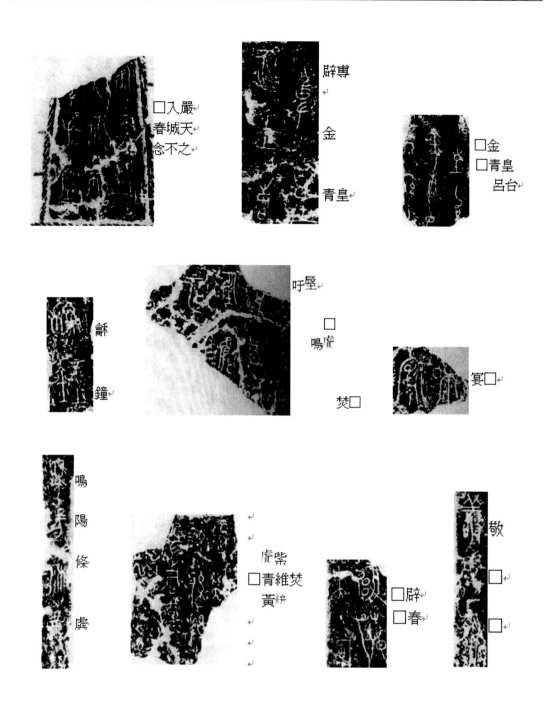

銘文內容：

　　□嚴天之命，入成（城）不（丕）虞。□春念歲，吉日初庚，吳王
光穆曾（贈）辟金，青呂尃皇，臺（以）乍（作）寺吁龢鐘。堅（振）
鳴虞焚，其宴（音）穆=。柬=和鐘，鳴陽（揚）條虞。□□虞青黃，
□紫維綷□。維□辟春，莘莫（英）又（有）慶。敬□而光，沽=
漾=。往已叔姬，虞（虔）敬命勿忘。

說明：

本器出土時破碎，銘文是從四十七片碎片中連綴而來，拓本也不清晰，郭若愚首先對銘文做了連綴，並認為是吳王光嫁女的媵器。〔註39〕銘文內容記載了《左傳》定公三、四年（公元前 511～512）吳國敗楚入郢之事，器主吳王光即吳王闔閭，戰爭發生於闔閭九年。銘文「不膚」郭氏釋為「不續」，但董楚平以為不成文意，應該釋為「丕庚」，即江山易主之意。〔註40〕、

董氏、郭氏皆隸定為「臨」字，認為「臨金」指在戰爭中獲取的兵銅，曾憲通釋為「辟」字，「辟金」指聚合起來的青銅。〔註41〕此處以曾說為當。「辟」字〈召卣〉作，〈克鼎〉作，秦簡作、，本銘第一個字左半從「尸」從二「口」，多的「口」部可能是累增，秦簡「尸」旁有作「ß」者，可知鐘銘的寫法不是首見。「寺吁」是吳王光的女兒叔姬之名，亦見於吳王光鑑。「□□虖青黃□紫維綝□」最為費解，董楚平釋作「既孜虖青，埶（藝）孜虖紐」，〔註42〕曾憲通認為這兩組句子可能是同一組的異文，前組文字多和色彩有關，但文意不詳。〔註43〕本器銘文從「屖鳴虖焚」至「莘莫又慶」皆形容樂器聲音和諧宏大，或如郭若愚所說為祝善用語。

〔註39〕郭若愚：〈從有關蔡侯的若干資料論壽縣蔡侯器的年代〉，《上海博物館集刊》第 2 期（1983 年 7 月），頁 77～80。

〔註40〕董楚平：《吳越徐舒金文集釋》（杭州：浙江古籍出版社，1992 年 12 月），頁 50～51。

〔註41〕曾憲通：〈吳王光編鐘銘文的再探討〉，《古文字與出土文獻叢考》（廣州，中山大學出版社，2005 年 1 月），頁 147。

〔註42〕董楚平：《吳越徐舒金文集釋》（杭州：浙江古籍出版社，1992 年 12 月），頁 50。

〔註43〕曾憲通：〈吳王光編鐘銘文的再探討〉，《古文字與出土文獻叢考》（廣州，中山大學出版社，2005 年 1 月），頁 148。

3、〈配兒鉤鑃〉

圖版：

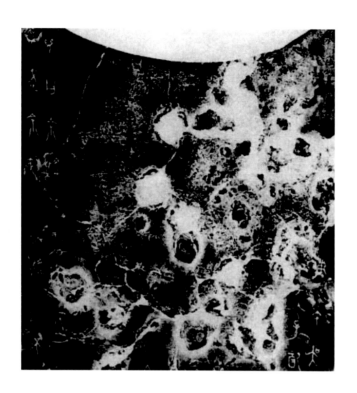

銘文內容：

　　□□□初吉庚午，吳

　　王□□□□塚子配

兒曰：余酘（熟）戕（臧）于戎攻

叡（且）武。余邲斁威鼗（忌），不

敢誇舍（舍）。擇辱吉金，鈜

鏐鏽鋁，自乍（作）鉤鑼。□臺（以）

宴賓客，臺（以）樂我者（諸）父，

子孫用之，先人是訏（予）。

說明：

　　器主「配兒」沙孟海認爲是闔閭之子、夫差之兄太子波，並懷疑太子波和《左傳》定公六年記載的太子終纍，是同一個人的異名，〔註44〕董楚平從「終纍」和「配兒」意思相近，肯定沙氏之說。〔註45〕「誇舍」沙氏認爲應讀爲「訶舒」，是屏氣、屏息的意思；曹錦炎認爲是怠慢的意思；〔註46〕董楚平認爲是哼曲調、吹口哨，有不嚴肅的意思。此處以文意來說，上句「邲斁威鼗」是敬畏的意思，則下句的「不敢誇舍」應當指不敢有不恭敬的行爲，所以沙氏之文意不合，而曹世和董氏之說皆有可能。「鏽鋁」銘文中習見，常和「鈜鏐」並列使用而寫法不一，〔註47〕舒國〈遼邡編鐘〉作「鏽鏐是擇」、〈舒城鼓座〉作「擇其吉金玄釗（鏐）鑄呂」、徐國〈儔兒鐘〉作「吉金鑄鋁」，從金旁的四字皆是金屬名稱，用在銘文中意思和「吉金」相近，都指好的金屬。「鉤鑼」越國銅器如〈其次句鑼〉、〈姑馮句鑼〉，「句」字不從「金」，本器從「金」作「鉤」，是吳、越樂器之別。「先人是訏」杜迺松認爲「人」下一字應爲「之」。〔註48〕本字作▆，像「之」字，也像「是」字之下半部，徐國〈儔兒鐘〉有「後民是語」(詳本章第三節)，銘文句法和本器相似，因此這裡不從杜說將▆隸定爲「是」。

〔註44〕沙孟海：〈配兒鉤鑼考釋〉，《考古》第 4 期（1983 年 4 月），頁 341～342。

〔註45〕董楚平：《吳越徐舒金文集釋》（杭州：浙江古籍出版社，1992 年 12 月），頁 65～66。

〔註46〕曹錦炎：〈吳越青銅器銘文述編〉，《古文字研究》17 輯（1989 年 6 月），頁 88。

〔註47〕更多關於「玄釨鑄鋁」銘文的資料，可參袁國華：〈山彪鎮一號大墓出土鳥蟲書錯金戈名新釋〉，《古今論衡》第 5 期（2000 年 12 月），表 1 頁 25～27。

〔註48〕杜迺松：〈春秋吳國具銘青銅器匯釋和相關問題〉，《吳文化研究論文集》（廣州：中山大學出版社，1988 年 8 月），頁 137。

4、〈臧孫編鐘〉

圖版：

銘文內容：

隹王正月初吉丁亥，攻敔

中（仲）冬（終）戒（歲）之

外孫、坪之

子𦤎（臧）孫，擇

毕吉金，

自乍（作）龢鐘，子₌孫₌，永保是从。

說明：

本器銘文出現三個人名—中終歲、坪和臧孫，其中中終歲又可以簡稱中歲，〔註 49〕劉興認爲就是《左傳》定公六年記載的太子終纍。〔註 50〕董楚平

〔註 49〕本器九件編鐘中，有三件銘文器主名省去「終」字作「中歲」。參江蘇省文管會：〈江蘇六合程橋東周墓〉，《考古》第 3 期（1956 年 3 月）。

〔註 50〕劉興：〈吳臧孫鐘銘考〉，《東南文化》第 4 期（1990 年 8 月）。

也從聲韻上肯定仲終歲就是本名爲配（即〈配兒鉤鑼〉中的配兒）的終虆，中原人又記音爲波（《吳越春秋》記載的太子波）。〔註51〕坪和臧孫無可考，但根據本器出土的程橋一號墓是吳國貴族大墓，墓中一把銅劍紋飾和夫差劍完全相同，〔註52〕器主臧孫可能是夫差時代的貴族。〔註53〕

5、〈叡巢編鎛〉

圖版：

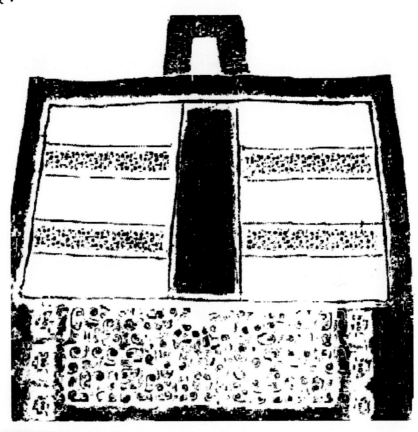

銘文內容：

> 隹王正月初吉庚午，叡巢曰：
> 余攻王之
> 玄孫，余訞子，
> 擇氒吉金，自

〔註51〕董楚平：《吳越徐舒金文集釋》（杭州：浙江古籍出版社，1992 年 12 月），頁 82～83。

〔註52〕江蘇省文物管理委員會：〈江蘇六合程橋東周墓〉，《考古》第 3 期（1956 年 3 月），頁 108～115。

〔註53〕董楚平：《吳越徐舒金文集釋》（杭州：浙江古籍出版社，1992 年 12 月），頁 83。

　　乍（作）龢鐘，臺（以）言

　　臺（以）孝于

　　我皇祖，至于子孫，永寶是舍。

說明：

　　本器著錄不多，圖版也不甚清楚，但各家之隸定大致相同。〔註54〕在銘文解讀上谷建祥和魏宜輝認為在「攻」字下脫漏了「吳」字，〔註55〕但馮時以為銘文稱「攻」並非脫字，而是「攻敔」之稱可以急讀減音而稱「攻」或「吳」。〔註56〕另外馮時更從聲音和字義上推論「敀」是吳王僚、器主虘巢是王僚之子諸樊，此「諸樊」和壽夢之子諸樊在金文中，前者稱虘巢，後者稱姑發臀反、姑發䣄，並不同名，但由於文獻傳抄有誤，所以才混淆。〔註57〕筆者以為吳、越銅器時常有誤植情形，〔註58〕此處之脫字似有可能，尤其銘文「敀」下還脫漏了「之」字，〔註59〕更為一證。至於虘巢非吳王僚之子諸樊，魏宜輝也做了詳細的說明，可從。〔註60〕最後，如果王僚真的是器主的父親，銘文又何必提及「玄孫」？不論「玄孫」是通稱還是實指，作為王僚的兒子已經很顯赫，自報家世應該不用

〔註54〕陳昭容《新收殷周青銅器銘文暨器影彙編》一書之釋文和〈邳州九女墩所出編鎛銘文考辨〉相同，僅末句「永寶是舍」，陳釋為「永寶是言」。依谷建祥、魏宜輝之說法「舍」讀作「娛」，儔兒鐘有「後民是語」、配兒鉤鑃有「先人是訏」，「語」、「訏」、「娛」音皆相同，因此本文依從谷、魏之釋作「永寶是舍」。

〔註55〕谷建祥、魏宜輝：〈邳州九女墩所出編鎛銘文考辨〉，《考古》第 11 期（1999 年 11 月），頁 72、魏宜輝：〈再談虘巢編鎛及其相關問題〉，《南方文物》第 3 期（2002 年），頁 41。

〔註56〕馮時：〈虘巢鐘銘文考釋〉，《考古》第 6 期（2000 年 6 月），頁 73。

〔註57〕馮時：〈虘巢鐘銘文考釋〉，《考古》第 6 期（2000 年 6 月），頁 73～75 認為「敀」上古屬見紐宵部，「僚」屬來紐宵部，疊韻可通，而來紐為半舌音，和見紐的舌根音關係密切。又「虘」、「諸」二字上古同在魚部，「巢」和「樊」都有鳥籠、鳥巢之意，因此虘巢之作諸樊，聲音和意思皆吻合。

〔註58〕詳〈工盧大虘鈹〉、〈越王者旨於賜矛〉、〈越大子不壽矛〉等。

〔註59〕谷建祥、魏宜輝：〈邳州九女墩所出編鎛銘文考辨〉，《考古》第 11 期（1999 年 11 月），頁 73 提到「余某某之子」為金文常例。

〔註60〕魏宜輝：〈再談虘巢編鎛及其相關問題〉，《南方文物》第 3 期（2002 年），頁 42 認為，典籍中大多是以記音的方式記載吳越地區的人名，如諸樊、余眛、夫差、句踐一樣，不可能從這些人的名字中探出本意，本器「虘巢」也只是標音而已。

上溯到玄孫，因此筆者傾向魏氏之判斷，器主觑巢和其父親詨無可考。

三、兵　器

　　兵器佔吳國出土有銘銅器的最大數，共有六戈、十一劍、一矛、一戟、一鈹，器主或可以從文獻中找到對應，或知道其在吳國世系中的關係，年代不難確認。其中〈攻敔王光戈〉出土二件，一件殘，形制表中以銘文完整的為主；〈大王光趞戈〉三件，表格中以銘文最清楚的為主；〈吳王光劍〉四件，以安徽和南陵出土的二件銘文最清楚，形制錄於下表；〈吳王夫差劍〉八件，銘文內容和形制大小皆有差異，於後文詳細介紹，下表不收。另外江蘇北山頂出土一件銅兵器，發掘報告稱之為〈余昧矛〉，〔註61〕張敏、周曉陸、董楚平等從之，〔註62〕商志譚、唐珏明、吳聿明認為是徐王自作之矛，〔註63〕曹錦炎則否認為吳器，謂器主待考。〔註64〕筆者認為本器銘文在器主名字的部分十分模糊，曹錦炎提出如果此兵器為吳國所有，銘文不可能不冠以國名，遍查吳國銅器，銘文皆帶有國名，因此不收此兵器。以下為吳國有銘兵器形制表。

表 2-1-4：吳國有銘兵器形制表

器名＼形制	大小（厘米）	器形外觀	紋　飾	銘　文
〈邗王是野戈〉	不詳	援、內平直、鋒呈舌狀、穿較大	不詳	正反面共有銘文 8 字
〈工𠂤太子姑發劍〉	通長 36.4、寬 3.8	柄呈喇叭狀、中空其半、窄格、脊呈三棱形	無紋飾	劍身兩側有銘 2 行 34 字

〔註61〕江蘇省丹徒考古隊：〈江蘇丹徒北山頂春秋墓發掘報告〉，《東南文化》第 3～4 期（1988 年 8 月），頁 36～37。

〔註62〕張敏：〈吳王余昧墓的發現及其意義〉，《東南文化》第 3～4 期（1988 年 8 月），頁 52～58、張敏、周曉陸：〈北山四器銘考〉，《東南文化》第 3～4 期（1988 年 8 月），頁 73～82、董楚平：《吳越徐舒金文集釋》（杭州：浙江古籍出版社，1992 年 12 月），頁 101～103。

〔註63〕商志譚、唐珏明：〈江蘇丹徒背山頂春秋墓出土鐘鼎銘文釋証〉，《文物》第 4 期（1989 年 9 月），頁 51、吳聿明：〈北山頂四器銘釋考存疑〉，《東南文化》Z1 期（1990 年 2 月），頁 69。

〔註64〕曹錦炎：〈北山銅器新考〉，《東南文化》第 6 期（1988 年 12 月），頁 43。

〈工盧王劍〉	通長 30、寬 3.4	通體墨綠色、中不起脊	無紋飾	劍身兩側有銘 2 行 16 字
〈工盧季子劍〉	通長 45.2、身長 36.2、首徑 3	柳葉形劍身、中起脊、圓首窄格、柄呈喇叭形	不詳	劍身兩側有銘 2 行 24 字
〈攻盧王姑發郘之子劍〉	通長 48、寬 4.5、莖長 7.6	橢圓形莖、雙箍寬格、隆脊淺叢、三角形鋒和刃	不詳	劍身兩側有銘 2 行 17 字
〈諸樊之子通劍〉	通長 46.3、莖長 6.7、臘寬 4.3	柳葉形、無劍格、三角形脊	不詳	劍身兩側有銘 2 行 14 字
〈吳季子之子逞之劍〉	劍身長 53.1	不詳	不詳	劍身兩側有銘 2 行 10 字
〈攻敔工敍戟〉	殘長 18、援長 16.5、胡長 10.2	戈援窄長、援中起平脊、長胡、闌側四穿	不詳	援兩面各有錯金銘文共 8 字
〈攻盧王叡戗此郄劍〉	殘長 28.5、柄長 6.4、劍身寬 4.4	中脊起棱、窄格呈「山」形、扁圓柱狀莖、莖側有 2 乳突	無紋飾	劍身近格處有銘 2 行 12 字
〈壽夢之子劍〉	通長 39.5	扁莖、無格無首、劍身中央起平脊	不詳	劍身中脊兩側有銘 40 字
〈工盧大叡鈹〉	通長 32.4、寬 3.3、莖長 5.4	扁圓莖、中起脊	遍身佈滿菱形花紋	近莖兩側有銘 2 行 10 字
〈吳王光劍〉（山西出土）	通長 50.7	圓柱莖、隆脊有棱	劍身雙面有火焰狀花紋	近臘處有銘文 2 行 8 字
〈吳王光劍〉（南陵出土）	通長 50	圓柱莖、有兩道箍棱、有脊	無紋飾	近臘處有銘文 2 行 12 字
〈吳王光劍〉（盧江出土）	通長 54	橢圓柱柄，上有兩道箍棱、莖較寬、中有脊	劍格上鑲有綠松石花紋	近格處有銘 2 文行 16 字
〈攻敔王光戈〉	援長 4 寸 4 分、胡長 2 寸 9 分、內長 2 寸 2 分	鋒銳利、援上刃高於內上緣、闌側三至四穿，內上一穿	飾有刻線紋	正面胡上有銘 3 字、援上 2 字、背面胡上 1 字
〈大王光趞戈〉	援長 4 寸 6 分、胡長 3 寸 3 分、內長 2 寸 3 分	不詳	不詳	正面胡 3 字、援 3 字、背面胡 2 字，共 8 字
〈吳王夫差矛〉	長 29.5	矛身中空、三棱形脊，脊上有血槽	器身遍飾菱形花紋	矛身有銘文 2 行 8 字

〈吳王夫差戈〉	援長 19.5、胡殘長 12.7、內殘長 1.9	胡兩穿、援上一圓穿，穿上有鼻飾、援微曲	不詳	胡背上有銘文 2 行 10 字
〈王子孜戈〉	援長 16、胡長 9.5、內長 8	胡三穿、內一穿	不詳	銘文 7 字
〈伯剌戈〉	援長 16.2、胡長 10.2、內長 6.4	胡上四穿、內上一穿	不詳	胡上有銘 2 行 20 字

1、〈邘王是野戈〉

圖版：

銘文內容：

乍（作）	邘
爲	王
元	是
用	壄（野）

說明：

　　器主是野，郭沫若從音韻上考證爲吳王壽夢。「野」古代多作「野」或「壄」，「予」爲聲符，本器是以「亡」爲聲符。〔註65〕壽夢在古籍中作熟姑、祝夢、乘、乘諸等，都和「是野」讀音相近。〔註66〕邘王有可能指邘國之王，

〔註65〕郭沫若認爲「亡」字古時候用作有無之「無」，「無」、「予」古音極近。參氏著〈吳王壽夢之戈〉，《奴隸制時代》（北京：科學出版社，1956 年 11 月），頁 130。

〔註66〕郭沫若：〈吳王壽夢之戈〉，《奴隸制時代》（北京：科學出版社，1956 年 11 月），頁 132。

也可能指吳王。邗國又稱干國，關於吳、干之戰的唯一紀錄是《管子·小問》：「昔者吳干戰，未齔不得入軍門，國子摘其齒，遂入爲干國多。」，雖無法確知年代，但從《左傳》哀公九年傳：「秋，吳城邗，溝通江、淮。」來看，魯哀公（公元前 486 年）時期吳國已經占據邗了。吳滅邗之後，遷都而去舊號，就如魏惠王遷都於梁之後稱梁惠王、韓哀侯遷都於鄭之後稱鄭哀侯，〔註 67〕吳王也可以稱邗王。吳器〈禺邗王壺〉記載吳國和晉國黃池之會的事情〔註 68〕，銘文中邗王即指吳王。

　　2、〈工𫘜太子姑發劍〉

　　圖版：

〔註67〕童書業：〈釋「攻吳」與「禺邗」〉，《童書業歷史地理論集》（北京：中華書局，2004年9月），頁235。

〔註68〕詳後文水器部分。

銘文內容：

工歔太子姑發閂反，自乍（作）元用。才（在）行之先，以用以隻
（獲），莫敢卸（禦）余。余楚江之陽，𡧛南行西行。

說明：

字陳夢家釋作「閒」，但細看銘文可知此字從「耴」從「𑀈」，當
隸定作「閂」。〔註69〕「姑發閂反」各家皆認爲是吳王諸樊，但郭沫若謂「諸
樊」是中原人對「姑發閂反」的擬音；〔註70〕商承祚謂「姑發閂反」是諸樊的
字，「遏」爲諸樊的名；〔註71〕董楚平謂「姑發閂反」是諸樊的本名。〔註72〕
諸樊之名、字史籍說法不一，《左傳》稱吳子遏、《公羊傳》及《穀梁傳》稱
吳子謁，說「謁」是諸樊「卒之名」、〔註73〕《史記・吳世家・索隱》：「春秋
經書『吳子遏』，左傳稱『諸樊』，蓋遏是其名，諸樊是其號。」。「姑發閂反」
和〈姑馮句鑃〉的「姑馮昏同」、〈越王者旨於賜劍〉的「者旨於賜」都是帶
有越語發音的名字，「諸樊」、「逢同」、「鼫與」則是這些名字的合音，而史籍
所記的「遏」、「謁」，可能是諸樊的字或號。「𡧛南行□行」郭沫若釋「至于
南行西行」、商承祚原本釋「至于南至于西行」，謂「『行』字直貫上句，故不
須在『南』字下複出行字」〔註74〕，後來商氏重新審視器物，同意釋作「至
于南行西行」。

〔註69〕商承祚：〈「姑發閂反」即吳王「諸樊」別議〉，《中山大學學報》第3期（1963年9
月），頁68。

〔註70〕郭沫若：〈跋江陵與壽縣出土銅器群〉，《考古》第4期（1963年4月），頁181。

〔註71〕商承祚：〈「姑發閂反」即吳王「諸樊」別議〉，《中山大學學報》第3期（1963年9
月），頁69～70。

〔註72〕董楚平：《吳越徐舒金文集釋》（杭州：浙江古籍出版社，1992年12月），頁91。

〔註73〕楊伯峻：《春秋左傳注》襄公二十五年經：「十有二月，吳子遏伐楚，門于巢，卒。」、
《春秋穀梁傳・襄公二十五年傳》：「門于巢，乃伐楚也。諸侯不生名，取卒之名，
加之「伐楚」之上者，見以伐楚卒也。」、《春秋公羊傳・襄公二十九年傳》：「何
賢乎季子？讓國也。其讓國奈何？謁也、余祭也、夷昧也與季子同母者四，季子
弱而才，兄弟皆愛之，同欲立之以爲君。」。

〔註74〕商承祚：〈「姑發閂反」即吳王「諸樊」別議〉，《中山大學學報》第3期（1963年9
月），頁71。

3、〈工盧王劍〉

圖版：

銘文內容：

　　工盧王乍（作）元已（祀）用，□

　　乂江之臺，北西南行。

說明：

　　本器沒有標明器主，但根據國名作「工盧」可以知道大約年代在諸樊到季札之間，又銘文「北西南行」和〈工歔太子姑發劍〉相近，推測此吳王可能爲諸樊。〔註75〕李學勤謂「乂」訓爲治理，「臺」讀爲「涘」，「乂江之涘」有平定長江兩岸的意思。〔註76〕

〔註75〕董楚平：《吳越徐舒金文集釋》（杭州：浙江古籍出版社，1992 年 12 月），頁 94。

〔註76〕李學勤：〈試論山東新出青銅器的意義〉，《文物》第 12 期（1983 年 12 月），頁 22。

4、〈工盧季子劍〉

圖版：

銘文內容：

工盧王姑發嚳反之弟季子，□

□後子，乎可金以乍（作）其元用鐱（劍）

說明：

本器銘文出土報告釋作「工吳王胐發訾謁之弟季子肵局後余厥吉金甸曰其元用劍」，〔註77〕文意不通，從「季子」之後的釋文有多字費解。曹錦炎根據原劍照片重新改釋，「胐發訾謁」作「姑發謦反」、「季子」之後銘文作「者尚受余厥司金，以乍其元用劍」，謂「姑、反、之、季、子、乍、元、劍」八字爲反書、「者尚」是季子之名、「余厥司」是指自己的下屬，銘文內容記載季札接受屬下所獻的銅製作寶劍。〔註78〕王輝稍後也做了釋讀，「姑發謦反」作「胐發□謁」，「季子」之後銘文作「刖曰後子厥吉金以乍其元用鐱」，謂「刖」是季子之名，「曰後子」說明季札是壽夢的嗣子。〔註79〕「季子」下面二字，董楚平認爲應當依照出土報告釋作「肵」，「肵尚」是推舉遵從的意思。〔註80〕筆者以爲「季子」之後一字銘文作 ![字] ，「刖」字甲文作 ![字] 、包山簡作 ![字] 、秦簡作 ![字] ，都和本銘不相似，而「曰」字〈禹鼎〉作 ![字] 、〈邾公華鐘〉作 ![字] ，也無法和本銘 ![字] 字對應，因此王說不確。董楚平之說文意可通，但 ![字] 從字形上無法看出從「斤」旁，又「尚」字〈尚鼎〉作 ![字] 、〈爲甫人盨〉作 ![字] 、〈中山王䜌壺〉作 ![字] ，從無省略「口」旁上方 ![部件] 部件的。基於此，本文「季子」下面二字缺釋。 ![字] 、 ![字] 曹錦炎和出土報告均作「受余」，不知何解。「受」字〈伯康簋〉作 ![字] 、〈盂鼎〉作 ![字] ，從二手舟聲，〔註81〕「後」字〈令簋〉作 ![字] 、〈師寰簋〉作 ![字] ，和圖版對照本銘當爲「後」字無疑。至於「余」字銅器銘文多作 ![字] （〈徐王義楚觶〉）、 ![字] （〈者汈編鐘〉），吳器本身也作 ![字] （〈配兒鉤鑃〉），和本銘相差很遠，銘文中 ![字] 應該是「子」字。

〔註77〕晉華：〈山西榆社出土一件吳王胐發劍〉，《文物》第 2 期（1990 年 2 月）。

〔註78〕曹錦炎：〈吳季子劍銘文考釋〉，《東南文化》第 4 期（1990 年 8 月），頁 109～110。

〔註79〕王輝：〈關於「吳王胐發劍」釋文的幾個問題〉，《文物》第 10 期（1992 年 10 月），頁 89～90。

〔註80〕董楚平：《吳越徐舒金文集釋》（杭州：浙江古籍出版社，1992 年 12 月），頁 96。

〔註81〕吳振武：〈釋「受」並論盱眙南窖銅壺和重金方壺的國別〉，《古文字研究》14 輯（1986 年 6 月），頁 52。

5、〈攻鷹王姑發𨚢之子劍〉

圖版：

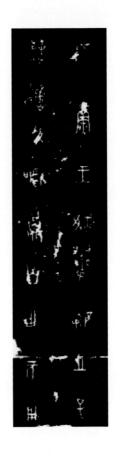

銘文內容：

攻鷹王姑發𨚢之子

曹□眾尋員自乍（作）元用

說明：

[img]曹錦炎釋作「飛」，認為「曹鮖眾飛」即《左傳》中記載的太子終纍。又對照九件〈臧孫鍾〉，銘文中有 3 件「中終歲」作「中歲」，謂稱「中歲」和本銘「姑發𨚢」無「閹」字一樣，都是出於避諱的考量，據此終纍非杜豫注解的闔閭之子，而是諸樊之子。〔註82〕筆者認為「曹」下一字右半部从「魚」，左半部卻模糊不清，本文缺釋。[img]釋「飛」字不妥，「飛」金文作[img]（〈秦公鐘〉「翼」作[img]），甲文作[img]，汗簡作[img]，「尋」字作[img]（〈齊侯鎛〉鄩作[img]）、[img]（〈達邘編鍾〉），和本銘相似，因此[img]當釋為「尋」。「員」字曹氏以為

───────────────

〔註82〕曹錦炎：〈攻鷹王姑發𨚢之子曹鮖劍銘文簡介〉，《文物》第 6 期（1988 年 6 月），頁91～92。

意思未詳，今按「曹□眾尋員」可能爲器主之名，吳、越人名多爲四字，但也有如〈壽夢之子劍〉作「姑發難壽夢」五字的，再者吳國是否有避諱作法，尚不得而知。本器是諸樊之子所作，但爲哪一個兒子則待考。

6、〈諸樊之子通劍〉

圖版：

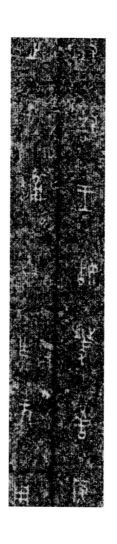

銘文內容：

攻敔王姑發讆反

之子通自乍（作）元用

說明：

　本器 2003 年山東省新泰市出土，沒有出土報告也不見於他書著錄，相關討論只任相宏、張慶法合寫之〈吳王諸樊之子通劍及相關問題探討〉一篇。[註83]

〔註83〕任相宏、張慶法：〈吳王諸樊之子通劍及相關問題探討〉，《中國歷史文物》第 5 期（2004 年）。

幸好銘文圖版尚爲清晰，據此可知此篇文章的隸定大致正確，唯  字任、張二人釋爲「者」，筆者以爲當隸定作「䇦」。從拓本可看出本字下半部從「舌」，對照〈工盧季子劍〉「䇦」字作 ，可看出兩者相似，隸定當從〈工盧季子劍〉作「䇦」。器主通歷史無記載，詳細身分待考。

7、〈吳季子之子逞之劍〉

圖版：

銘文內容：

　　吳季子之子

　　逞之元用鎗（劍）

說明：

季子即吳王壽夢的第四子，《史記・吳世家》稱季札，器主爲季札之子逞，經傳無載，銘文「季」、「用」二字有鳥形。

8、〈攻敔工敘戟〉

圖版和銘文內容：

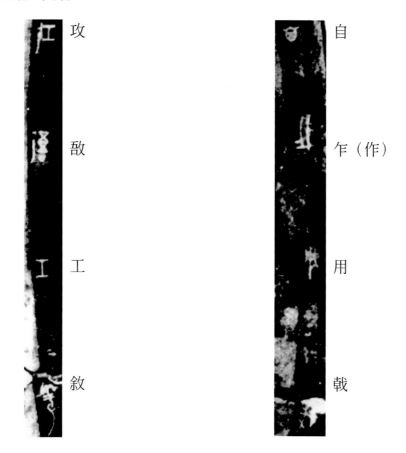

攻		自
敔		乍（作）
工		用
敘		戟

說明：

本器銘文正面四字皆反書，爭議點是第四字的銘文隸定。字王步毅釋爲「差」，謂「工」字是「王」字的省寫，「工差」可能是吳王夫差；〔註84〕殷滌非釋爲「年」，謂「工年」讀如「季」，季可能是季札；〔註85〕陳秉新釋爲「敘」，謂「工敘」可能是《史記・吳太伯世家》的蓋餘、《春秋》的掩餘；〔註86〕董楚平同意釋「敘」，但認爲「工敘」讀音和蓋餘或掩餘相差很遠，而

〔註84〕王步毅：〈安徽霍縣出土吳蔡兵器和車馬器〉，《文物》第 3 期（1983 年 3 月），頁 45。

〔註85〕殷滌非：〈吳工年戟跋〉，《文物》第 3 期（1983 年 3 月），頁 47。

〔註86〕陳氏將此字摹寫作 ，謂上半部是古「余」字，下半部從又，按古文字偏旁變動

和「句余」讀音相近，因此認爲器主是《左傳》襄公二十八年的句餘，即吳王余祭。〔註 87〕筆者以爲此字上半部雖然模糊，但下半部从、是很清楚的，「差」字〈吳王夫差鑑〉作、，和本銘不似，且夫差在銅器銘文中從未稱作「王差」或「工差」，因此王說不確。「季」字从「子」从「禾」，〈井季卣〉作、〈虢季氏簋〉作，「年」字〈大梁司寇鼎〉作、〈平陰鼎蓋〉作，於字形上皆不吻合，因此本字釋「敘」在字形上是可靠的。「敘」从攴、余聲，「工」和「句」相通，余、餘音同，〔註 88〕「工敘」讀作句餘，亦即余祭，而銘文未稱王，可知本器作於余祭尚未即位之時。

9、〈攻盧王𫹉戉此郚劍〉

圖版：

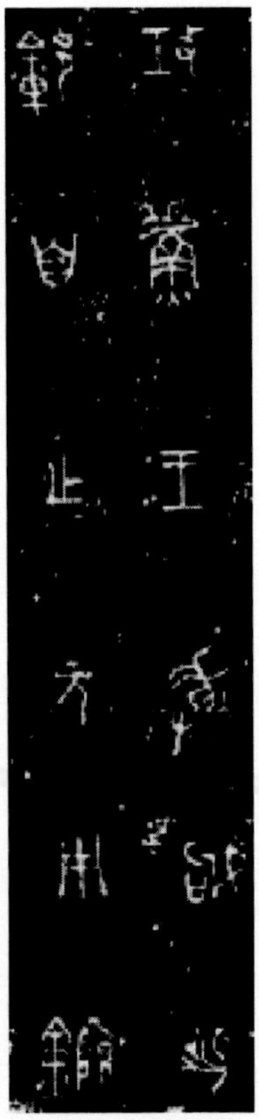

不居之原則，當氏作「敘」。參陳秉新：〈安徽霍縣出土吳工敘戟考〉，《東南文化》第 2 期（1990 年 2 月），頁 71～72。

〔註 87〕董楚平：《吳越徐舒金文集釋》（杭州：浙江古籍出版社，1992 年 12 月），頁 101。

〔註 88〕「工」字古紅切，「句」字古侯切，兩字讀音相近；「餘」字从食余聲，和「余」字讀音相同。

銘文內容：

攻敔王叡𫓧此

郘自乍（作）元用鐱（劍）

說明：

　　本器國名自稱「攻敔」，時代應當在吳王諸樊至季札期間，[註89]器主「叡𫓧此郘」陳千萬認爲是壽夢三子余昧。[註90]筆者認爲器主當爲壽夢二子余祭，「叡𫓧郘」和「叡𫓧此郘」爲同一人，就如吳王諸樊或稱「姑發誾反」，或稱「姑發邥」一樣。陳千萬和曹錦炎都認爲「叡𫓧郘」或「叡𫓧此郘」即《左傳》中的句餘。史載余祭在襄公二十九年爲閹人所殺，由余昧繼位爲王，因此襄公二十八年賞賜朱方給齊時，余祭尚存，故器主應當爲余祭。

　　10、〈壽夢之子劍〉

圖版：

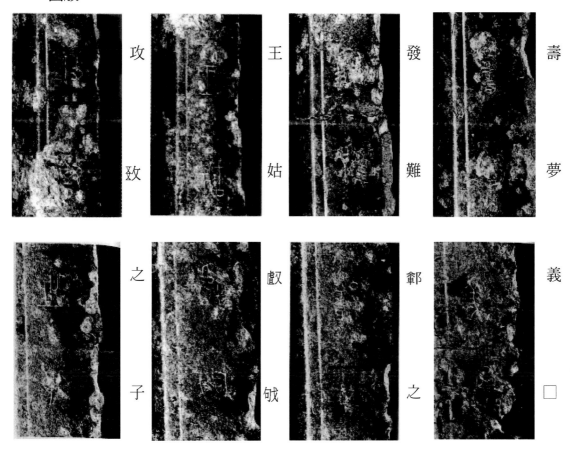

〔註89〕參《吳王御士簠》之說明。

〔註90〕陳千萬：〈湖北谷城縣出土「攻敔王叡𫓧此郘劍」〉，《考古》第4期（2000年4月）。

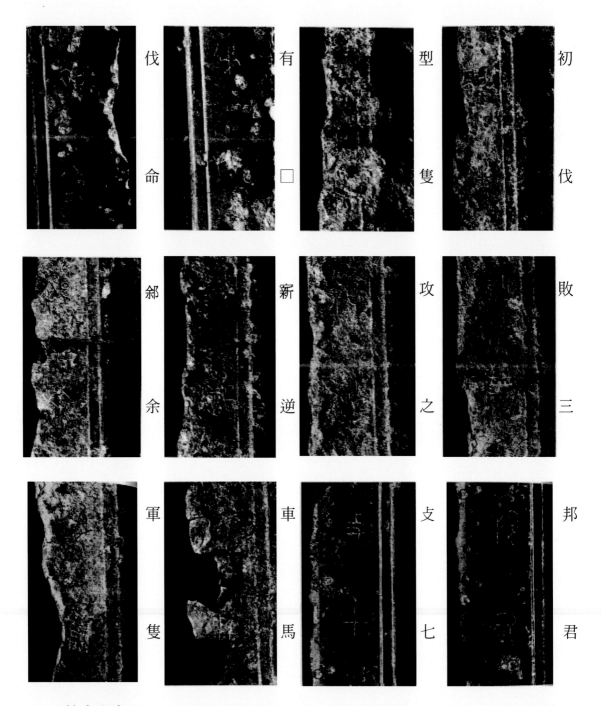

銘文內容：

攻致王姑發難壽夢之子虡𫘦鄯之義□，初命伐□，有隻（獲）。型（荊）伐邻（徐），余𣂪（親）逆，攻之。敗三軍，隻（獲）車馬，攴七邦君。

說明：

「姑發難壽夢」即吳王壽夢，從多件吳王諸樊劍銘文作「姑發臂反」、

「姑發郳」，可知「姑發」當爲吳國王室的氏稱。〔註91〕「戲戝」爲器主名字，末字拓本不清楚，但對照〈攻盧王戲戝此郘劍〉器主名字末字作，可以依此隸定作「郘」，「戲戝郘」是壽夢之子。《史記‧吳太伯世家》：「壽夢有子四人，長曰諸樊，次曰余祭，次曰餘眜，次曰季札。」，曹錦炎根據《左傳》襄公二十八年傳：「既而齊人來讓，奔吳。吳句餘予之朱方。」之「句餘」，和「戲戝郘」之「郘」從「余」聲，認爲器主是吳王余祭。〔註92〕銘文記載吳國幫助徐國抵禦楚國的進攻，並一次打擊了支持楚國的七個邦國，這件歷史史書沒有記錄，銘文可補史闕。

12、〈工盧大戲鈹〉

圖版：

工盧大戲鈹器形外觀

銘文內容：

工盧大戲矢

工盧自元用

說明：

本器外形似劍但裝有長柲，古代稱之爲鈹，〔註93〕《方言》：「鋋謂之鈹。」

〔註91〕曹錦炎：〈吳王壽夢之子劍銘文考釋〉，《文物》第 2 期（2005 年 2 月），頁 68。

〔註92〕曹錦炎：〈吳王壽夢之子劍銘文考釋〉，《文物》第 2 期（2005 年 2 月），頁 68～70。

〔註93〕馬承源主編：《中國青銅器》（臺北：南天出版社，1991 年 10 月），頁 63。

郭樸注：「今江東呼大矛爲鈹是也。」，〔註94〕因此稱矛或鈹皆可，此處根據古
稱作「鈹」。銘文清楚，學者隸定無分歧，但解釋上則各有說法。馮時率先稱〈工
盧大叡矛〉〔註95〕，後來又改稱〈工盧大叡鈮〉，謂大叡是器主名，也就是吳王
余祭，銘文第二行的「工盧」非國名，而是余祭的名號；〔註96〕劉雨稱〈工盧大
叡矢〉，謂「工盧大叡」即「工盧大祖」，和〈工盧大叔盤〉之「工盧大叔」一
樣是吳國固有的稱謂；〔註97〕李家浩稱〈工盧大叡〉，謂第二行銘文之「工盧」
是爲了字數的對稱而重複，這和〈越王者旨於賜劍〉銘文重複「戉王」一樣。
另外「叡」字和「作」字的讀音和用法相同，工匠在製器的時候將「叡」誤植
在第一行「大」和「矢」中間，致使各家誤以爲「大叡」爲作器者，更正之後
作器人應爲「大矢」。〔註98〕

　　筆者以爲李家浩對於銘文重複「工盧」二字的解讀十分正確，除了〈越
王者旨於賜劍〉之外，〈越王之子句踐劍〉、〈越王州句劍〉、〈越王劍〉等也都
在劍格部分重複銘文。〔註99〕另外「叡」字是判斷銘文的關鍵，「叡」在吳器
中有用作人名，如叡戕此鄴（〈攻盧王叡戕此鄴劍〉）、叡戕鄴（〈壽夢之子劍〉），
但銅器中也有當「作」字用的例子。〔註100〕筆者以爲此「叡」字應該還是作
人名，銘文讀爲「工盧大叡自元用矢」，缺少掉的「作」字可能爲脫漏，吳國
樂器〈叡巢編鎛〉銘文即有脫漏現象。器主「大叡」就本器國名作「工盧」
來看，有可能即爲余祭〔註101〕。吳國地區對兵器的稱呼有別於中原，〈吳王

〔註94〕漢‧揚雄：《方言》（北京：中華書局，1985 年，叢書集成影印逸史本）卷 9，頁 83。

〔註95〕馮時：〈工盧大叡矛〉，《保利藏金——保利藝術博物館精品選》（廣州：嶺南美術
　　　　出版社，1999 年 9 月），頁 253。

〔註96〕馮時：〈工盧大叡鈮銘文考釋〉，《古文字研究》22 輯（2000 年 7 月），頁 112。

〔註97〕劉雨：〈近出殷周金文綜述〉，《古文字研究》24 輯（2002 年 7 月），頁 158。

〔註98〕李家浩：〈談工盧大矢銘文的釋讀〉，《古文字研究》26 輯（2006 年 11 月），頁 209
　　　　～211。

〔註99〕詳第二章第二節。

〔註100〕李家浩認爲銅器銘文中，「作」除了寫作「乍」或從「乍」聲之字外，還有寫作「叡」
　　　　或從「叡」聲之字，如「曾中（仲）之孫碁叡用戈」。參氏著〈談工盧大矢銘文的
　　　　釋讀〉，《古文字研究》26 輯（2006 年 11 月），頁 210。

〔註101〕余祭時期的器物有稱攻敔（〈攻敔工叙戟〉）、工盧（〈工盧季子劍〉）、攻盧（〈攻盧王
　　　　叡戕此鄴劍〉）等，余祭之後則只稱攻敔（〈吳王夫差劍〉）、攻敔（〈吳王光劍〉），

夫差矛〉稱「矛」為「鏦」，本器稱「鈹」為「矢」，也提供了「矢」為器名
而非人名的一個旁證。

13、〈吳王光劍〉

圖版：

銘文內容：

（圖左）

攻敔王光自乍（作）

用鐱，臺（以）戰戜人

（圖中）

攻敔王光自乍（作）用鐱

趄余允至，克戜多攻（功）

（圖右）

攻敔王光

自乍（作）用鐱

可知國名「**盧**」字只用在諸樊、余祭時期。

說明：

　　器主標名為吳王光的銅劍共有三把，各自的銘文內容和形制都不相同，以下逐一介紹。安徽南陵出土的〈吳王光劍〉（圖一），銘文的最後四個字釋讀有爭議，劉平生釋「以戰戍人」；〔註102〕劉雨釋「以戠勇人」，謂「戠」讀為「當」，是敵人的意思，「勇」有「悍」之意，「勇人」即剽悍之人，劍銘表示這把劍是吳王光防身殺敵用的；〔註103〕周曉路、張敏之釋文和劉雨相同，但認為「戠」同「賞」，「勇人」是吳王光的賞賜對象。〔註104〕筆者以為「戰」字〈番志鼎〉作 ![戰], 、〈寰鼎〉作 ![戰] ，「尚」字〈者減鐘〉作 ![尚]、〈陳公子甗〉作 ![尚]，相比之下本銘 ![字] 字左半部和「尚」字較像，當釋為「尚」。![字] 字從「用」從「戈」，和《說文》：「勇，或從戈用」相合，當釋「勇」，因此劉雨釋文甚確，但對「戠」和「勇人」之解釋卻以周、張二人的為佳。〔註105〕

　　安徽盧江發現的〈吳王光劍〉（圖二），第二行銘文也有爭議，馬道闊釋「趄余以至克肇多攻」；〔註106〕石曉認為「以」當釋「允」、「肇」當釋「戠」，謂「克戠多攻」意指能取得很多功績；〔註107〕周曉陸、張敏釋「趄余允至克卲多攻」，謂「卲」字當釋為「成」，「克成」金文習見；〔註108〕李家浩釋「趄余允至克牂多攻」，認為「趄」是吳王之字，「趄余」是吳王自稱之詞，「允」是虛辭，「至」讀為「鷙」有勇武的意思，對照吳國〈配兒鉤鑃〉銘文「熟臧于戎攻」，「牂」字應當讀「臧」，訓為「善」；〔註109〕何琳儀釋「趄余允至

〔註102〕劉平生：〈安徽南陵縣發現吳王光劍〉，《文物》第 5 期（1982 年 5 月），頁 59。

〔註103〕劉雨：〈關於南陵吳王光劍銘釋文〉，《文物》第 8 期（19682 年 8 月），頁 69。

〔註104〕周曉陸、張敏：〈《攻敔王光劍》跋〉，《東南文化》第 3 期（1987 年），頁 71 ～72。

〔註105〕周曉陸、張敏：〈《攻敔王光劍》跋〉，《東南文化》第 3 期（1987 年），頁 72 指出「戠」從「尚」從「戈」，「尚」取意兼聲，從「戈」為賞賜兵器之意，賞賜財物從「貝」，賞賜兵器從「戈」，道理相同。另外「勇」在當時是做為一種道德規範，《論語・憲問》中孔子稱讚子路「勇人也」即一證。

〔註106〕馬道闊：〈安徽盧江發現吳王光劍〉，《文物》2 期（1986 年 2 月），頁 64。

〔註107〕石曉：〈吳王光劍銘補正〉，《文物》第 7 期（1989 年 7 月），頁 81。

〔註108〕周曉陸、張敏：〈《攻敔王光劍》跋〉，《東南文化》第 3 期（1987 年），頁 73。

〔註109〕李家浩：〈攻敔王光劍銘文考釋〉，《文物》第 2 期（1990 年 2 月），頁 74～76。

克戠多攻」，謂 字左半部和甲骨文「尋」作 相似，都像兩臂與杖齊長之形，尤其本銘兩臂相接之處有明顯的隆起，是釋「尋」的重要證據；〔註110〕董楚平贊成何氏之釋文以及李氏對「至」字的解釋，但認爲「允」字應該讀「駿」，銅器銘文中有「畯臣天子」之語，畯臣即畯臣，表示永遠臣事天子。〔註111〕

　　按：馬之釋「以」不確。 字下方爲兩豎，「以」字金文或作 （〈工㪁太子姑發劍〉）、（〈敬事天王鐘〉），或寫成「臺」字作 （〈王孫鐘〉）、（〈陳喜壺〉），「允」字金文作 （〈班簋〉）、（〈秦公鎛〉），相比之下釋「允」較恰當。又「允」字雖然聲音和「夋」字相通，〔註112〕董楚平之說似乎有理，但從《爾雅‧釋詁》：「展、諶、允、愼、亶，誠也。」可知道「允」的字義放在銘文中是通順的，「允至」就是眞實的勇武，因此不用將「允」和「駿」牽扯上關係。 字周、張二人釋爲「成」，認爲和〈沇兒鎛〉上之「成」字一致，但〈沇兒鎛〉「成」字作 ，又同是徐器的〈徐茜尹征城〉「成」字作 ，都和本銘不似，何琳儀對「尋」字說法適切，本字應當釋「戠」。總結而言安徽出土的〈吳王光劍〉銘文大意爲吳王光勇武過人、功績非凡。

　　最後山西平原縣峙峪村出土的〈吳王光劍〉（圖三），〔註113〕銘文隸定沒有爭議，內容也和一般兵器無異。

　　14、〈攻敔王光韓劍〉

　　圖版：

〔註110〕何琳儀：〈皖出二兵跋〉，《文物研究》第3期（1988年6月），頁70。

〔註111〕董楚平：《吳越徐舒金文集釋》（杭州：浙江古籍出版社，1992年12月），頁112。

〔註112〕「夋」字《說文》：「，行夋夋也。一曰，倨也。從夊，允聲。」。

〔註113〕戴遵德：〈原平峙峪出土的東周銅器〉，《文物》第4期（1972年4月），頁69～71。

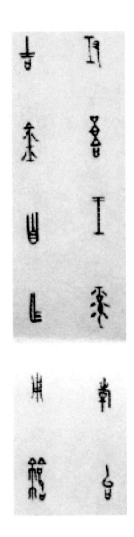

銘文內容：

　　攻吾王光軌臺（以）

　　吉金自乍（作）用鑰

說明：

　　本器著錄者不多，銘文第二字董楚平依據李家浩所贈摹本作【符】，[註114] 但筆者細審拓本發現在模糊中【符】下面似乎有「口」，因此本處根據陳昭容之摹本作吾。[註115] 【符】字李家浩比對〈吳王光鑑〉「光」字作【符】、〈中山王鼎〉作【符】而釋為「光」，【符】字釋為「韓」，皆可從。[註116]

─────────────

〔註114〕董楚平：《吳越徐舒金文集釋》（杭州：浙江古籍出版社，1992 年 12 月），頁 113。

〔註115〕陳昭容等：《新收殷周青銅器銘文暨器影彙編》（1807）。

〔註116〕李家浩：〈攻五王光韓劍與虞王光趄戈〉，《古文字研究》17 輯（1989 年 6 月），頁 140。

15、〈攻敔王光戈〉

圖版：

銘文內容：

攻敔王光自□

說明：

本器正面胡上銘「攻敔王」，援上銘「光自」，背面胡上一字未識，董楚平以爲此字與〈王子狄戈〉背面胡上一字相似，可能是匠師的名字。銘文不全，缺「乍用戈」三字，全器六字無明顯鳥形，但「攻」字左上半部和「王」字都有裝飾筆畫，有作鳥首圖案的寓意。〔註117〕

16、〈大王光趄戈〉

圖版：

銘文內容：

　　大王光趄自乍（作）用戈

說明：

　　本器銘文隸定和讀法各異，方濬益讀「趄□□大□□用戈」、丁山讀「大王句趄其夷用戈」，謂器主即越王句踐〔註118〕、李家浩讀「虡王光逗（趄）自乍（作）用戈」，〔註119〕殷滌非〈「者旨於賜」考略〉一文中提到，句踐在金文中又名「笥趄箕尸」，〔註120〕殷氏所指應爲此器。筆者以爲本器銘文讀法和〈攻敔王光戈〉一樣，都是「由胡至援」，因此方氏之讀法順序不確。本銘首字作 ▨，金文中「大」字〈曾侯乙鐘〉作 ▨ 、〈大祝禽鼎〉作 ▨，兩者相似，李家浩釋「虡」非是。另外從安徽盧江發現的〈吳王光劍〉銘文「趄余」的自稱，可知道本器銘文之「趄」就是指吳王光，因此「趄」上一字釋「光」較釋「句」或「笥」爲佳。再者「句」字金文大多從「口」作 ▨（〈姑馮句鑃〉）、▨（〈鑄客匜〉），本銘缺「口」，又「光」字下半部爲一人跪坐之形，金文中也有寫作 ▨（〈攻敔王光戈〉）、▨（〈啓尊〉）者，形體和本銘接近，▨ 當釋爲「光」。最後丁山提到「以此戈銘章次與闔閭戈同，而王字詰詘之花紋又相似，知句逗其夷定與闔閭同時。且鑄戈之地應近於句吳，決非中原所造。」〔註121〕，依此脈絡本器爲吳器的可能性相當大，丁氏卻缺略這點而將結論導向越國，不知何解。綜上所述，將器主視爲句踐是不妥當的。

〔註118〕丁山：〈論句趄其夷即越王句踐——句趄其夷戈跋〉，《文史雜誌》第 3 卷第 1、2 期（1944 年 1 月），頁 43。

〔註119〕李家浩：〈攻五王光韓劍與虡王光趄戈〉，《古文字研究》17 輯（1989 年 6 月），頁 139。

〔註120〕殷滌非：〈「者旨於賜」考略〉，《古文字研究》10 輯（1983 年 7 月），頁 216。

〔註121〕丁山：〈論句趄其夷即越王句踐——句趄其夷戈跋〉，《文史雜誌》第 3 卷第 1、2 期（1944 年 1 月），頁 44。

17、〈吳王夫差劍〉

圖版：

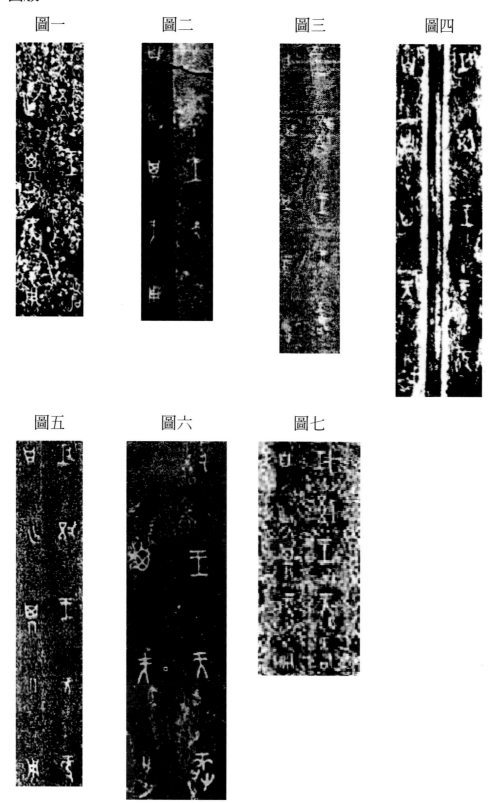

圖一　　圖二　　圖三　　圖四

圖五　　圖六　　圖七

銘文內容：

　　攻敔王夫差

　　自乍（作）其元用

說明：

　　〈吳王夫差劍〉目前出土九把，〔註122〕銘文內容皆相同，以下逐一介紹。根據董楚平的整理，〔註123〕最早見於著錄的〈吳王夫差劍〉是 1797 年阮元、畢沅合撰的《山左金石志》，釋文為「工□王夫天調自乍其天水」，稱〈天水劍〉〔註124〕（圖三，圖版出自《三代》20・46・1），後來阮元《積古齋鐘鼎彝器款識》（10・3）改稱〈寶用劍〉。1895 年吳式芬：《攈古錄金文》（2 之 1・57）認出「攻」、「元」二字，其釋文為「攻□王元□自乍其寶用」，王國維開始認出第二字為「敔」，並謂「攻敔」即「句吳」。〔註125〕1963 年郭若沫釋銘文為「攻敔王元，啓自乍其元用」，認為「元」即諸樊、「啓自乍」猶如「肇自乍」，乃語之變。〔註126〕商承祚讀第五個字為「訝」，謂「元訝」為諸樊名。〔註127〕張振林將本器與其他〈吳王夫差劍〉銘文做比較，發現他們的字數和行款一致，本器不同之處在於銘文是單字印模上去的，因此每個字皆有方框，這些邊框帶給文字釋讀不小的困擾。張氏細查拓本後，將銘文第四字釋為「元」，第九字釋為「夫」，並謂此兩字因字形相似而鈐印相反，導致銘文讀為「攻敔王元差自乍其

〔註122〕董楚平：《吳越徐舒金文集釋》（杭州：浙江古籍出版社，1992 年 12 月），頁 135～149 著錄八把，李先登：〈吳王夫差銅器集錄〉，《東南文化》第 4 期（1990 年 8 月），頁 104～105 著錄十一把，但編號九、十、十一的三把劍銘文為偽刻，因此扣除之後仍為八把。另外 1991 年山東發現一把，參胡新立：〈山東鄒縣發現一件吳王夫差劍〉，《文物》第 8 期（1993 年 8 月），頁 72～73。

〔註123〕董楚平：《吳越徐舒金文集釋》（杭州：浙江古籍出版社，1992 年 12 月），頁 141～143。

〔註124〕清・孫葆田：《山東通志》卷 148（臺北：京華書局，1969 年，民國四年重印本），頁 4418 漢器部分引用《阮志》作〈天水劍〉。

〔註125〕清・王國維：《國朝金文著錄表》（臺北：藝文書局，197?年，百部叢書集成續編影印雪堂叢刻本），頁 13。

〔註126〕郭沫若：《兩周金文辭大系圖錄考釋》（上海：上海書店，1999 年 7 月），頁 155。

〔註127〕商承祚：〈「姑發閈反」即吳王「諸樊」別議〉，《中山大學學報》第 3 期（1963 年 9 月），頁 69～70。

夫用」，〔註128〕王恩田也贊同張說。〔註129〕

　　1935 年安徽壽縣西門出土一把〈吳王夫差劍〉（圖七，圖版出自《雙劍誃古器物圖錄》），于省吾舊藏，後捐贈給故宮博物院，劍的質地精良，至今仍很鋒利，是所有出土夫差劍中最精美者。〔註130〕1965 年山東平度縣征集到一把夫差劍（圖一，圖版出自《銘文選》544 乙），王恩田認爲本器在平度出土的原因，和《左傳》哀公十年吳國被齊國打敗有關係。〔註131〕1976 年河南輝縣百泉文物保管所發現一把夫差劍（圖五，圖版出自〈河南輝縣發現吳王夫差銅劍〉），劍隔上有獸面花紋，鑲嵌綠松石，鋒鍔仍很犀利。〔註132〕1976 年湖北襄陽楚墓出土一把夫差劍（圖四，圖版出自《集成》11639），銘文內容和其他夫差劍相同，但字體筆畫多有省略，〔註133〕「差」字省「口」、「元」字省上面橫畫。1991 年洛陽市的一座戰國墓出土一把夫差劍（圖六，圖版出自〈襄陽蔡坡 12 號墓出土吳王夫差劍等文物〉），銘文因銹蝕而僅存「敔王夫差其元用」七字，但劍的形制和銘文排列次序與其他夫差劍相同，可知原銘文應有十字。〔註134〕1991 年山東鄒縣出土一把夫差劍（圖二，圖版出自〈山東鄒縣發現一件吳王夫差劍〉），劍身瘦長、劍格作獸首倒凹形。鄒縣原本是東周時期邾國的固城，本器出於山東，胡新立認爲和《左傳》哀公七年吳伐魯救邾有關係。〔註135〕最後兩把夫差劍較少見於著錄，其一是天津市藝術博

〔註128〕張振林：〈關於兩件吳越寶劍銘文的釋讀問題〉，《中國國語文研究》第 7 期（1985年 3 月），頁 33～34。

〔註129〕王恩田：〈吳王夫差劍及其辨僞〉，《吳文化研究論文集》（廣東：中山大學出版社，1988 年 8 月），頁 148～149。

〔註130〕董楚平：《吳越徐舒金文集釋》（杭州：浙江古籍出版社，1992 年 12 月），頁 136。

〔註131〕王恩田：〈吳王夫差劍及其辨僞〉，《吳文化研究論文集》（廣東：中山大學出版社，1988 年 8 月），頁 150。

〔註132〕崔墨林：〈河南輝縣發現吳王夫差銅劍〉，《文物》第 11 期（1976 年 11 月），頁 71、崔墨林：〈吳王夫差劍的考究〉，《中原文物》特刊（1981 年 10 月），頁 101～102。

〔註133〕襄陽首屆亦工亦農考古訓練班：〈襄陽蔡坡 12 號墓出土吳王夫差劍等文物〉，《文物》第 11 期（1976 年 11 月），頁 69。

〔註134〕洛陽市文物工作隊：〈洛陽 C1M3352 出土吳王夫差劍等文物〉，《文物》第 3 期（1992年 3 月），頁 23～26。

〔註135〕胡新立：〈山東鄒縣發現一件吳王夫差劍〉，《文物》第 8 期（1993 年 8 月），頁 72。

物館所藏，據李先登介紹本器爲圓柱狀莖，首與鋒已殘失；〔註136〕其一著錄
於《周金文存》（6‧95‧2）、《小校經閣金文拓本》（10‧100‧2），扁莖、無
格無箍，有些學者疑爲僞刻。〔註137〕

18、〈吳王夫差矛〉

圖版：

銘文內容：

　　吳王夫差

　　自乍（作）甬（用）鏦

說明：

　　本器1983年於湖北江陵楚墓出土，〔註138〕對於銘文內容爭議最大的是最
後一個字。張舜徽釋作「鉎」，認爲是「鐯」的異文，前者是先秦文字尚未統
一時各國的異體，後者是秦統一之後的字形〔註139〕，田宜超也作此說；〔註150〕
咏章將本字與楚帛書「於」字做比較，認爲當釋作「鈬」，讀爲從「與」聲的
「鐭」〔註151〕，李先登同意釋「鈬」；〔註152〕夏淥、傅天佑認爲本字左半部和

〔註136〕李先登：〈吳王夫差銅器集錄〉，《東南文化》第4期（1990年8月），頁105。

〔註137〕董楚平：《吳越徐舒金文集釋》（杭州：浙江古籍出版社，1992年12月），頁147
　　　　～148。

〔註138〕〈稀世文物「吳王夫差矛」出土〉，《人民日報》（1984年1月7日）。

〔註139〕張舜徽：〈「吳王夫差矛」銘文考釋〉，《光明日報》第3版（1984年3月7日）。

〔註150〕田宜超：〈釋鉎〉，《江漢考古》第3期（1984年8月），頁71～82。

〔註151〕咏章：〈釋吳王夫差矛銘文中的器名之字〉，《江漢考古》第4期（1987年），頁54
　　　　～55。

〔註152〕李先登：〈吳王夫差銅器集錄〉，《東南文化》第4期（1990年8月），頁105。

「望」字的甲、金文相似，又從聲音推求認爲本字當釋「鐪」，謂「鐪」與鋒鋩的「鋩」爲同源詞，皆爲矛的主要特徵；〔註 153〕何琳儀釋「鈼」，但認爲此即「鋘」字；〔註 144〕王人聰釋「鏦」，謂「鏦」是根據矛向前衝刺的動作而命名的。〔註 155〕筆者以爲銘文末字右半部明顯和金文「乍」字不相似，而如何將「望」的字形和「鐪」的讀音相連接，夏、傅二人並無說明，因此本字釋「鈼」和「鐪」皆有問題。至於釋「鈼」還是「鏦」，筆者傾向後者，就如王人聰指出「於」字楚帛書作，右邊筆畫中的橫畫向右延伸，整體結構作橫勢，而本字右邊上部橫畫卻是向下傾垂，字的結構作縱勢。〔註 156〕

19、〈吳王夫差戈〉

圖版：

銘文內容：

攻敔王夫差

自乍（作）其用戈

說明：

本器 1959 年和〈工𢽚太子姑發劍〉、〈越王者旨於賜戈〉一同出土於安徽淮

〔註 153〕夏淥、傅天佑：〈說鐪——吳王夫差矛銘文考釋〉，《語音研究》第 1 期（1985 年），頁 178。

〔註 144〕何琳儀：《戰國文字通論》（北京：中華書局，1989 年 4 月），頁 151。

〔註 155〕王人聰：〈江陵出土吳王夫差矛銘新釋〉，《文物》第 12 期（1991 年 12 月），頁 92～93。

〔註 156〕王人聰：〈江陵出土吳王夫差矛銘新釋〉，《文物》第 12 期（1991 年 12 月），頁 92。

南市蔡侯墓，〔註157〕胡的背面有兩行銘文，其中只有「王」字和「其」字清晰，孫稚雛目睹實物，將銘文臨寫作「攻致王夫差自乍其用戈」。〔註158〕模糊不清的其他字跡，陳夢家認為是有意磨去的，〔註149〕孫氏也贊同謂「從實物看，似有從橫面刮削的痕跡。『攻敔』與『夫差』四字，由於字小行密，在刮的時候牽連了並列的其他四字。」。〔註150〕

20、〈王子狄戈〉

圖版：

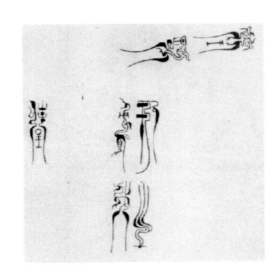

銘文內容：

　　王子狄之用戈

說明：

　　本器 1961 年山西萬榮出土，正面援上有錯金鳥篆二字，胡上四字，背面胡上有一字未識。器銘沒有標注國名，張頷根據以下三點判定為吳器：一、銘文「之」字和〈吳季子之子逞之劍〉「之」字 寫法相同。二、「用」字〈吳季子之子逞之劍〉作 ，本銘同樣是鳥形在下，「用」字在上，鳥喙與「用」字中

〔註157〕安徽省文物局文化工作隊：〈安徽淮南市蔡家崗趙家孤堆戰國墓〉，《考古》第 4 期（1963 年 4 月），頁 206。

〔註158〕孫稚雛：〈淮南蔡器釋文的商榷〉，《考古》第 9 期（1965 年 9 月），頁 467。

〔註149〕陳夢家：〈蔡器三記〉，《考古》第 7 期（1963 年 7 月），頁 381。

〔註150〕孫稚雛：〈淮南蔡器釋文的商榷〉，《考古》第 9 期（1965 年 9 月），頁 467。

筆末尾銜接的情況相同。三、銘文中未識的一字和〈攻敔王光戈〉背面未識字

十分相似。〔註151〕張頷與商承祚從聲音方面考證，皆認爲器主是吳王僚，

〔註152〕董楚平則從器體工藝水平、人名聲韻、字體特點和名字禮俗四方面，認爲器主是吳王夫差。〔註153〕筆者以爲判定器主除了音韻的相關外，還須有其他佐證，董說詳實應可信。

21、〈伯剌戈〉

圖版（本器無拓本）：

銘文內容：

西野王之孫

、嚚中（仲）之子白（伯）

剌用其良金，自乍（作）其元戈

〔註151〕張頷：〈萬榮出土錯金鳥書戈銘文考釋〉，《文物》第 4、5 期（1962 年 5 月），頁35～36。

〔註152〕商承祚：〈「王子𢦏戈」考及其它〉，《學術研究》第 3 期（1962 年 5 月），頁 65～67。

〔註153〕董楚平：《吳越徐舒金文集釋》（杭州：浙江古籍出版社，1992 年 12 月），頁 124～131 認爲在工藝水準方面，吳國的兵器鑄造水平是在闔閭到夫差時期才成熟起來，本器繁縟複雜連「內」部花紋都錯金，作於闔閭、夫差時代可能性較大。字體特點方面，本器和〈吳季子之子逞之劍〉、〈攻敔王光戈〉、〈大王光趄戈〉相似，應該作於闔閭稱王時代。人名聲韻方面，闔閭的兒子見於史書記載的有四人：子山、終纍、波、夫差，其中只有夫差的音韻和「𢦏」有關係。名字禮俗方面，「𢦏」即「吁」字，「夫差」是「呼嗟」的音假，兩者皆有呼號之意，前者是本名，後者是字。

說明：

本器不見於著錄，吳聿明〔註154〕、周曉陸〔註155〕和施湧雲〔註156〕各有文章討論，但筆者目前只找到吳氏之文章，因此圖版部分只能參照董楚平之摹本。〔註157〕從吳、董二人的文章中知曉，「 」施文釋「□野」、周文釋「畢墊」，謂「畢芒」即「畢軫」，「囂仲」即「去齊」；施文釋「茶」、周文釋「剩」，認爲器主「伯剩」就是「壽夢」。〔註158〕吳聿明認爲當釋「西」，「西野」即「是野」亦即「壽夢」，「伯剌」即吳王僚；董楚平謂兵器銘「元×」是吳邗的特點，「西野」可能是壽夢，也可能是邗國國王，而伯剌是否爲王僚則待考。〔註159〕

四、水　器

吳國出土的有銘水器有二鑑、一壺、一盤，除了〈工盧大叔盤〉無法確定器主爲哪個君王外，其餘皆可考。〈吳王光鑑〉出土二件、〈禺邗王壺〉出土二件形制、大小和銘文內容皆一樣；〈吳王夫差鑑〉出土五件，銘文內容相似而大小、形制有別，下表以最早出土的一件爲主。以下爲吳國有銘水器形制表。

表 2-1-5：吳國有銘水器形制表

器名 ＼ 形制	大小（厘米）	器形外觀	紋　飾	銘　文
〈工盧大叔盤〉	高 10.2、口徑 43.6	圓形方唇、小平沿、淺腹平底、三足作獸面環形、四耳對稱	耳飾雲雷紋、腹與耳以繩索文作間隔	盤內正中有銘文 10 字

〔註154〕吳聿明：〈伯剌考〉，《吳文化研究論文集》（廣州：中山大學出版社，1988 年 8 月），頁 144～146。

〔註155〕周曉陸：〈吳伯剌戈讀考〉，《南京博物院集刊》第八輯（1985 年）。

〔註156〕施湧雲：〈江寧陶吳出土銅戈銘文試釋〉，《考古論文選》第一集（1980 年）。

〔註157〕董楚平：《吳越徐舒金文集釋》（杭州：浙江古籍出版社，1992 年 12 月），頁 105。

〔註158〕董楚平：《吳越徐舒金文集釋》（杭州：浙江古籍出版社，1992 年 12 月），頁 104、吳聿明：〈伯剌考〉，《吳文化研究論文集》（廣州：中山大學出版社，1988 年 8 月），頁 144～145。

〔註159〕董楚平：《吳越徐舒金文集釋》（杭州：浙江古籍出版社，1992 年 12 月），頁 105～106。

〈吳王光鑑〉	高 35、口徑 57、腹徑 59、底徑 33	器身兩側有大獸耳	口沿上飾羽翅紋，有迴旋狀的突起點	內底有有銘 8 行 52 字
〈吳王夫差鑑〉	高 40、口徑 70.6	圓腹圜底、無足、頸部兩獸耳銜環	頸、腹飾蟠虺紋和葉形紋	腹內有銘 3 行 13 字
〈禺邗王壺〉	高 48.3	腹旁有兩獸耳、壺蓋作蓮瓣形	一、二、三、五層作蟠虺紋、第四層複增獸首圖紋	蓋外緣四周有銘 19 字

1、〈工𧊒大叔盤〉

圖版：

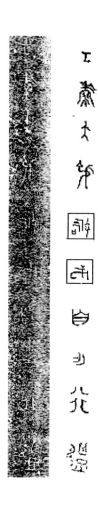

銘文內容：

　　　工𧊒大叔□□自乍（作）行盤

說明：

　　本器器主名字銘文不清楚，曹錦炎釋「詁甬」、[註160] 徐伯鴻釋「耇戉」，

〔註160〕曹錦炎：〈程橋新出銅器考釋及相關問題〉，《東南文化》第 1 期（1991 年 1 月），

認爲是《左傳》襄公五年出使晉國的吳大夫壽越。〔註161〕筆者以爲模糊不清的兩字，參照拓本及董楚平摹本可作「⿰司⿱亍中」，〔註162〕曹氏及徐氏的隸定皆和本銘不相似。因此關於本器，我們只知道作器者是吳王之首弟，國名用「鬳」字，因此作器年代大約在諸樊至季札之間，〔註163〕其餘更詳細的資料則不可考。

2、〈吳王光鑑〉

圖版：

銘文內容：

　　隹王五月，既字白

　　期，吉日初庚，吳王

　　光擇其吉金，玄銑

頁 147。

〔註161〕徐伯鴻：〈程橋三號春秋墓出土盤匜簠銘文釋証〉，《東南文化》第 1 期（1991 年 1 月），頁 153。

〔註162〕董楚平：《吳越徐舒金文集釋》（杭州：浙江古籍出版社，1992 年 12 月），頁 41。

〔註163〕參〈吳王御士簠〉之說明。

白鍼，臺（以）乍（作）弔（叔）姬寺

吁宗彝（彝）薦鑑，用亯

用孝，釁（眉）壽無疆。往

已（矣）叔姬，虔敬乃后，

孫_（愻愻）勿忘。

說明：

　　本器是吳王光嫁女於蔡的媵器，〔註164〕銘文中爭議最大的是對「既字白期」的解釋，以及「往已叔姬，虔敬乃后，孫_勿忘」的斷句。郭沫若認爲「既子白期」即「既生霸」，下接「吉日初庚」是初吉之後、既生霸期中的第一個庚日，大約是五月九日左右；末句銘文郭氏斷句爲「往已，叔姬，虔敬乃后孫，勿忘」。〔註165〕陳夢家認爲「子白」即吳王僚，「既字白期」是器主吳王光服盡了子白（王僚）的喪期，並認爲本器作於公元前514年；末句銘文陳氏句逗爲「往已、叔姬虔敬，乃后孫勿忘」，謂在「敬」字斷句，可以和上下文的「疆」、「忘」押韻。〔註166〕郭若愚認爲「既子白期」是叔姬出嫁有了明確的日子，因此吳王光拿出吉金爲她鑄造銅鑑；末句斷爲「往已叔姬，虔敬乃后孫，勿忘」，謂〈吳王光殘鐘〉「虔敬命勿忘」是吳王要女兒聽他的話，本器「虔敬乃后孫」是要女兒聽從丈夫的話。〔註167〕于省吾同意郭氏說法，並補充「初吉」一定要在「既生霸」之前，在「既生霸」之後只有稱「吉日」；末句于氏斷爲「往已叔姬，虔敬乃后，孫_勿忘」，。〔註168〕唐蘭謂「伯期」是吳王光長子的字，吳王爲他兒子舉行了冠禮之後，又爲他女兒叔姬做了銅鑑；末句唐氏斷法和于氏相同。〔註169〕

〔註164〕安徽省博物館：《壽縣蔡侯墓出土遺物》（北京：科學出版社，1956年12月），頁9。

〔註165〕郭沫若：〈由壽縣蔡器論到蔡墓的年代〉，《考古學報》第1期（1956年3月），頁3。

〔註166〕陳夢家：〈壽縣蔡侯墓銅器〉，《考古學報》第2期（1956年6月），頁110～111。

〔註167〕郭若愚：〈從有關蔡侯的若干資料論壽縣蔡墓蔡器的年代〉，《上海博物館集刊》第2期（1983年7月），頁82～83。

〔註168〕于省吾：〈壽縣蔡侯墓銅器銘文考釋〉，《古文字研究》第1輯（1979年8月），頁48。

〔註169〕唐蘭：《五省出土重要文物展覽圖錄·序言》（北京：文物出版社，1958年10月），頁4。

　　筆者以爲關於「既字白期」的解釋，對照〈吳王光殘鐘〉銘文「□春念歲，吉日初庚」，前面一句表時間用語，因此本器「既子白期」同樣位於「吉日初庚」前面，應當也和時間有關係，因此郭若愚和于省吾之說妥當。而末句銘文的斷法，因本銘大多四字爲句，又對照〈吳王光殘鐘〉銘文「往已叔姬，虔敬命勿忘」，可知當以于省吾之斷句作「往已叔姬，虔敬乃后，孫=勿忘」爲主。至於「孫孫」依照董楚平的看法，這是叔姬媵器，應該只訓叔姬而不及子孫，因此「孫孫」應該讀爲「愻愻」，恭順之貌。〔註170〕

　　〈吳王夫差鑑〉

　　圖版：

　　銘文內容：

　　　（圖左）

　　　　攻吳王大

　　　　差擇氒吉

　　　　金自乍（作）御監

　　　（圖右）

　　　　吳王夫差擇氒

　　　　吉金自乍（作）御監

〔註170〕董楚平：《吳越徐舒金文集釋》（杭州：浙江古籍出版社，1992年12月），頁48。

說明：

　　本器共出五件，銘文內容除了自稱「吳王」和「攻吳王」的差別外，其他皆相同。最早的〈吳王夫差鑑〉著錄於光緒年間的《山西通志》（圖版一），謂攻吳即句吳，大差即夫差；《周金文存》讀「攻」為動詞，認為這是楚國攻伐吳國的器物，因此稱為〈攻吳監〉；王國維起先以為器出於山西，不得為吳物，又以攻吳為官名、王大差為人名，後經過〈者減鐘〉銘文之對照，確定器主為吳王夫差。〔註171〕

　　4、〈禺邗王壺〉

圖版：

銘文內容：

　　　禺邗王于黃池，為趙孟疥

　　　邗王之愍（敬）金，以為祠器

〔註171〕王國維：《觀堂集林》（上海：上海書店，1992 年，上海書店據商務印書館 1940 年版影印）卷 18，頁 9。

說明：

本器銘文的爭議點在對於「禺」字的解釋，一派學者讀爲「遇」，主張器物國別爲晉國，一派學者讀爲「吳」，主張器主是吳王夫差。贊成前一種說法的學者以唐蘭爲代表，唐氏斷句爲「禺邗王于黃池，爲趙孟㝬，邗王之惥金，以爲祠器」，謂「禺」讀爲「遇」，「㝬」借爲擯介的「介」，作器者不見主名，但他爲趙孟擯介吳王，吳王賜之以金，因而作器；〔註172〕楊樹達斷句與唐氏相同，認爲作器者不具名氏，是古人純樸的風尚；〔註173〕王文清也同意此說，認爲「禺」讀作「吳」不符合吳王稱謂，並提出趙孟曾接受夫差的賜金，他的副手董褐就以趙孟㝬的名義，用夫差之賜金鑄造此器。〔註174〕

贊成後一種說法的學者以陳夢家爲主，陳氏謂「禺」、「吳」古音相近可相通，禺邗王即吳王，「㝬」爲「介」之孳乳字，有賜與的意思，另外作器者無主名，自西周以下決無其例，因此唐說和楊說不確；〔註175〕聞一多也主此說，並謂「惥」字即「錫」、「爲」字讀爲「化」，「化錫金」指熔化錫與黃銅使之成爲青銅；〔註176〕董楚平贊同陳夢家釋「惥」爲「敬」，認爲這是趙孟贈金給邗王作壺，而本銘字體修長、線條柔和，是南方書風，和晉國的文字風格迥異。〔註177〕筆者以爲董說詳實，可信。

第二節　越國器銘概述

越國有銘銅器約十七件，可概分爲樂器和兵器兩大類，樂器有句鑃及鐘兩種，兵器則有劍、矛和戈三種。相較於吳國有食器、水酒器，徐國有日常用器

〔註172〕唐蘭：〈趙孟㝬壺跋〉，原載《考古社刊》1937 年第 6 期，後收入於《唐蘭先生金文論集》（北京：紫禁城出版社，1995 年 10 月），頁 43～44。

〔註173〕楊樹達：〈趙孟㝬壺跋〉，《積微居金文說》（北京：中華書局，1997 年 12 月），頁 170～171。

〔註174〕王文清：〈「禺邗王」銘辨〉，《東南文化》第 1 期（1991 年 1 月），頁 161。

〔註175〕陳夢家：〈禺邗王壺考釋〉，《燕京學報》第 21 期（1937 年 6 月），頁 215～228。

〔註176〕聞一多：〈禺邗王壺跋〉，《聞一多全集》（臺北：里仁書局，1996 年 2 月），頁 609～610。

〔註177〕董楚平：《吳越徐舒金文集釋》（杭州：浙江古籍出版社，1992 年 12 月），頁 77～78。

（詳第三節）、長江中下游地區春秋戰國墓葬多有水器的情形相比，〔註 178〕現有越器器類較單純，〔註 179〕銅器的組合也和中原不同。〔註 180〕以下爲越國有銘各器的出土資料，其中有些器物或只見於清人著錄，或只知道出土地點，而出土時間和情形不明者，列於出土資料不清一欄。

表 2-2-1：越國有銘銅器出土表

時　　　間	地　　　　　點	器　　　　　物
道光初年	浙江武康縣	〈其次句鑃〉
1788	江蘇常熟	〈姑馮句鑃〉
1930	安徽壽縣	〈越王者旨於賜劍〉
1959	安徽淮南市蔡家崗	〈越王者旨於賜戈〉
1960	江蘇吳江縣	〈越王於字殘鐘〉
1965	湖北江陵望山一號墓	〈越王句踐劍〉
1973	湖北江陵藤店一號墓	〈越王州句劍〉
1974	湖北江陵張家山小墓	〈越王盲姑劍〉
1979	河南淮陽縣平糧臺四號墓	〈平糧臺越王劍〉
出土資料不清		
〈越王之子句踐劍〉、〈越王者旨於賜矛〉、〈越王者旨於賜鐘〉、〈越大子不壽矛〉、〈越王州句矛〉、〈者汈編鐘〉、〈越王差徐戈〉、〈越王劍〉、〈越王矛〉		

由上表可以看到幾乎有一半的越器出土資料不明，而器物分布的省份以浙江、江蘇、安徽爲主，這和越國國都位於浙江紹興一帶（詳第一章第四節）是相符合的，至於河南、湖北的越器，望山墓、藤店墓和平糧臺墓皆是楚國墓葬，

〔註 178〕陳昭容：〈從古文字材料談古代盥洗用具及其相關問題——自淅川下寺春秋楚墓的青銅水器自名說起〉，《中央研究院歷史語言研究所集刊》第 71 本第 4 份（2000 年 12 月），頁 858。

〔註 179〕毛穎、張敏：《長江下游的徐舒與吳越》（武漢：湖北教育出版社，2005 年 1 月），頁 335 認爲，越國主要致力於幾何印紋硬陶與原始青瓷的燒造，到了春秋中、晚期，在擴張爭霸的需要下才激發了青銅兵器和農具的鑄造。所以越國青銅器的種類欠齊全，禮、樂器所佔比例尤少，而兵和農具則爲大宗。

〔註 180〕鄭小爐：《吳越和百越地區周代青銅器研究》（北京：科學出版社，2007 年 12 月），頁 208 認爲，與中原地區銅器重禮器的組合不同，越族地區所發現的青銅容器數量所佔比例相對減少，器類也更少，而占據相當比例的是精美的青銅劍、戈、矛等武器和農具組合。

顯示越國和楚國關係密切。另外越國並無鼎、鬲等食器出土，而在長江下游、湖南、江西、兩廣地區出土了三足細瘦外撇的鼎，學者稱之為越式鼎，認為是越人特有的器具〔註181〕，關於這兩者之間的矛盾尚待更深入的研究。以下按器類介紹各器之形制和銘文內容。

一、樂　器

越國出土有銘樂器有二句鑃、二鐘及一編鐘，其中〈越王於字殘鐘〉只殘存一字，學者依字形訂為越器，在資料有限的情況下，本文也如是判定。另外〈越王者旨於賜鐘〉失傳已久，各家只存摹本，又因字體為鳥篆文，筆畫摹寫不一，本文附上兩張圖版以供參考。〈者汈編鐘〉為十三件組合之樂器，其中一件是鎛，根據銘文排列狀況，此一鎛、十二鐘並非全套。以下為越國五件有銘樂器之介紹：

表 2-2-2：越國樂器形制表

器名　　形制	大小（厘米）	器形外觀	紋　飾	銘　文
〈姑馮句鑃〉	不詳	長方或半圓柱實柄、侈銑弧于	不詳	8行39字
〈越王者旨於賜鐘〉	通高7寸6分、甬長4寸9分	旋部比其他鐘華麗	甬旋間設環象獸形耳	12行52字
〈者汈編鐘〉	通高1尺3寸、繫高4寸9分、兩舞相距9寸8分、兩銑相距1尺1寸	鎛有顧首相背的兩個大龍所組成的鏤空狀鈕、乳釘狀短枚	篆部每區飾三組龍紋，龍體呈三角形，作顧首狀兩兩相背、鼓閒飾一組對稱的大龍紋，每組8龍，身體呈「S」形	13件合得銘文93字
〈越王於字殘鐘〉	不詳	不詳	不詳	1字
〈其次句鑃〉	高51、寬19.9	深腔、腔體為扁圓形、截面似西瓜子狀	腹下飾雷紋及三角雷紋	2行31字

〔註181〕鄭小爐：《吳越和百越地區周代青銅器研究》（北京：科學出版社，2007年12月），頁92。

1、〈姑馮句鑃〉

圖版：

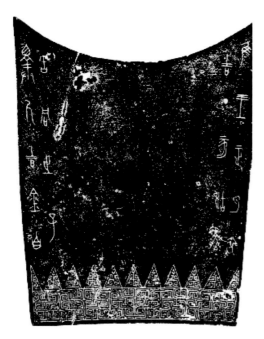

銘文內容：

> 隹王正月初
>
> 吉丁亥，姑𩖕（馮）
>
> 昏同之子
>
> 擇氒吉金，自
>
> 乍（作）商句鑃，以
>
> 樂賓客及
>
> 我父赿，子₌
>
> 孫₌永保用之。

說明：

　　此器銘文無國名，學者根據「姑馮昏同」和《史記・越世家》的「逢同」、《吳越春秋・句踐入臣外傳》的「扶同」相近，而認爲器主應該是越王句踐時的大夫馮同之子〔註182〕，句踐在位期間爲公元前 496～465 年，則本器年代大致可確定。銘文 字从「鳳」从「夂」，楊樹達認爲是「鳳字以夂爲聲者」，

〔註182〕郭沫若：《兩周金文辭大系圖錄考釋》（上海：上海書店，1999 年 7 月），頁 157。

而古「鳳」字假借爲朋黨之「朋」，故「姑凴」應釋爲「姑鵬」。〔註183〕「仌」
是「冰」的古字，又古「鳳」、「鵬」同字，「冰」、「鵬」同音，〔註184〕釋爲「姑
鵬」或「姑馮」都通，本文依史籍中多从「馮」字，故稱姑馮句鑃。

2、〈越王者旨於賜鐘〉

圖版（上圖爲《銘文選》、下圖爲《集成》）：

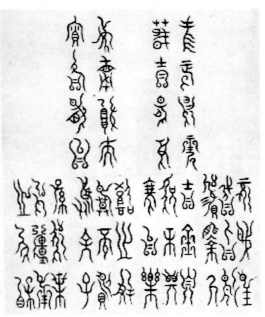

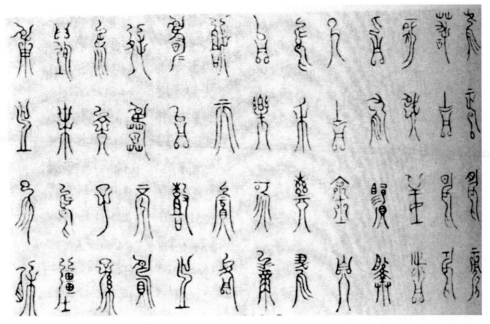

〔註183〕楊樹達：《積微居金文説》（增訂本）卷 5（長沙：湖南教育出版社，2007 年 12 月），
頁 149。

〔註184〕董楚平：《吳越徐舒金文集釋》（杭州：浙江古籍出版社，1992 年 12 月），頁 156。

銘文內容：

隹正月仲 春吉日丁	位於正面鉦上
亥，戉（越）王 者旨於 賜擇枼	位於正面鼓左
吉金自 乍（作）禾鐘 我以樂	位於背面鼓右
考帝，戲（喜）而（爾） 賓各（客）。田（陳）以	位於背面鉦上
鼓之，夙 莫（暮）不貪（忒）。 順余子	位於背面鼓左
孫，萬枼（世） 亡（無）疆，用 之勿相（喪）	位於正面鼓右

說明：

　　器主「者旨於賜」在現有越器中多見，各家也從不同角度討論，郭沫若認為此即越王翳之子諸咎、〔註185〕馬承源認為是句踐之子鼫與。〔註186〕筆者以為者旨於賜當為鼫與無疑，在聲韻上林澐已做了詳細的考證；〔註187〕殷滌非根據〈者旨於賜戈〉和〈蔡侯產劍〉一同出土的情形，將者旨於賜規範在句踐、鼫與和不壽三個越王之間；〔註188〕陳夢家根據《史記》記載蔡聲侯產即位於越滅

〔註185〕郭沫若：《兩周金文辭大系圖錄考釋・補錄》（上海：上海書店，1999 年 7 月），頁 2。

〔註186〕馬承源：〈越王劍、永康元年群神禽獸鏡〉，《文物》第 12 期（1962 年 12 月），頁 53 注 1 認為，「於」與「鼫」疊韻聲近；「賜」以「易」得聲，「易」、「與」雙聲字，鼫與即《左傳》之越太子適郢。

〔註187〕林澐：〈越王者旨於賜考〉，《考古》第 8 期（1963 年 8 月）。

〔註188〕殷滌非：〈「者旨於賜」考略〉，《古文字研究》10 輯（1983 年 7 月），頁 216。關

吳之後，與越王句踐、鹿郢及楚惠王同時，而認爲者旨於賜就是句踐之子，他在《竹書紀年》中作鹿郢、《史記・越世家》作鼫與、《國語・吳語》作諸稽郢、《左傳》作大子適郢、《越決書》作與夷。〔註189〕曹錦炎也認爲者旨於賜就是諸稽於賜，和越國爲「諸稽」氏的情形符合（詳第一章第二節）。〔註190〕依此本器製作年代當爲鼫與在位時，即公元前464～459年。

銘文「仲春」容庚《鳥書考》讀作「王春」、《殷周金文集成》釋作「季春」、《兩周金文辭大系》作「孟春」。此處容庚之說文意不通，董楚平謂《宣和博古圖錄》字作 ，下部中間從「中」，而所有摹本中又以此爲最早，因此釋爲「仲春」，其說可從。「我以樂考帝」首字曹錦炎和董楚平皆釋「我」，曹文認爲此字作 ，上半部和〈姑馮句鑃〉「我」字作 相似，不過本鐘摹本甚多，《商周青銅器銘文選》即作 ，兩者不相似。雖然字形上有差異，但「我以樂考帝」的句法和舒國〈達邡編鐘〉「我以樂我心」、〈邵鐘〉「我以享孝樂我先且」相近，此處姑且從曹、董之釋文。「田以鼓之」《集成》作「日日以鼓之」、《大系》作「旬以鼓之」。此處首字《銘文選》摹作 、《集成》作 ，

兩個字相比較，可以發現後者摹本在字的中間和下部有「＝」筆畫，《集成》誤認爲合文，遂釋爲「日日」。其實「＝」只是鳥之腳部和羽毛的省略，《銘文選》的摹本將鳥的身體和腳爪畫得較詳細，《集成》的摹本則比較注重鳥頭部的表現，所以用「＝」代表省略的軀體部份。此字應該著重在右半偏旁，釋爲「田」，其左半應如董楚平說的只是鳥的身軀，而非「勹」旁。

3、〈者汃編鐘〉

圖版：（因銘文內容爲十三件器物合得，此處圖版選擇銘文較清楚的一件）

於殷文將〈者旨於賜戈〉正面銘文釋作「戈辛（愨）郌（俱）丸（桓）之子」，並認爲戈辛郌丸就是句踐的說法過於迂曲、證據薄弱，並不可信。

〔註189〕陳夢家：〈蔡器三記〉，《考古》第7期（1963年7月），頁381～382。

〔註190〕曹錦炎：〈越王姓氏新考〉，《中華文史論叢》第三輯（1983年8月），頁219～220。

銘文內容：

　　隹戉（越）十有九年。王曰：者（諸）氿（咎），女（汝）亦虔秉不
　　澄（汭涇）惪，以克總光朕躬。丂（考）之愻（遜）學，趄＿哉，弼
　　王宅，宔（往）茇（桿）庶戬（盟），以祇光朕立（位）。今余其念
　　訓（禱），乃有（爲）齊（齋）休斝（告）成，用矛（俪）剌（烈）
　　壯，光（覒）之于（虗）聿（肆），女（汝）其用丝（茲）。女（汝）
　　安乃（且）壽，甫（惠）媺（逸）康樂。勿有不義訐（謀），之（至）
　　於不啻（適）。隹王命元顗（沒）乃（是）惪（德），子孫永保。

說明：

　　此鐘雖有十三件，但銘文多殘損，各家對於單字的隸定、解釋，乃至於銘
文的斷句都有分歧，以下試整理各種說法，並評判之。首先要解決的是器物的
年代問題，因銘文「隹戉十有九年」，可知道此越王至少在位十九年，目前所知
在位年限超過十九年的越王有句踐、翁、翳和無彊，〔註191〕而越國到了無彊時
期已經幾乎滅亡，似乎不可能製作如此精美之樂器，因此討論的焦點應放在前
三個越王身上。另外銘文內容是王對者氿說的話，所以探討者氿的身分有助於
我們判斷年代。從各家的著錄中，我們可以看到 字有釋爲沪、氾、泓、氿四

─────────────

〔註191〕柏楊：《中國帝王皇后親王公主世系錄》（臺北：星光出版社，2000年11月），頁108。

種字形，其中「泅」字是「泓」之省，[註 192] 而釋爲「者沪」者認爲是越王句踐之子鼫與；[註 193] 釋爲「者沪」者認爲是越王翳之太子諸咎；[註 194] 也有學者認爲是句踐之臣柘稽。[註 195]

除了在字形隸定的分歧外，對於銘文中越王的口吻解讀之不同，也是造成如今難以判斷年代的原因。何琳儀認爲者沪當時的作爲引起越王的憂慮，因此賜鐘告誡他；[註 196] 董珊謂者沪輔弼時王多年，年紀已大，因此王賜與他編鐘，讓他安度晚年。[註 197] 眾多說法中，筆者以爲當以何氏之說爲當。若者沪眞的是得到越王敬重的老臣，銘文不會有「勿有不義謀」的句子，但要說賜鐘的目的是「告誡」者沪，似乎太過嚴厲，且賜予樂器本身就含有讚揚意味，因此將越王的口吻解釋爲勸勉較恰當。如此再反過來看句踐、翁和翳三位越王，其中只有翳是被其子諸咎所弒，而根據郭沫若的考釋，諸咎和者沪在音韻上可相通。因此將鐘銘中的王看做越王翳、者沪看作翳之太子諸咎，也許是比較可行的，[註 198] 如此本器作於越王翳十九年，即公元前 393 年。

銘文「澄」字是汭淫的合文，何琳儀釋爲「不汭（墜）淫（經）德」，有不失常德之意，可從。[註 199] 「以克總光朕躬。丂之慈學，趄趄哉，弼王宅」句，各家隸定和斷句有出入。「朕」下一字殘泐，郭沫若據形補爲「辟」，董楚平以爲依原字形也可補爲「躬」字，[註 200] 《爾雅・釋詁》「辟、律、矩、則，法也」、「朕、余、躬，身也」兩字在文意上皆通。又斷句方面李平心釋「以克總光朕躬（或辟）。于之，慈學趄趄，哉弼王宅」[註 201]、董珊釋「以克續光

〔註 192〕孫詒讓：《名原・奇字發微第六》（濟南：齊魯書社，1986 年 5 月），頁 14。

〔註 193〕容庚：〈鳥書三考〉，《燕京學報》第 23 期（1938 年 6 月），頁 289。

〔註 194〕郭沫若：〈者沪鐘銘考釋〉，《考古學報》第 2 期（1958 年 3 月），頁 3。

〔註 195〕董珊：〈越者沪銘新論〉，《東南文化》第 2 期（2008 年 3 月），頁 54

〔註 196〕何琳儀：〈者沪鐘銘校注〉，《古文字研究》17 輯（1989 年 6 月），頁 148。

〔註 197〕董珊：〈越者沪鐘銘新論〉，《東南文化》第 2 期（2008 年 3 月），頁 54。

〔註 198〕董珊：〈越者沪鐘銘新論〉，頁注 25 提到銘文的三次「乃」字皆作第二人稱領格（「乃有齊休告成」、「乃壽」、「乃德」），而這種用法在《左傳》中皆用於上對下的冊命、告誡、訓斥之辭。這對解讀銘文爲君王對王子的訓勉，提供了一個佐證。

〔註 199〕何琳儀：〈者沪鐘銘校注〉，《古文字研究》17 輯（1989 年 6 月），頁 149。

〔註 200〕董楚平：《吳越徐舒金文集釋》（杭州：浙江古籍出版社，1992 年 12 月），頁 182。

〔註 201〕李平心：〈者沪鐘銘考釋讀後記〉，《中華文史論叢》第 3 輯（1963 年 5 月），頁 92。

朕卲丂之慸學，桓桓战弼王宅」，謂「卲丂」是越王對其父的美稱。〔註202〕《尙書‧周書‧文侯之命》有「曰惟祖惟父，其伊恤朕躬」、《商書‧湯誥》有「爾有善，朕弗敢蔽，罪當朕躬，弗敢自赦」文例，因此雖然釋「躬」或釋「辟」在文意和字形上皆可，但考慮到「朕躬」古籍中有例可尋，本文因此釋「躬」。

　　■字舊多釋「于」，但細查可發現此字在豎畫中間有多一小點，和同銘中的「于」作■、■皆不同，因此應釋爲「丂」。「慸」即「遜」，《尙書‧商書‧說命》：「惟學遜志，務時敏，厥修乃來」，其中「惟學遜志」有謙虛其心、勤勉學習的意思，「遜學」意思大約和「惟學遜志」相近。「趄」即「桓」，《爾雅‧釋訓》：「桓桓、烈烈，威也」桓桓有威武的意思，勇武所以可以「弼（輔弼）王宅」，因此遜學和桓桓應該斷開，前者屬上讀，後者屬下讀。另外董珊認爲「以克續光朕卲考之慸學」和下文的「以祗光朕位」句子基本結構相同，〔註203〕這是正確的，但尙有一點不能滿足。這兩句話皆是期許者汈能夠發揚朕的榮耀，既然句子基本結構相同，則當中的主詞應該一樣，若按董氏之說法，則前一句是要發揚我父親之榮耀，下一句變成發揚我的榮耀，前後主詞不一。此兩句話都應看成越王勉勵者汈，要接續越王的光榮（以克總光朕躬）、虛心的學習（丂之遜學），加強崇尙越王的王位（以祗光朕位）。

　　「今余其念訕」句「念」下一字作■，右上部份殘損，郭沫若釋「譏」謂「察問」意、〔註204〕何琳儀釋「譱」謂「嘉善」意、〔註205〕董楚平釋「訕」謂「祭禱」意。〔註206〕此處以字形來看，此字左半所從爲「言」無疑，右半似有三豎畫，觀「幾」〈幾父壺〉作■、〈並伯簋〉作■；「甬」作〈彔伯簋〉■、〈吳方彝〉作■；「衛」〈穌衛妃鼎〉作■、〈衛尊〉作■、〈司寇良父簋〉作■；「州」〈井侯簋〉作■、〈散盤〉作■，四字中只有「州」

〔註202〕董珊：〈越者汈鐘銘新論〉，《東南文化》第 2 期（2008 年 3 月），頁 50。

〔註203〕董珊：〈越者汈鐘銘新論〉，《東南文化》第 2 期（2008 年 3 月），頁 51。

〔註204〕郭沫若：〈者汈鐘銘考釋〉，《考古學報》第 2 期（1958 年 3 月），頁 4。

〔註205〕何琳儀：〈者汈鐘銘校注〉，《古文字研究》17 輯（1989 年 6 月），頁 151。

〔註206〕董楚平：《吳越徐舒金文集釋》（杭州：浙江古籍出版社，1992 年 12 月），頁 183～184。

字金文有三豎畫。再從文意上看，「念」和下文的「齊休告成」有關係，「齊休」即「齋休」，《莊子・達生》：「臣將爲鐻，未嘗敢以耗氣也，必齊以靜心」齊有齋戒、洗心意，因此若將本字解釋爲察問（譏）、誦訓（誦）皆不合文意，唯有嘉善（譱）、祭禱（訕）較切合，而後者又比前者妥當，因爲祭禱和齋休都和祭祀有關，故此處依董楚平之釋文隸定爲「訕」。

「齊休告成」的「成」上一字殘損，各家依拓本臆補爲「祝」字，董珊根據日本林巳奈夫調查〈者汈鐘〉的照片此字作 、《泉屋博古館紀要》的照片

作 ，而摹寫作 ，隸定爲尌。尌字的左半偏旁見於《集成》10829 號的〈郘戈〉，戈銘作地名讀爲「諿」，「告成」一詞見《詩經・大雅・江漢》：「經營四方，告成于王」，此謂期許者汈有好的表現，正好和下文「用㦷剌壯」相呼應。「佳王命元題乃是惠」句何琳儀謂「元題」本義爲滅頂之災，可以引申爲貪婪、僥倖、沉浮等意，後來又音轉爲「乾沒」。何氏之說過於迂曲，況且從銘文口吻和賞賜樂器的行爲來看，越王對於者汈還是看重的，因此「元題」在這裡應該有正面意義。郭沫若認爲「元題」即「黽沒」，有黽免的意思，從文意上來看是通順的。

4、〈越王於字殘鐘〉

圖版：

銘文內容：

　　於

說明：

本器根據鳥篆字形與越國者旨於賜之「於」字相似，又其出土地江蘇也發現過其他越器，因此認爲本器屬越國所有

5、〈其次句鑃〉

圖版：

銘文內容：

　　隹正月初吉丁亥，其次擇其吉金，鑄句鑃，

　　以享以考（孝），用鬎（祈）萬壽，子₌孫₌，永保用之。

說明：

　　本器未銘國名，字體多反書，器主名舊多釋「其旡」，董楚平根據《嬰次盧》「次」字作 𣥂 而釋爲次。〔註207〕李晶歸納出土句鑃，認爲這種扁圓形腔體、侈銑弧于、器體近舞部有紋飾的句鑃，時代均屬於春秋晚期至戰國早期。〔註208〕另外本器銘文中的「句」字，和〈姑馮句鑃〉銘中的「句」一樣皆不從「金」，而吳國〈配兒鈎鑃〉的「鈎」字從「金」，根據以上幾點判定本器爲越器。另外「句鑃」之名，史無記載，而〈其次句鑃〉爲句鑃中最早出土者，因此世人知有「句鑃」名稱始於本器。

〔註207〕董楚平：《吳越徐舒金文集釋》（杭州：浙江古籍出版社，1992 年 12 月），頁 160。

〔註208〕李晶：〈試談句鑃〉，《考古與文物》第 6 期（1996 年 6 月），頁 38～42。

二、兵　器

　　越國出土最大宗的便是兵器，共有六劍、[註209] 二戈、四矛，有標明器主的大致都可以從文獻上找到對應，即句踐、鼫與、不壽、朱句，其餘兵器或因字數過少，或因字體不識而無法判定年代。其中〈越王者旨於賜劍〉有九件，銘文相同卻只有一件有明確的出土資料，下表的形制也以資料詳細的爲主；〈越王者旨於賜矛〉二件，各家著錄皆只見其全長，因此下表均收；〈越王者旨於賜戈〉二件，銘文相同唯其一有殘缺，下表以完整的一件爲主；〈越王州句劍〉十六件，銘文內容、行款和劍身大小互異，各劍之形制於介紹銘文時說明，不列於下表中；〈越王劍〉二件，銘文相同唯其一殘缺，下表以完整的爲主；〈越王矛〉二件，出土地點、時間和形制不一，下表合併介紹，並以「/」符號做區分。最後傅天佑有〈越器〈無顓戈〉銘文考釋〉[註210] 一文，認爲 1983 年江陵馬縣六號墓出土的一件銅戈，銘文爲「玄鏐無顓之捍」，謂器主即《史記・越世家》索隱引《紀年》中的無顓。[註211] 但此件銅戈不見著錄，傅氏文章中只有摹本，又字形爲鳥篆文，摹本易失眞，筆者對器銘感到懷疑，本文不錄。

表 2-2-3：越國兵器形制表

器名 ＼ 形制	大小（厘米）	器形外觀	紋　飾	銘　文
〈越王之子句踐劍〉	通長 47、臘廣 4.5、莖長 8.4、首徑 3.7	不詳	不詳	劍格正、背面各 4 字，共 8 字
〈越王句踐劍〉	通長 55.7、身寬 4.6、柄長 8.4	劍身近首處較粗，近格處較細、柄中空而圓，柄上纏有絲繩	劍格兩面有花紋嵌以藍色琉璃、劍身佈滿菱形暗紋	劍身近格處有銘 2 行 8 字

[註209] 此處兵器數量之算法，器主相同的兵器只算 1 件，例如〈越王州句劍〉16 把合算 1 件。

[註210] 傅天佑：〈越器《無顓戈》銘文考釋〉，《江漢考古》第 1 期（1988 年）。

[註211] 司馬貞《史記索隱》引《紀年》：「翳三十三年遷于吳，三十六年七月太子諸咎弒其君翳，十月粵殺諸咎。粵滑，吳人立子錯枝爲君。明年，大夫寺區定粵亂，立無余之。十二年，寺區弟忠弒其君莽安，次無顓立。」

〈越王者旨於賜劍〉	通長 65、身寬 4.6、格寬 5	圓首、橢圓實莖、兩道橢圓箍、箍上有 4 道凸棱、柄上有絲繩纏繞	首內有 7 道弧紋	格兩面鑄凸出銘文各 4 字，共 8 字
〈越王者旨於賜戈〉	援長 14.8、胡長 11.6、內長 1.1	胡兩穿、援一圓穿、穿上有鼻飾、短內無穿	不詳	胡的正、背面有銘文 2 行共 12 字
〈越王者旨於賜矛〉	長 27.1/37.1	葉側微內胡、兩肩圓弧而窄、短骹、骹口微凹、正反面各有一鼻鈕	骹面飾雲紋、雙鼻鈕上方各有一獸面舖首	2 行 6 字
〈越大子不壽矛〉	長 30.5	不詳	不詳	正、背面各有銘文 2 行 4 字，共 16 字
〈越王盲姑劍〉	殘長 60.3、格廣 5.1、莖長 9.5、劍首直徑 4	劍莖上有 2 道凸箍	不詳	劍格正、背面各 5 字、劍首環銘 12 字，共 32 字
〈越王州句矛〉	長 28.6	不詳	不詳	2 行 8 字
〈越王差徐戈〉	長 22.8、欄寬 7.6	長援寬胡、內上無刃、欄側 4 穿、近胡 3 穿、有欄齒	近欄處有 r 狀羽紋、戈內穿孔上下有 L 形羽紋、欄兩面有 S 狀紋	戈、胡兩面各鑄 2 行銘文，共 4 行 34 字
〈越王劍〉	通長 1 尺 6 寸 5 分、刃長 1 尺 3 寸 3 分、格廣 1 寸 5 分	水銀古色、鋒銳利	不祥	劍格兩面各名 2 字，共 8 字
〈越王矛〉	長 24.7/全長 22、鋅管長 5	毛身橫剖面爲菱形、中脊爲三棱形/中脊隆起、前鋒尖	中脊兩側飾三組鳥翼紋/遍飾勾連雲紋	2 字/6 字

1、〈越王之子句踐劍〉

圖版和銘文內容：

戉王　　　　　王戉　　　　淺九　　　　之子

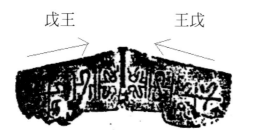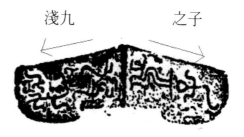

說明：

　　本器舊釋「越王句踐之子劍」，張振林根據〈越王州句劍〉和〈越王者旨於賜劍〉劍格的讀法，糾正了這個錯誤。張文歸納出的劍格讀法如下：有「戉王」者為正面，應先讀；同一面的銘文右半邊先讀，左半邊後讀；同面的兩邊若文字相同，則以中脊為軸，左右兩邊文字對稱。〔註212〕董楚平比較三把劍字體的美術化程度，也認為本器鑄於越始稱王的允常時期，即公元前 496 年之前句踐尚為太子之時。〔註213〕另外我們也可以從劍的形制上，看出本器的年代較早。蕭夢龍總論吳、越青銅兵器時，認為春秋中、晚期的吳、越劍體較之前寬、長，一般都在 50～55 厘米左右。〔註214〕而我們在形制表中看到本器長 47、〈越王句踐劍〉55.7、〈越王者旨於賜劍〉65、〈越王盲姑劍〉60.3，說明本器年代較早，是句踐尚未即位前所作。如此看來〈越王之子句踐劍〉應該是越國有銘銅器中最早的一件。

　　2、〈越王句踐劍〉

　　圖版：

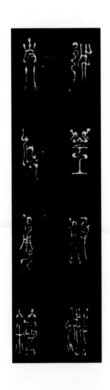

〔註212〕張振林：〈關於兩件吳越寶劍銘文的釋讀問題〉，《中國國語文研究》第 7 期（1985 年 3 月），頁 35～36。

〔註213〕董楚平：《吳越徐舒金文集釋》（杭州：浙江古籍出版社，1992 年 12 月），頁 202。

〔註214〕蕭夢龍：〈試論吳越青銅兵器〉，《考古與文物》第 5 期（1996 年月），頁 24。

銘文內容：

　　戉王鴆（九）瘥（戔）

　　自乍（作）用鐱（劍）

說明：

　　本器出土於湖北江陵的望山一號墓中，關於楚墓爲何出土越器、墓主爲誰、墓葬年代等問題，前人已多作論述，[註215] 因爲討論重點和器銘關係不大，茲不贅述，此處只針對銘文做一些說明。器主爲句踐是各家都認同的，但銘文之隸定則有差異，唐蘭作「鴆淺」、夏鼐作「勾淺」、陳夢家作「雉淺」、[註216]董楚平作「敚瘥」。筆者以爲 ▨ 字左旁從「九」從「口」無疑，右半部爲增飾鳥形，和本銘 ▨（用）字之上半部相同，當可隸定爲「鳥」旁，不用迂曲的釋爲「欠」或「隹」，因此越王名當作「敚瘥」。

　　3、〈越王者旨於賜劍〉

圖版和銘文：

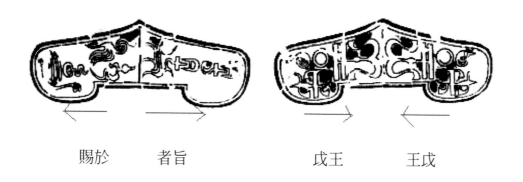

　　賜於　　者旨　　　　　戉王　　王戉

[註215] 呂榮芳：〈望山一號墓與越王劍的關係〉，《廈門大學學報》第 4 期（1977 年）、陳振裕：〈望山一號墓的年代與墓主〉，《中國考古學會第一次年會論文集》（北京：文物出版社，1979 年 12 月）、方壯猷：〈初論江陵望山楚墓的年代與墓主〉，《江漢考古》第 1 期（1980 年）、郭維德：〈江陵楚墓論述〉，《考古學報》第 2 期（1982年 2 月）等。

[註216] 唐氏、夏氏和陳氏對句踐的隸定，可參譚維四：〈奇寶淵源〉，《文物天地》第 5 期（1986 年 9 月），頁 29～30。

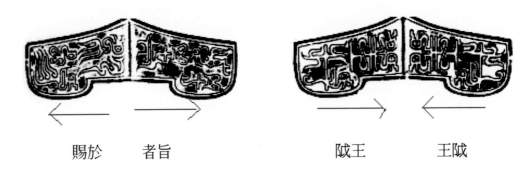

賜於	者旨	陇王	王陇

說明：

本器共出九件，銘文內容相同，皆刻於劍格上，唯國名「越」字有作「戉」和「陇」兩種。

4、〈越王者旨於賜戈〉

圖版和銘文內容：

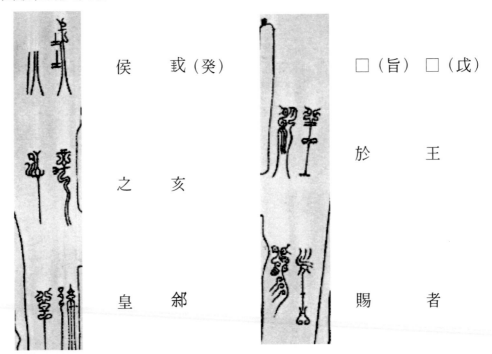

侯	戎（癸）	□（旨）	□（戉）
之	亥	於	王
皇	郤	賜	者

說明：

本器殷滌非、[註217] 董楚平 [註218] 皆認爲刻有「越王者旨於賜」六字者爲背面，容庚、[註219] 吳振武 [註220] 則認爲有王名的爲正面。此處當以後者爲佳，

〔註217〕殷滌非：〈「者旨於賜」考略〉，頁 216。

〔註218〕董楚平：《吳越徐舒金文集釋》（杭州：浙江古籍出版社，1992 年 12 月），頁 227。

〔註219〕容庚：〈鳥書考〉，《中山大學學報》第 1 期（1964 年 3 月），頁 79。

〔註220〕吳振武：〈蔡家崗越王者旨於賜戈新釋（提要）〉，《古文字研究》23 輯（2006 年 6

吳氏根據〈曾侯乙戟〉銘文排列位置判定正背，是相當具有說服力的說法。另外除了用戟來比對外，同爲越器的〈越王差徐戈〉銘文排列也和本器相似（詳後文），都是以前鋒朝右的那一面爲正面。銘文釋讀上正面六字爲「越王者旨於賜」無疑，但背面六字因牽涉到徐國和越國的關係，爭議頗大。背面銘文陳夢家讀作「□□邾□□王」、〔註 221〕殷滌非作「戈辛（愆）邾（俱）丸（桓）之子」、〔註 222〕何琳儀作「戋（癸）亥邾□至子」、〔註 223〕吳振武作「戋□郭（亭）侯之早（造）」。〔註 224〕筆者以爲殷氏之釋讀過於迂曲，並不可信；陳氏將第六字讀作「王」，但此字作 [字] 和背面「越王者旨於賜」的「王」作 [字] 並不相同，在上部鳥形裝飾和下方王的中間，尚有 ⊖ 形，當按董楚平之釋作「皇」字；何氏讀「至子」認爲即「姪子」，謂徐□與越王者旨於賜有姑姪關係，並以徐國爐盤銘文中徐令尹名者旨型爲旁證，說「者旨」可能是徐國之古姓氏。此番推論似有根據，但基本字形的隸定上卻有問題，首先「子」字再如何繁化也不會像本銘一樣作 [字]，再者說 [字] 爲「至」字，何氏也承認底下缺一橫筆。

吳振武認爲「戋□」當爲地名，「亭侯之造」即兵器銘文「XXX 之造」的習見句式。吳氏之說於理可通，但字形釋讀上有問題，銘文第二個字作 [字]，和〈越王者旨於賜鐘〉「亥」字的各個摹本皆相似（《殷周金文集成》摹作 [字] 、《商周青銅器銘文選》作 [字]，而最接近的當屬《歷代鐘鼎彝器款識法帖》的三個摹本分別作 [字] 、 [字] 、 [字] ），扣除上半部的曲筆裝飾，左側 [筆] 筆畫尤其雷同，可知銘文首兩字非地名，而應該是時名「癸亥」。再來銘文最後一個字原

月），頁 100。

〔註 221〕陳夢家：〈蔡器三記〉，《考古》第 7 期（1963 年 7 月），頁 381。

〔註 222〕殷滌非：〈「者旨於賜」考略〉，頁 216～219。

〔註 223〕何琳儀：〈皖出二兵跋〉，《文物研究》第 3 期（1988 年 6 月），頁 70。

〔註 224〕吳振武：〈蔡家崗越王者旨於賜戈新釋（提要）〉，《古文字研究》23 輯（2006 年 6月），頁 100。

拓本作 ，董楚平指出各家摹本皆誤摹作 ，忽略 ⊖ 上方的兩點。〔註225〕

古文「皇」字作 （〈曾侯乙編鐘〉）、 （〈弔皮父簋〉）、 （〈兮仲鐘〉），特徵爲圓圈上方三點，正好和本銘相似，因此銘文末字當釋「皇」。最後是銘文第三字作 ，諸家皆釋「邻」，唯吳振武釋「郭」，〔註226〕以字形上來看金文「余」〈中山王嚳壺〉作 、〈者汈鐘〉作 ，「亭」秦簡作 、陶文作 、 ，似乎此字和「亭」較相近，但「郭侯之皇」文意不通，故本文暫且採用董楚平之釋文作「邻侯之皇」。

5、〈越王者旨於賜矛〉

圖版：

銘文內容：

賜旨者

於戉（越）王

〔註225〕董楚平：《吳越徐舒金文集釋》（杭州：浙江古籍出版社，1992 年 12 月），頁 226。

〔註226〕吳振武：〈蔡家崗越王者旨於賜戈新釋（提要）〉，《古文字研究》23 輯（2006 年 6 月），頁 100～101。

說明：

　　本器共兩件，其一之銘文排列整齊，但其二則次序凌亂，馬承源認爲「此銘次序凌亂，應爲『戉王者旨於賜』，越兵範鑄銘文單字似活字模嵌入主體陶範中，不平整，時常有似印痕跡象。此係字模誤植所致。」〔註227〕器主者旨於賜即越王鼫與，年代相當於戰國早期，而從矛的形制來看，這種帶圓肩的矛尺寸較大，約在 30 厘米上下，迄今發現的出土品中凡自銘「越王……」者，基本上都和本矛形制類似，也都是戰國早期。〔註228〕

　　6、〈越大子不壽矛〉

　　圖版和銘文內容：

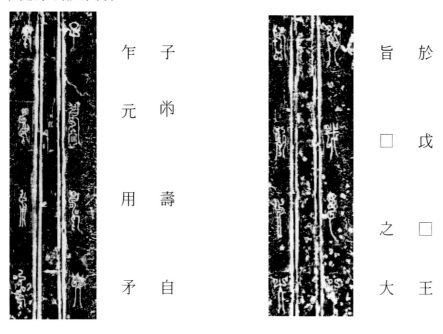

乍	子	旨	於
元	帀	□	戉
用	壽	之	□
矛	自	大	王

說明：

　　本器銘文排列和〈越王者旨於賜矛〉一樣都有誤植的情形，銘文還原順序應爲「戉王者旨於賜之大子帀壽自乍元用矛」。本器和〈越王者旨於賜矛〉字體相似、器類一致，董楚平謂此二器當出於同一個匠師同一時期之作，且可能是姐妹器。〔註229〕器主帀壽即不壽，是者旨於賜之子，銘文中闕釋的兩字，董氏認爲可能是與本矛同時鑄造的他人之矛的器主名字。筆者以爲此說可議，因爲

〔註227〕馬承源：《商周青銅器銘文選》四（北京：文物出版社，1990 年 4 月），頁 377。

〔註228〕沈融：〈吳越系統青銅矛研究〉，《華夏考古》第 1 期（2007 年 3 月），頁 126。

〔註229〕董楚平：《吳越徐舒金文集釋》（杭州：浙江古籍出版社，1992 年 12 月），頁 219。

包含〈越王者旨於賜矛〉的「於」字在內，兩件兵器誤植的字數達三字，且皆為人名，又此二器器主為君王或太子，在王器上誤植他人之名的可能性不大。

7、〈越王盲姑劍〉

圖版和銘文：

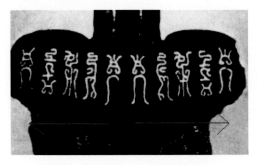

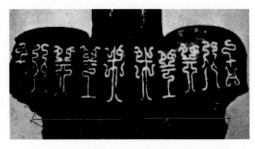

自□用乍自　自乍用□自　　　古北丌王戉　戉王丌北古

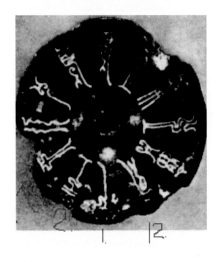

（從編號 1 開始順時鐘方向讀）

戉王丌北自乍元之用之僉（劍）

說明：

器主名丌北古，首字劍格作、劍首作，上半部為鳥形裝飾可略，

下半部即丌字。按馬承源之考證：

> 越王丌北古就是越王盲姑，盲姑即不壽，他是句踐的孫子，鼫與或與
> 夷的兒子。按丌、北同屬之部韻，韻尾相同，連讀時易於省去一個音，
> 即只剩北字音⋯⋯ 越音傳到中原更加容易起變化，北、盲旁紐雙聲
> 字，古、姑是雙聲疊韻字，所以越王丌北古即越王盲姑。〔註230〕

〔註230〕馬承源：〈越王劍、永康元年群神禽獸鏡〉，《文物》第 12 期（1962 年 12 月），頁
　　　　53～54。。

則本器當作於盲姑爲王期間，即公元前 458～449 年。另外 1974 年在江陵城
西門外張家山小墓出土了一把越王劍，[註231] 拓本模糊只能辯出「戉（越）
王」二字，董楚平根據摹本認爲銘文款式和本器相同，因此訂爲越王盲姑劍；
[註232] 曹錦炎則訂爲〈越王嗣旨不光劍〉，謂器主爲朱句之子越王翳。[註233]
此處各家根據摹本所做的判定差異很大，在銘文不清楚的情形下，張家山越
王劍的器主還有待考定。

　　8、〈越王州句劍〉

　　圖版、銘文內容：

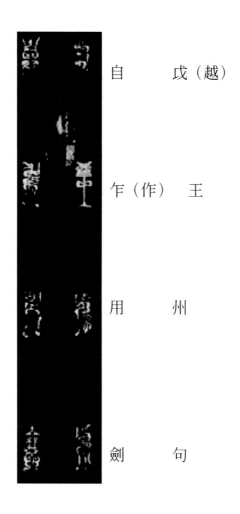

自		戉（越）
乍（作）		王
用		州
劍		句

〔註231〕文物編輯委員會：〈湖北省文物考古工作新收穫〉，《文物考古工作三十年》（北京：
　　　　文物出版社，1979 年 11 月），頁 301。

〔註232〕董楚平：《吳越徐舒金文集釋》，頁 229。

〔註233〕曹錦炎：〈越王嗣旨不光劍銘文考〉，《文物》第 8 期（1995 年 8 月），頁 73～75。

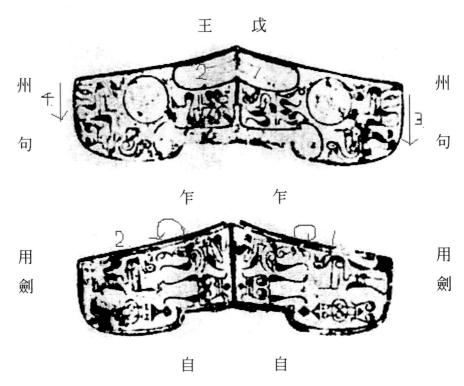

說明：

　　器主州句是不壽的兒子、句踐的曾孫，州句劍目前發現十六把，是所有越王傳世兵器中數目最多的，除了湖北藤店一號墓出土的州句劍銘文刻在劍身上之外，其餘的都刻於劍格。州句劍銘文讀法為「右側按順時針方向，左側按逆時針方向，先右後左」，唯一例外者是湖南省益陽市出土之劍，文字排列順序和其餘州句劍相反。〔註234〕十六把劍銘文內容大致相同，唯現藏古越閣之劍，銘文作「戉（越）王州句州句之用劍（劍）。唯余土扆邦」。扆為匜之異體，銘文寫作，李家浩認為和「委」字古音相近可以通用，此處假借為「卷」字，「唯余土卷邦」意思為只有我的疆土擴張到邦。〔註235〕曹錦炎認為匜讀為「委」甚是，但「委」已有累積之意，不用再假藉為「卷」，「唯余土委邦」指我的疆土與邦國相重疊。〔註236〕另外李家浩認為州句十八年（公元前431年）楚滅莒並

〔註234〕曹錦炎：〈跋古越閣新藏之州句劍銘文〉，《吳越歷史與考古論叢》（北京：文物出版社，2007年11月），頁83。

〔註235〕李家浩：〈越王州句複合劍銘文及其所反映的歷史——兼釋八字鳥篆鐘銘文〉，《北京大學學報》第2期（1988年3月），頁222。

〔註236〕曹錦炎：〈新見越王兵器及其相關問題〉，《文物》第1期（2000年1月），頁71。

阻擋了越國向西的道路，州句於是改道攻佔邗國，另謀北上的道路，而州句三十四年（公元前 415 年）滅滕則是越國打通北上通道的結果，「唯余土卷邗」就是反映了州句十九年至三十四年佔領邗國的事情。〔註237〕因此古越閣收藏的這把州句劍，當鑄於州句三十四年之後。

9、〈越王州句矛〉

圖版：

銘文內容：

自　　　　戉
乍（作）　　王
用　　　　州
矛　　　　句

說明：

本矛前鋒收成尖葉形，後部加寬，中間成束腰形、葉末無倒刺、骹口內凹，

〔註237〕李家浩：〈越王州句複合劍銘文及其所反映的歷史——兼釋八字鳥篆鐘銘文〉，《北京大學學報》第 2 期第 35 卷（1998 年），頁 223。

在形制上與〈越王者旨於賜矛〉相似。以上為器主明確之越器，接下來介紹年代不明的越器。

10、〈越王差徐戈〉

圖版（左、中圖為戈，右圖為戟）：

越王差徐戈銘文：

　　戉（越）邦之先王未得居乍金

　　臺（就）差郤之為王，司得

　　居乍金。差郤以鑄其元

　　甬（用）戈，以攸（修）弜（強）鄝（邊）土

越王差徐拱戟銘文：

　　戉（越）王差郤（徐）以其

　　鐘金，鑄其戕（拱）戠（戟）

說明：

1990年代自浙江紹興出土兩件越王青銅戈，隨後流入民間，之後分別被

紹興越文化博物館、澳門收藏家蕭春源收藏。紹興所藏銅戈形制和〈越王者旨於賜戈〉相似，銘文反書自稱拱戟。澳門所藏銅戈因爲爲私人收藏，原物不易目睹，因此討論的論文不多，而各家說法差異很大。首先在年代部份曹錦炎認爲是越王得居，即越王句踐的父親允常；〔註238〕吳振武認爲是越王翁，即州句；〔註239〕董珊認爲是越王初無余。〔註240〕此處曹氏根據的拓本有問題，〔註241〕許多字並未釋出，且拱戟上銘文寫明是「越王差郤」，因此曹說不確。吳氏將「 ![字] 」釋爲「翁」，認爲 ![字] 象鳥的頭部和頸部，上下的豎畫表示頭頸上的毛，此說於字形上頗牽強，且說「『州句』是夷式名。『翁』是華化名，朱句自己作器用夷名，他人作器提及他時用華名」也說不通，因爲現有越器中，越王皆無用華名，例如者旨於賜不稱「鹿郢」、〔註242〕不壽不稱「盲姑」、〔註243〕翳不稱「不揚」，〔註244〕因此吳說也不可信。董氏從聲韻上判定差郤即初無余，又說《竹書紀年》所記越王翳三十三年徙吳有誤，應當是三十三年營建姑蘇，到了初無余之的時候才正式遷移。筆者以爲此說可疑，董珊對差郤的判斷只從音韻上著手，沒有旁證而否定《紀年》的記載，〔註245〕我們只能說差郤可能是初無余，但無法確定，因此本器年代尚待考。

「未得居乍金，臺（就）差郤之爲王」幾個字最有爭議，曹錦炎將「得居」釋爲越王名、「差郤」釋爲輔佐徐國，〔註246〕導致其整篇釋文文意不通。吳振武釋爲「退居乍金亭差（佐）郤之爲」，認爲「退居」是去世的隱語、「亭差郤之」是作器者、「亭差」是官名。吳振武此說可議，紹興博物館所藏拱戟明確

〔註238〕曹錦炎：〈越王得居戈考釋〉，《古文字研究》第 25 輯（2004 年 10 月），頁。

〔註239〕吳振武：〈談珍秦齋藏越國長銘青銅戈〉，《古文字研究》27 輯（2008 年 9 月），頁 311。

〔註240〕董珊：〈越王差徐戈考〉，《故宮博物院院刊》第 4 期（2008 年 7 月），頁 28。

〔註241〕李學勤：《東周與秦代文明》（上海：上海人民出版社，2007 年 11 月），頁 323。

〔註242〕《史記‧越王句踐世家》索隱引《竹書記年》：「句踐卒，次鹿郢立，六年卒。」。

〔註243〕《史記‧越王句踐世家》索隱引《竹書記年》：「不壽立十年見殺，是爲盲姑」。

〔註244〕《吳越春秋‧句踐伐吳外傳》：「翁卒，子不揚。」。

〔註245〕周運生：〈越王差徐所遷乍金考〉認爲根據《竹書紀年》記載，差徐之前的越王翳、浮錯枝可能已經居於姑蘇山，不會等到初無余時才徙於吳，言下之意認爲《紀年》之記載不誤。

〔註246〕曹錦炎：〈越王得居戈考釋〉，《古文字研究》第 25 輯（2004 年 10 月），頁。

指出是「越王差郤」，差郤即是器主。周運生認爲「乍金」即《越絕書》中的
莋碓山（陳橋驛《水經注校證》作「笒嶺」、《吳郡圖經續記》作「岢崿」）和
山下的莋邑，「乍」、「莋」相通，「金」可能是「碓」、「嶺」、「崿」等字的訛
誤。〔註257〕此處銘文中「乍金」出現兩次，依本器製作之精美來看，不太可
能兩個「金」字都訛誤，且「金」和「碓」等字在字形上無相似之處，因此
周說可疑。孟蓬生認爲「居乍」即姑蘇，「金」指銅礦，銘文內容是記載越王
差郤得到了姑蘇產的銅礦，並用它來鑄造銅戈。〔註258〕筆者認爲周運生對此
說提出的兩點疑問很正確，一是史書上沒有姑蘇產銅的記載，二是假如姑蘇
產銅，則以前定都姑蘇的吳國應該早已開發，爲何差郤之前的越王都沒有得
到？據此兩點孟說可疑。董珊認爲「乍金」指蘇陰，也就是姑蘇山北的都邑，
而姑蘇山又稱爲蘇山或胥山，銘文記載越國到了差郤時才遷都姑蘇。〔註249〕
筆者以爲此說可從，史書中確實有越國遷都姑蘇的記載。〔註250〕總的來說本
器之釋文應以董珊爲佳，但越王是否爲初無余則有待進一步的討論。

11、〈越王劍〉

圖版：

〔註257〕周運生：〈越王差徐所遷乍金考〉。復旦大學出土文獻與古文字研究中心網站：http：
//www.gwz.fudan.edu.cn/Srcshow.asp?Src_ID=561。線上檢索日期 2011 年 5 月 24 日。

〔註258〕孟蓬生：〈越王差徐戈銘文補釋〉，《中國文字研究》第 12 輯。中國文字研究與應
用中心網站：http：//www.guwenzi.com/SrcShow.asp?Src_ID=541。線上檢索日期
2011 年 5 月 23 日。

〔註249〕從古音上看「乍」是崇紐鐸部字，「蘇」、「胥」是心紐魚部字，聲爲齒頭音和正齒
音旁紐，韻爲魚、鐸二部陰、入對轉，三字古音相近。「金」和「陰」都是侵部字，
戰國文字「陰」常常寫作「陰」，從阜金聲，因此銘文的「乍金」應該讀爲「蘇陰」。
參董珊：〈越王差徐戈考〉，《故宮博物院院刊》第 4 期（2008 年 7 月），頁 31。

〔註250〕《越絕書·越絕外傳記地傳第十》：「句踐小城，山陰城也……而滅吳，徙治姑胥
臺。」、《吳越春秋·句踐伐吳外傳》：「自句踐至於親，其歷八主，皆稱霸，積年
二百二十四年，眾親皆失，而去琅琊，徙於吳矣。」

銘文內容：

　　　　戉王王戉

說明：

　　劍格兩面各名「戉王」二字，共八字，未具王名，不知道是越國哪位國王。除了越王劍之外，尚有一些器物或字跡奇詭、[註251] 或銘文只有「戉王」二字，而不知道年代的，這些大多沒有拓本，出土資料也不清楚，本文不納入討論。

　　12、〈越王矛〉

圖版：

銘文內容：

　　　　戉王

說明：

　　越王矛初載於《楚文物展覽圖錄》圖 78，書中稱為「奇字矛」，銘文為鳥篆字體「戉王」二字。越王石矛初載於〈記浙江發現的銅鐃；釉陶鐘和越王石矛〉，在矛的一面刻有六個字：「『末』部左右刻『戉』字，中段和『本』部均刻

〔註251〕淮陽縣平糧臺出土的一把越王劍，出土報告只有摹本，字跡奇特幾乎只有「王戉戉王」四字可辨識，參曹桂岑等：〈淮陽縣平糧臺四號墓發掘簡報〉，《河南文博通訊》第 2 期（1980 年 3 月），頁 34～35。

『戉王』兩字，都是脊左一字、脊右一字橫排刻的。」〔註252〕，因越王石矛之圖版銘文幾乎看不清楚，本文不附。這兩件矛器主待考。

第三節　徐舒器銘概述

徐、舒有銘青銅器約有二十四件，可概分為食器、樂器、與其他三類，其他包含了水器、酒器、兵器和日常用器等。食器部分徐國和舒國以圓鼎為主，樂器有鐘、鎛、鼓座三種，另外有些器物或只存銘文拓本，或只著錄於清人文集，沒有發掘簡報的撰寫，因此列在出土資料不清一欄。以下為各器的出土時間和地點：

表 2-3-1：徐、舒有銘銅器出土表

時間	地　　點	器　　　物
1888	江西安高縣清泉市	〈徐王義楚觶〉、〈徐王禹又觶〉、〈義楚觶〉、〈徐茜尹鉦城〉
1961	山西上馬村侯馬鎮	〈庚兒鼎〉
1973	湖北襄陽縣蔡波山崗	〈徐王義楚元子劍〉
1979	江西靖安縣水口公社	〈徐王義楚盥盤〉、〈徐令尹者旨型爐盤〉
1979	湖北枝江縣問安安廟山	〈余大子鼎〉
1980	安徽舒城縣孔集公社九里墩	〈舒城鼓座〉
1982	紹興坡塘公社	〈湯鼎〉、〈徐王元子爐〉
1983	江蘇丹徒縣北山頂	〈蓬邡編鐘〉、〈蓬邡鼎〉、〈徐缶蓋〉
1983	山東費縣治公社臺子溝	〈余子氽鼎〉
1993	江蘇邳州市九女墩	〈徐王之子孫ㄗ月鐘〉
出土資料不清		
〈徐王糧鼎〉、〈宜桐盂〉、〈沇兒鎛〉、〈徐王之子羽戈〉、〈儔兒鐘〉、〈徐王子旃鐘〉、〈涂鼎〉		

由上表我們可以看到，雖然徐國國都位於江蘇省洪澤縣、舒國國都位於安徽省舒城縣（詳第一章第四節），但其器物卻大多不在本境出土，這可能和春秋晚期兩國幾經爭戰、四處奔走有關係（詳第一章第四節）。以下按器類介紹各器物之形制、著錄和銘文內容，若對於銘文有異說或補充者，復以說明闡述之。

〔註252〕王士倫：〈記浙江發現的銅鏡：釉陶鐘和越王石矛〉，《考古》第 5 期（1965 年 5 月），頁 256～257。

一、食　器

　　徐、舒出土的食器有六鼎一盂，其中〈宜桐盂〉因出土資料不清，所以
對於其器形、大小皆無所知，董楚平認為此器是大形盛飯器，類似今天的飯
桶，一般是侈口、深腹圈足、有耳。〔註253〕但同樣是盛器，盂也可看作是鼎
類的一種，楚系青銅器中有些鼎自名「飤鼎」，是折沿鼎的專稱且以深腹者為
多〔註254〕。飤鼎可能就是〈宜銅盂〉銘文中的「飤盂」，因此董楚平對此器
形的看法應該無誤，不過可以再增補「折沿」這個特點。雖然此器資料不明，
但其銘文拓本卻十分清晰，器上共計銘文 4 行 29 字。〔註255〕徐、舒出土的
其他六鼎，在器形、紋飾上則有較詳細的記載，詳見下表：

　　表2-3-2：徐、舒食器形制表

形制 器名	大小（厘米）	器形外觀	紋　　飾	銘　　文
〈余大子鼎〉	通高 25.7、口徑 28.8	短折沿、方唇淺腹、足作半筒狀馬蹄形、方耳立於口沿之上、殘二足一耳	耳外飾三周方形凹弦紋、腹飾一周竊曲紋、腹下飾凸弦紋	腹內壁有銘4 行 28 字（缺三字、殘四字）
〈余子𣄬鼎〉	通高 21.5、口徑 22、腹深 10、外折沿寬 1.35	淺腹環底、馬蹄形三足	兩耳四股繩索紋，立於平沿之上、胸部飾變形蟬紋一周	紋飾下有陰文 9 字
〈徐王糧鼎〉	通高 7 寸 4 分	淺腹聚足	口飾竊曲紋一道	口內側有銘4 行 27 字
〈庚兒鼎〉	通高 43、口徑 48、足高 16.5	大口、窄沿、深腹圓底、直附耳、獸蹄形足	器沿下、腹壁和耳部飾蟠螭紋、足上飾饕餮紋	二鼎腹內壁各有銘文 3行 29 字
〈淶鼎〉	通高 1 尺 1 寸7 分、足高 6寸 9 分、耳高2 寸四分、口徑 9 寸 7 分	蓋頂豎一環紐、上腹外有對稱長方形立耳、弧腹壁、腹徑中段最廣、三粗蹄直立足	蓋上有三只等距立體獸雕、足上飾獸面紋、腹與蓋均有龍紋	紋飾下有銘文 2 字

〔註253〕董楚平：《吳越徐舒金文集釋》（杭州：浙江古籍出版社，1992 年 12 月），頁 258。

〔註254〕劉彬徽：《楚系青銅器研究》（武漢：湖北教育出版社，1995 年 7 月），頁 111～114。

〔註255〕本節的銘文字數及器物形制大多參考各器發掘報告，詳細出處請參附錄一。

〈䣄邩鼎〉	通高 21.8、口徑 21.1、腹深 13.4、耳 6.1 高、厚 0.4	深腹圓底、方脣、方形附耳、三蹄足、子母口微斂、有蓋	蓋之捉手飾變紋、腹上繩索紋、雙耳飾蟠螭紋、足上獸面紋	鼎上及蓋內有銘文 8 行 47 字

由上表可以發現獸形裝飾似乎流行於春秋中、晚期，六件鼎中〈余大子鼎〉、〈余子汆鼎〉和〈徐王糧鼎〉未見獸形裝飾，而這些器的年代都在春秋中期之前，[註256] 因此以獸形裝飾之有無，可以粗略的判斷器物年代。其餘有獸形裝飾器物的年代徐國〈庚兒鼎〉約在春秋襄公時期，〈䢵鼎〉作於亡國（昭公三十年）之後；舒國〈䣄邩鼎〉約作於襄、定公之間。器物排列方面以徐國為先、舒國為後，徐國部分又照年代先後介紹，無法判別年代的器物則置於最後。

　　1、〈余大子鼎〉

　　圖版：

[註256] 黃靜吟：〈「徐、舒」金文析論〉，《中正大學中文學術年刊》第 4 期（2001 年 12 月），頁 5～6 認為現有徐國銅器中，國名「徐」字多寫作除或郤，只有〈余大子鼎〉和〈余子汆鼎〉之「徐」分別作 ▨ 和 ▨。「徐」字尚未添加邑旁，這與他們的器形紋飾較早，正相契合，年代大約為春秋早、中期；〈徐王糧鼎〉李學勤認為此鼎淺腹聚足，是春秋中期偏早器物，相當於春秋僖、文時期。參氏著〈從新出青銅器看長江下游文化的發展〉，《文物》第 8 期（1980 年 8 月），頁 38

銘文內容：

唯五月初吉□□，

余（徐）大子白（伯）辰父乍（作）

爲其好妻□□賓

于橐迎，永寶用之

說明：

本器因缺二足，導致有缺字和殘字的情形，銘文首句董楚平釋爲「初吉辛酉」；高應勤等釋爲「初吉丁亥」，然從拓本實在無法辨認殘損之字的原貌，此處以缺文視之。又「賓于橐迎」四字，高文釋「竆（客）於橐迎」；董文除了「于」字外其餘缺釋。筆者認爲「客于」應改釋爲「賓于」，拓本「于」上一字雖殘缺，但其下半部似乎从「貝」，又徐國金文「客」字作 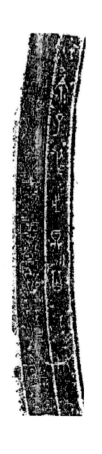、，「賓」字作、，和殘缺之銘文較相似，因此更爲「賓于」。又《左傳》文公十八年傳有「舜臣堯，賓于四門」以及「賓于四門，四門穆穆」句，代表在春秋時期有「賓于」的用法。

2、〈余子氽鼎〉

圖版：

銘文內容：

余子汆之鼎，百歲用之

說明：

銘文中徐國國君不稱王、不稱公，而自稱「子」，可證此器之年代較早，和
〈余大子鼎〉同屬春秋早、中期。〔註257〕

3、〈徐王糧鼎〉

圖版：

銘文內容：

邾（徐）王糧用其良

金，鑄其□鼎。用

鬻魚昔（腊），用雝（饗）賓

客，子=孫=，世=是若

〔註257〕黃靜吟：〈「徐、舒」金文析論〉，《中正大學中文學術年刊》第 4 期（2001 年 12
月），頁5～6。

說明：

徐國銘文中凡提到國名「徐」者，自〈徐王糧鼎〉以下，皆用从邑旁之「鄝」，此字可說是識別徐器的重要依據。〔註258〕器主徐王糧即〈宜桐盂〉銘文中的「季糧」（詳後文〈宜桐盂〉部分），是春秋禧公、文公時期的人物，〔註259〕銘文「鼎」上一字殘泐不清，劉體智《小校經閣金文拓本》釋作鬻、容庚《商周彝器通考》釋作饎、董楚平釋作飲，皆和拓本字形不似，此處缺之即可。

「鬻」字黃靜吟認爲雖然此字下半所从和「羔」字形似，但羔字兩旁並無類似「弓」旁的豎筆，又銘文中的「弓」旁，實際是豎筆上移的結果，因此依字形和此字在銘文中有宴饗、祭祀的意思來看，其下半部當从「鬲」，隸定爲鬻。〔註260〕筆者以爲「鬲」〈王伯姜鬲〉作 𩰲 、〈魯侯鬲〉作 𩰲 、〈呂王鬲〉作 𩰲 ；「羔」〈索諆爵〉作 𦎫、古璽作 𦎫、古幣作 𦎫，兩字皆有象羊角的部份，但銘文此字在下半部尚多兩點，這兩點剛好是「羔」字有而「鬲」字無的。另外「羔」象羊在火上烤，而羊又是上三牲的祭品，所以應該也有饗宴、祭祀的意思；再者若說兩邊的「弓」旁，是「鬲」字豎筆上移，但在古文中我們也只看到了《說文》有收一個「鬲」字作 𩰲，因此 ▓ 字筆者贊同董楚平之說法，釋爲鬻較適當。〔註261〕

「魚」字原作 ▓ 舊釋「庶」，吳振武根據同銘中「客」、「子」、「孫」、「世」等字皆作反書，以及文獻中「魚臘」一詞常連舉的情形，認爲此字應釋作「魚」。吳文又列舉此字不可釋「庶」的原因：「庶」字从「石」从「火」一般作 ▓ （〈徐王子旃鍾〉）、 ▓ （〈沇兒鎛〉）、 ▓ （〈伯庶父簋〉），其頂部皆爲平畫；「石」字从「口」，但本銘中間看不出有「口」旁存在；本銘下半

〔註258〕董楚平：《吳越徐舒金文集釋》（杭州：浙江古籍出版社，1992年12月），頁255。

〔註259〕李學勤：〈從新出青銅器看長江下游文化的發展〉，《文物》第8期（1980年8月），頁38。

〔註260〕黃靜吟：〈「徐、舒」金文析論〉，《中正大學中文學術年刊》第4期（2001年12月），頁13。

〔註261〕董楚平：《吳越徐舒金文集釋》（杭州：浙江古籍出版社，1992年12月），頁256認爲「據各種拓本，此字上部中間從采，下皆從羊，不從鬲或皿，鬲、皿兩旁皆有豎筆，此字無。此當爲鬻字。」。

部和「火」旁不似。〔註 262〕此處吳說甚是,「庶」字所从之「石」、「火」皆無法從本字中看出,而字形下半部交叉的筆畫,正好和「魚」字相似。

4、〈庚兒鼎〉

圖版:

銘文內容:

> 隹正月初吉丁亥,邾(徐)王之子
> 庚兒,自乍(作)飤鬵(鋁),用征用
> 行,用龢用鬻,眉壽無疆

說明:

器主自稱庚兒,說明製器時庚尙未稱王,張頷、張萬鐘認爲〈庚兒鼎〉和〈沇兒鎛〉、〈王孫遺者鐘〉是同時期之器,可能作於魯襄公年間,正當悼公、平公之際,這時吳季札、鄭子產和齊晏嬰都到過晉國,〈庚兒鼎〉入晉可能是在這個時期。銘文 ![字] 字張頷釋爲鸄,認爲「弓」旁中間可能是「者」的省文;

〔註262〕吳振武:〈說徐王糧鼎銘文中的「魚」字〉,《古文字研究》26 輯(2006 年 11 月),頁 225。

〔註263〕董楚平釋爲鬻，認爲古文「者」字未有省「日」或省「口」之例，中間所從當爲「米」；〔註264〕黃靜吟釋爲鬻，認爲「弓」旁中間的「釆」即「采」字，從「爪」從「木」得形，因爪形與木形相結合，遂訛誤難辨。〔註265〕筆者認爲「采」字甲骨文有作 （乙16）、 （前7‧40‧1）者，和本銘上半部中間所從相似，因此黃說可信。但銘文相同的乙器此字下半部作 ，和〈徐王糧鼎〉的 字下半部一樣，應爲「羔」而非「鬲」，兩字都當釋爲鬻，而甲器此字下半部作 ，雖然和「羔」字不相似，但兩器銘文內容全同， 可能是 訛誤的結果。

5、〈淦鼎〉

圖版：

銘文內容：

　　淦鼎

說明：

　　此鼎銘文只有兩字，而其形制和花紋均屬戰國時期。〔註266〕董楚平認爲淦字的出現，當是徐被吳滅後城破邑亡，原鄰的邑字偏旁也隨之消失，添上人字，

〔註263〕張頷、張萬鐘：〈庚兒鼎解〉，《考古》第5期（1963年5月），頁270。

〔註264〕董楚平：《吳越徐舒金文集釋》（杭州：浙江古籍出版社，1992年12月），頁261。

〔註265〕黃靜吟：〈「徐、舒」金文析論〉，《中正大學中文學術年刊》第4期（2001年12月），頁13。

〔註266〕馬承源主編：《中國青銅器》（臺北：南天出版社，1991年10月），頁94討論圓鼎時，將「覆蓋附耳鼓腹圜底長獸蹄足」式鼎列爲戰國早期常見的樣式之一，其特徵爲形體連蓋接近球形，蓋上有三個環形鈕，附耳略曲，上承三條細長的獸蹄足，對照形制表可發現湯鼎之外形和此符合。

應爲國破人猶在之意，這些人對涂地的情感，與湯鼎「丩津涂俗」是一樣的。〔註267〕

6、〈宜桐盂〉

圖版：

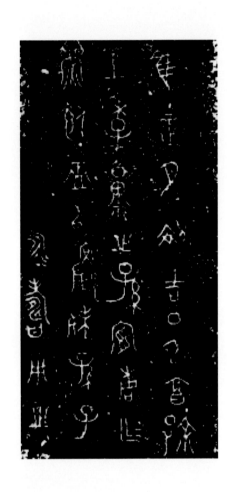

銘文內容：

　　隹正月初吉日己酉，邾

　　王季糧之孫宜桐，乍（作）

　　霙（鑄）飤盂，以譻（媵）妹，孫子

　　永壽用之

說明：

　　器主宜桐爲徐王糧之孫，年代當也在春秋禧、文時期，銘文特別標舉其祖父徐王糧之名，而未提到其父，代表宜桐的父親並不是徐王，由此推測宜桐可能非嫡子。銘文「日」字寫作 ，和一般作 ⊖（〈辛仲父簋〉）、⊙（〈善

〔註267〕董楚平：《吳越徐舒金文集釋》（杭州：浙江古籍出版社，1992 年 12 月），頁 312。

夫克鼎〉）不同，而和「丁」字作 （〈者減鐘〉）、 （〈王孫壽甗〉）　相似，因此有學者認為銘文首句「日己酉」應釋作「丁亥言」。〔註268〕但考慮到此「日」字寫法雖然少見，金文中卻也出現過，例如〈日癸簋〉「日」作 、〈戈屌簋〉作 ，又「日」後一字明顯是「己」字，而和「亥」字相差甚遠。最後雖然  字確實寫得和「言」一樣，但「酉」字作 （〈徐王義楚觶〉）、 （〈矢方彝〉）取酒甕之意，和取建築物之意的「言」〔註269〕外形相似，可能因此而訛混，再者銘文「正月初吉丁亥言」無法通讀，而「初吉日」的用法和徐茜尹鉦城中「正月初吉日才庚」相似，因此還是釋為「初吉日己酉」較佳。

7、〈邆邟鼎〉

圖版（因拓本不甚清楚，此處附上兩張圖版互為比對）：

〔註268〕郭沫若：《兩周金文辭大系考釋》：「『日己酉』三字或誤釋作『丁亥言』，因有疑此銘為偽者，非是。」。

〔註269〕徐中舒：《甲骨文字典》卷5：「象穴居之形，□為所居之穴，為穴旁臺階以便出入，其上並有覆蓋以免雨水下注。」。

銘文內容：

　　隹正月初吉丁亥

　　甫遽時，甚六之

　　妻夫欤申，擇吕

　　吉金，乍（作）鑄飤鼎，

　　余臺（以）鑄臺（以）鬻，臺（以）

　　伐三（四）方，臺（以）從歔㞷王，

　　世萬子孫，羕（永）寶用鬻

說明：

　　從銘文內容來看此時的舒國已服從吳國，《左傳》襄公二十五年（公元前548年）楚滅舒鳩，但並未夷其宗廟。根據定公二年（公元前508年）「吳子（闔閭）使舒鳩氏誘楚人」的記載，推測舒國被楚滅之後又復國，並服從於吳，則本器之年代當在公元前五百年前後。銘文「甫遽時」曹錦炎認為是時稱名，相當於典籍中的「餔時」（即申時）；〔註270〕周、張二人隸定為「甫遽杳」，

〔註270〕曹錦炎：〈北山銅器新考〉，《東南文化》第 6 期（1988 年 12 月），頁 42～43。

認爲「遽」和「尸」相通、「杏」从「日」、「末」聲，因此遽杏（尸昧）當即吳王余昧；[註271] 商、唐二人隸定爲「甫虗者」，認爲這是甚六的修辭語，可能是官爵名稱、地望名或男子美稱。[註272] 筆者認爲依周、張之說法，遽杏和甚六同樣是人名，但吳王之名和舒國器主之名相連，在文意上無法通讀。而商、唐的釋文「者」字應改爲「時」，觀「者」多作▆（〈徐茜尹征城〉）、▆（〈徐令尹者旨型爐盤〉），下方所从不管是「日」還是「口」，豎畫皆突出，「時」字作▆（〈中山王𧊪壺〉）、▆（甲30），下半部和拓本一樣，應據改。因此丁亥以下三字，以曹說之解釋較爲適當。

「妻」字周、張二人摹寫作▆，釋爲「賂」，但〈余大子鼎〉「妻」作▆，和本銘一樣，且「賂」字《說文》：「賂，遺也；從貝各聲。」，依周、張之隸定，作爲聲符之「各」很清楚，但表義之「貝」卻無法從銘文拓本中看出來，因此二人之說法有待商榷。▆字下半部和〈庚兒鼎〉之▆、〈徐王糧鼎〉之▆下部所从一樣，都爲「羔」，上半部中間爲「言」，應釋作𩵦。

最後▆字董楚平、曹錦炎釋「從」；周曉陸、張敏、吳聿明釋「達」。觀「從」字金文作▆（〈多友鼎〉）、▆（〈師旂鼎〉）；「達」字金文作▆（〈牆盤〉）、▆（〈保子達簋〉），兩者字形相近，銘文右上部作羊角狀，可能是「從」字相背人形的訛變。〈衛妣作鬲〉有銘「以從永征」、〈班簋〉有銘「以乃族從父征」，都和「以從敔虘王」文例相近，似可證此字釋「從」較佳。

二、樂　器

徐、舒有銘樂器共有一鎛、四鐘、一鉦城、一鼓座，其中征城郭沫若稱之爲「句鑃」，認爲其銘「自作征城」和越國〈姑馮句鑃〉「自作商句鑃」相同，兩者都爲鐃的一種。[註273] 除了〈徐茜尹鉦城〉外，同樣器銘的還有〈余冉鉦

〔註271〕周曉陸、張敏：〈北山四器銘考〉，《東南文化》第3～4期（1988年8月），頁79。

〔註272〕商志𩡝、唐鈺明：〈江蘇丹徒背山頂春秋墓出土鐘鼎銘文釋証〉，《文物》第4期（1989年4月），頁55。

〔註273〕郭沫若：〈雜說林鐘、句鑃、鉦、鐸〉，《郭沫若全集·考古篇》（北京：科學出版

城〉，于鴻志認爲鉦城又可以稱鉦鐵，其中鉦是器身，鐵則爲敲棍，從銘文中可看出此器是用來指揮水軍船只前進的工具。〔註274〕另外〈遱邟編鐘〉是由五件鎛鐘和七件鈕鐘組合而成，鎛鐘和鈕鐘銘文相同，唯行款有異，各件之大小皆有些微差異，詳細形制參出土報告，本文不贅述。器物年代方面，徐國只有〈沇兒鎛〉和〈儔兒鐘〉年代確定，其餘不明；舒國兩件樂器皆爲春秋末期。下表是徐、舒七件樂器之器形、大小：

表 2-3-3：徐、舒樂器形制表

形制 器名	大小（厘米）	器形外觀	紋　飾	銘　文
〈沇兒鎛〉	高 29、舞縱 19.9、舞橫 24、鼓間 22、銑間 26	甬部殘	鼓、篆間、舞上飾蟠虺紋	17 行 82 字
〈儔兒鐘〉	一件高 22.5、舞縱 8.2、舞橫 10.5、鼓間 9.6、銑間 12.6；一件高 16.35、舞縱 7.05、舞橫 6.3、鼓間 8.6、銑間 11.45（剩餘兩件不明）	不詳	不詳	四件合得銘文 73 字
〈徐王子旃鐘〉	高 15.4	無甬方紐	不詳	14 行 76 字
〈徐王之子孫ⱽ月鐘〉〔註275〕	高 22.9、舞縱 12.2、舞橫 9.2、鼓間 10.6、銑間 14.5	長方形紐、銑棱齊直、于口弧曲較大	紐爲素面，舞、篆間皆爲蠻龍紋、鼓部龍紋	九件合得銘文 36 字
〈徐茜尹鉦城〉	殘高 20.1、舞縱 10.7、舞橫 11、于縱 12.8、于橫 13.7	不詳	不詳	5 行 42 字

社，2002 年 10 月），頁 86～90。

〔註274〕于鴻志：〈吳國早期重器冉鉦考〉，《東南文化》第 2 期（1988 年 3 月），頁 103。

〔註275〕因每件鐘鎛大小略有差異，本表以編號 M3：11 之鐘爲範例，其餘鐘鎛之形制，詳下文介紹或參孔令遠、陳永清：〈江蘇邳州市九女墩三號墩的發掘〉，《考古》第 5 期（2002 年 5 月），頁 29。

〈郘鐘編鐘〉	鎛鐘	略	鈕由兩條張口相對、口銜橫杆的夔龍和六條小龍蚪結而成	夔龍身飾重鱗紋，小龍身飾三角雲雷紋，舞、篆飾蟠螭紋，篆與枚間有繩索紋相間，鼓有四條龍紋相對	右鼓有銘文4行24字、鉦間2行14字、左鼓4行30字，共計68字
	鈕鐘	略	外觀和鎛鐘相同，唯枚部較鎛鐘突起，內壁有兩道切音用的凸棱	鈕無紋飾，舞、篆、枚和鼓紋飾同鎛鐘	右鼓有銘文4行26字、鉦間2行14字、左鼓4行28字，共計68字
〈舒城鼓座〉		直徑80、殘高29；重47公斤	圓形銅圈、無底、外圍四個鋪首銜環，環與底平	上部有兩個對稱虎頭及四條蟠螭紋龍纏繞，另有兩龍尾鉤飾	鼓座外圍上圈有銘98字、下圈52字，共150字，多反書

1」〈沇兒鎛〉

圖版：

正面鼓右　　　　　　正面鉦　　　　　　正面鼓左

背面鼓左	背面鉦	背面鼓右

銘文內容：

佳正月初吉丁
亥， 邾王庚之思（慇） ┓ 位於正面鉦上

子沇兒，擇其吉
金，自乍（作）龢 ┓ 位於正面鼓左
鐘。中翰叔（且）

易（揚），元鳴孔
皇。孔嘉元 ┓ 位於背面鼓右
成，用盤歙（飲）

酉（酒），龢（和）
遣（會）百生（姓）。思（淑）于畏（威） ┓ 位於背面鉦上
義（儀），惠于明（盟）祀。歔（吾）

以匽（宴）以喜，以樂

嘉賓，及我
父𨾴（兄）庶士。 ┓ 位於背面鼓左
皇＝＝，眉壽

無旲（期），子＝孫＝
永保鼓之。 ┓ 位於正面鼓右

說明：

此器舊稱〈沇兒鐘〉，鎛和紐鐘形制相同，但前者體型龐大，是如大鐘一樣用以指揮樂隊的節奏性樂器。〔註 276〕在現有的徐、舒樂器中，〈沇兒鎛〉的形制明顯大於其他紐鐘，因此稱其爲「鎛」而非「鐘」。從銘文中可知器主沇兒是徐王庚之子，年代也在襄公時期，又由庚兒、沇兒等名稱來看，徐國之人名多以「兒」字作爲詞尾，但這種黏合並不牢固，只限於自稱，下輩稱其上輩之名則不能附上這一後綴。〔註 277〕銘文「中韓叡昜，元鳴孔皇」、「以樂嘉賓，及我父姓庶士」、「皇_趣_，眉壽無冥」等句子和〈徐王子旃鐘〉「中韓叡韶，元鳴孔皇」、「以樂嘉賓，及□生習□，兼以父姓庶士」、「韓_熙_，眉壽無諆」相似，都爲銘文中的套語，唯個別字體寫法有差異。又「皇_熙_」董楚平認爲使用「皇」字，是徐國等江淮銅器的特點，中原黃河流域諸器如〈齊侯盤〉、〈夆叔匜〉、〈伯康毀〉等都作「它_熙_」，〔註 278〕這可作爲區分江淮和中原銅器的一個指標。

　　2、〈儔兒鐘〉

　　圖版：

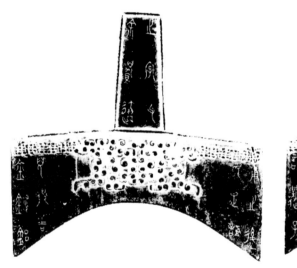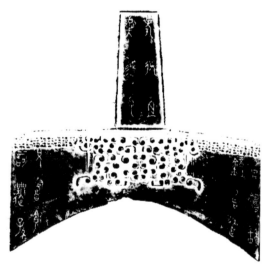

〔註 276〕馬承源主編：《中國青銅器》（臺北：南天出版社，1991 年 10 月），頁 287。

〔註 277〕李瑾：〈徐楚關係與徐王義楚元子劍〉，《江漢考古》第 3 期（1986 年 8 月），頁 42。

〔註 278〕董楚平：《吳越徐舒金文集釋》（杭州：浙江古籍出版社，1992 年 12 月），頁 267。

銘文內容：

隹正九月
初吉丁亥，　　　　　位於正面鉦上
曾孫僮兒，

余迭斯
于之孫，余　　　　　位於正面鼓左
茲餎（佫）之元子

曰：烏呼敬
哉，余義楚　　　　　位於背面鼓右
之良臣而

遊之字（慈）父，
余購遊兒　　　　　位於背面鉦上
得吉金鎛

鋁，臺（以）鑄龢（龢）
鐘，臺（以）追考（孝）　　位於背面鼓左
洗（先）且（祖），樂我

父兄，歟（飲）飤（食）
訶（歌）舞，孫=用
之，後民是　　　　　位於正面鼓右
誣（語）

說明：

〈儔兒鐘〉共四件，以第一件銘文最完整，第二、三件拓本較清晰，第四件最不清楚。此器出土資料不明，早期稱為〈楚良臣余義鐘〉、〈余義編鐘〉、〈楚余義鐘〉，並將之視為楚器。〔註279〕後人透過典籍文獻，〔註280〕以及和徐王義楚相關的器物，糾正了這個錯誤。本鐘之器主是徐王義楚的大臣，又銘文中得知其一家四代的順序是迷斯于→茲佲→儔兒→逐，而根據前人將「義楚」二字斷開解釋來看，此器的出土年代可能早於 1888 年江西安高縣發現的義楚器（詳後文〈義楚器〉之說明）。

器主之名「■兒」郭沫若釋僿兒、白川靜釋偬兒、徐同柏釋倪兒、方濬益和吳大澂等釋僕兒。筆者認為「僕」字〈旂鼎〉作■、〈師旂鼎〉作■、〈幾父壺〉作■，象人頭頂甾（■），或雙手（■）奉甾之形，〔註281〕此字右上角和甾相似，但下方卻非人形或雙手形，可知釋「僕」不確；釋僿、偬者，除了「■」部分和「又」較相似外，其他筆畫皆對應不上。再觀「壽」字〈湯鼎〉作■、〈宜桐盂〉作■，和本銘之上半部作■、下半部作■皆有相似處，又■可能是「壽」之■的簡省，古文中若一個字具有兩個相同的構形時，常常會省去其中一部分，〔註282〕因此本文採用「儔兒」的隸定。儔兒為義楚之臣，則此器應作於義楚在位期間，即昭公七年至二十九年之間。「余購逐兒得吉金鑄鋁」句，購字字義待考，董楚平認為此字必為動詞，且銘文不用「擇」吉金，而用「得」吉金，可能和購的字義有關。〔註283〕「鑄

〔註279〕阮元：《積古齋鐘鼎彝器款識》卷三：「銘文有余義楚之良臣一語，遂名之曰楚良臣余義鐘……此鐘蓋兒所作，以祀其祖余義者，余迷斯于其父名字也，茲佲，義之字也，銘言義為迷之字父。」認為這是器主僕兒為了祭祀其祖余義而作，依阮氏之說法，則器主一家的世系為余義（字茲佲）→迷斯于→僕兒。

〔註280〕楊伯峻：《春秋左傳注》昭公六年傳：「徐儀楚聘于楚，楚子執之，逃歸。懼其叛也，使薳洩伐徐，吳人救之。」明確記載徐國有君王名儀楚。

〔註281〕羅振玉：《增訂殷墟書契考釋》卷中（臺北：藝文書局，1981 年 3 月），頁 24。

〔註282〕劉釗：《古文字構形學》（福州：福建人民出版社，2006 年 1 月），頁 341 以■、■為例。

〔註283〕董楚平：《吳越徐舒金文集釋》（杭州：浙江古籍出版社，1992 年 12 月），頁 300。

鋁」銘文中習見，常和「玄鏐」並列使用而寫法不一，〔註284〕舒國〈遱邟編鐘〉作「鐈鏐是擇」、〈舒城鼓座〉作「擇其吉金玄釗（鏐）鎛呂」、吳國〈配兒句鑃〉作「鉉鏐鐈鋁」，從金旁的四字皆是金屬名稱，用在銘文中意思和「吉金」相近，都指好的金屬。

3、徐王子旃鐘〉

圖版（上為鐘正面，下為鐘背面）：

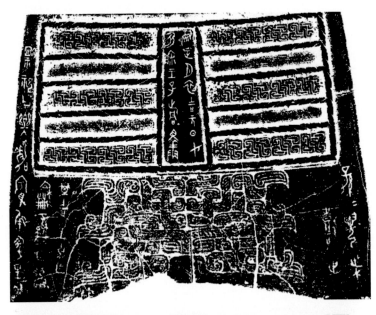

〔註284〕更多關於「玄鏐鎛鋁」銘文的資料，可參袁國華：〈山彪鎮一號大墓出土鳥蟲書錯金戈名新釋〉，《古今論衡》第 5 期（2000 年 12 月），表 1 頁 25～27。

·122·

銘文內容：

> 隹正月初吉元日癸
> 亥，郐王子旃擇
> 其吉金，自乍（作）
> 龢鐘，以敬
> 累（盟）祀，以樂嘉賓，及□生習
> □，兼以父姓（兄）庶士，以客
> 以喜，中韓
> 叡（且）韶（揚），元鳴
> 孔皇，其音䈕＿
> 䎦（聞）於四方，
> 韹（皇）＿配（熙）＿，眉
> 壽無諆（期），子＿
> 孫＿萬世
> 鼓之。

說明：

　　器主徐王子旃，根據徐王庚未繼位時自稱「庚兒」，而不稱「王子庚兒」；徐王義楚未繼位時自稱「義楚」，而不稱「王子義楚」，因此子旃當爲徐王之名，而非徐王之子旃。〔註285〕子旃趙世綱認爲即〈宜桐盃〉中的宜桐，「」字趙氏認爲从「宀」、「孚」聲，讀作「孚」，謂「孚桐」和「子旃」同聲通假，則器物年代當同在禧、文時期。筆者認爲此說可議。首先〈宜桐盃〉「宜」字作，而趙氏所列「孚」字作、「宜」字作，三者字形相差不遠，何以單獨認爲「孚」字之字形和〈宜桐盃〉「宜」字較相似？再者，前文已討論過宜桐之身分爲庶出，無法繼承王位，這和本器銘文自稱徐王互相矛盾。既然子旃非宜桐，則器物年代還有待考證。

〔註285〕趙世綱：〈徐王子旃鐘與徐君世系〉，《華夏考古》第 1 期（1987 年 3 月），頁 198。又鄭小爐〈試論徐和群舒青銅器——兼論徐、舒與吳越的融合〉，《文物春秋》第 5 期（2003 年 10 月）頁 10 也認爲，徐國銅器中凡是作爲王子、王孫身分的均在其間加上「之」字，作「某某之子（孫）」。由此更可證徐王子旃當爲徐王之一。

　　銘文「元日■亥」董楚平釋爲「丁亥」、趙世綱釋爲「癸亥」，觀「癸」字小篆作 ■ ，〈矢方彝〉作 ■、〈仲辛父簋〉作 ■ ，徐王子旃鐘應是省略了「癸」字鋒矛的部份，而只畫出斧柄，〔註286〕因此當以趙說爲當。「以 ■ 盟祀」第二個字拓片不清楚，董楚平缺釋、趙世綱釋「敖」。筆者以爲此字應釋「敬」，〈湯鼎〉「敬」作 ■、〈儔兒鐘〉作 ■ ，字形上半部皆有羊角狀，和本銘相似，又「敬盟祀」在金文中常用，例如〈王子午鼎〉（集成 02811）「敬厥盟祀」、〈邾公鈺鐘〉（集成 00102）「用敬卹盟祀」、〈湯鼎〉也有「敢敬明祀」等，可證此字釋「敬」在文例和字形上是可通的。

　　「及□生習□」諸家釋法不一，董楚平釋「及朋生習宜」；趙世綱釋「及我生我友」；于省吾釋「及我生晷（友） ■ 」。筆者以爲趙文將銘文的第二（ ■ ）、第四（ ■ ）字皆釋作「我」，但此兩字筆畫相差很遠，且觀徐國金文「我」作 ■ （〈徐王義楚觶〉）、 ■ （〈儔兒鐘〉），和本銘也不相同，此字可以闕文視之。銘文第四字應釋「習」，拓本很清楚，只是刻寫時將「白」旁置放在「羽」旁左下角，導致辨認不易。最後一個字作 ■ ，董文釋「宜」，但「宜」字〈宜桐盂〉作 ■ 、〈宜侯矢簋〉作 ■ 皆和本字不相似；于文釋 ■ 確實和拓本左半部有些相似，卻忽略了右半部的 ■ ，此字在找不到相似金文對應的情形下，此處也以闕文處理。

　　4、〈徐王之子孫■■鐘〉

　　圖版：

〔註286〕林義光：《文源》卷2，頁12認爲，癸即今之三鋒矛，古作 ■ 象其立於土上之形，作 ■ 上象三鋒矛，下象其柄；李孝定：《甲骨文字集釋》第14卷（臺北：中央研究院歷史語言所，1965年），頁4303認爲，■ 是 ■ 之形變，■ 即戣之本字，上象三鋒，下象著物之柄。

銘文內容：

　　隹正月初吉丁亥，徐王之孫𠂤𠫑乍（作），擇其吉金，鑄其和鐘，
　　以享以孝，用蘄眉壽，子子孫孫，永保用之

說明：

　　此器只見於發掘報告，銘文根據執筆者隸定，報告中所附圖片不甚清晰，
因此無法更深入研究。

　　5、〈徐茜尹鉦城〉

圖版（右圖正面，左圖背面）：

銘文內容：

　　隹正月初吉，日才（在）庚，郊

　　醹（茜）尹者（諸）故□自乍（作）征（鉦）城（鍼）。

　　□者（諸）父兄，儆至鐱（劍）兵。

　　枼（世）萬子孫，眉壽無疆。

　　□□吉人享，士余是尙。

說明：

主官名（尹）歷來說法頗眾，王輝釋爲「韻尹」，認爲韻字可能是「鐘」字的異體，鐘尹相當於楚國的樂尹；〔註287〕陳秉新釋爲「譖尹」，認爲左旁從「音」與從「言」同義，右旁從「齒」、「尤」聲，是「齞」的古文。「譖」即古「訧」字，訧尹讀作箴尹，楚亦有箴尹之官，相當於諫臣。〔註288〕筆者認爲此字左半邊拓本不清楚，可能從「酉」或從「音」，所從之偏旁牽涉到官位的職掌，從銘文內容無法看出器主的職責是掌管祭祀（從「酉」）或音樂（從「音」）。本字右半偏旁作，若如王氏所言上方從「用」，從拓本看卻明顯比「用」字多了兩點；若依陳氏之說上方從「尤」，字形更不相似，唯下方從和「臼」字相似，這樣本字右下部份似乎可以按陳說隸定爲從「齒」。但王輝和董楚平皆認爲旁可能是旁的訛變，又董說以甲骨文的（醹）字和本字兩相對照，認爲「醹」字可以簡化爲（茜），而「茜」在《說文》和段注中，皆指祭祀時將束矛立在壇前，並從上澆酒的儀式。〔註289〕由此來看似乎本字依董說釋爲醹較佳。「者故□」爲器主之名，第三字作，不識，《商周彝器通考》釋作「熙」。「熙」字古作（〈齊侯壺〉）、（汗簡），和本銘不相似，此處以闕文處理。

6、〈莲邡編鐘〉

圖版：

〔註287〕王輝：〈徐器銘文零釋〉，《東南文化》第 1 期（1995 年），頁 37。

〔註288〕陳秉新：〈讀徐器銘文札記〉，《東南文化》第 1 期（1995 年），頁 39。

〔註289〕董楚平：《吳越徐舒金文集釋》（杭州：浙江古籍出版社，1992 年 12 月），頁 279～280。

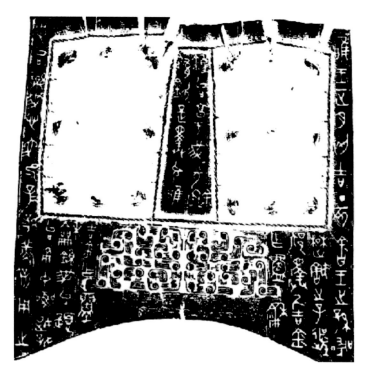

銘文內容：

銘文	部位
隹正月初吉丁亥，畬王之孫、尋楚歔之子遱邟，擇乓吉金，	右鼓
乍（作）爂（鑄）鈒鐘。臺（以）享于我先祖。余	
鐕鐠是擇，允唯	鉦間
吉金，乍（作）爂（鑄）鈒鐘，我臺（以）題（夏）	
臺（以）南，中鳴媞好。	左鼓

我臺（以）樂我心，它＿已＿，子＿孫＿羕（永）保用之。

說明：

　　鐘銘爭議最大的即器屬國別，在本文第一章第三節已討論徐國和舒國的關係，此不贅述，器物年代和遱邟鼎相同，都爲公元前五百年左右。銘文「尋」字作 ，周、張二人釋爲劜，查「多」字〈多父鼎〉作 、〈辛巳簋〉作 ，和本銘不似。唐蘭以甲文 象人伸雙臂與杖齊長，對照古代「八尺曰尋」，推斷金文 應釋鄩，〔註290〕考證詳細，隸定爲「尋」是適當的。

〔註290〕唐蘭：《天壤閣甲骨文存》（北京：北京圖書館，2000年），頁42～45。

7、〈舒城鼓座〉

圖版：

銘文內容：

隹正月初吉庚午余[　][　]于之

玄孫[　][　]公[　]擇其吉金玄鏐鎛

予（呂）自乍（作）雋鼓[　][　]……[　][　][　]

[　][　][　][　][　][　]谷[　]

[　][　][　][　][　][　]寺其[　][　][　]

[　][　]……臺

[　]楚[　][　][　]……余寺[　][　][　]

[　][　][　][　][　]于之畢水征是[　]

[　]公隻（獲）飛龍[　]鳳公[　][　][　][　]

[　][　][　]余臺[　][　]正月[　][　][　]

余臺[　]同生（姓）九祀[　][　][　][　][　]至

ナ東土至于[　]之[　]于子＝孫＝永保

說明：

本器之年代出土報告根據墓葬形制和壽縣蔡侯墓相似，定為春秋晚期，器名出土報告執筆者稱為「建鼓」，後陳秉新、殷滌非等人已正名為「雋鼓」，即《周禮・地官》中的「晉鼓」，但對於器物國屬各家說法不一。陳文認為這是舒國器，但舒和徐同源，前者是後者遷徙之後所建立的家；〔註291〕殷文認

〔註291〕陳秉新：〈舒城鼓座銘文初探〉，《江漢考古》第 2 期（1984 年），頁 74～78。

爲這是春秋末年的徐國器。〔註292〕徐、舒在歷史上是不同的兩個國家，前文已討論過，因此陳說不確，另外鼓座銘文因殘蝕過甚而不能通讀，單從模糊的拓本上判斷字形，進而依此推斷器主、國屬，是很牽強的，此處依董楚平之說法─以出土地點推之，定爲舒器。

三、兵　器

除了食器和樂器外，徐國還出土了二件兵器，其中安徽淮南蔡家崗趙家孤堆出土的一件戈〔註293〕，何琳儀稱爲「者旨於賜戈」並判定爲徐器。〔註294〕但因此器銘文拓本十分模糊，殷滌非定爲越器，〔註295〕又銘文字體細長，帶有鳥篆風格，和現有徐器差異頗大，因此不列入討論。

表 2-3-4：徐國兵器形制表

器名 ＼ 形制	大小（厘米）	器形外觀	紋飾	銘文
〈徐王義楚元子劍〉	全長 53、寬 4.6	圓首，首內凹、寬格凹形、隆脊、實莖並有二箍	箍上有花紋	格上有銘 16 字
〈徐王之子羽戈〉	長 19.8、援長 13.8、內長 5、欄長 10.3	不詳	不詳	胡上銘文 1 行 9 字

1、〈徐王義楚元子劍〉

圖版：

─────────────

〔註292〕殷滌非：〈舒城九里墩墓的青銅鼓座〉，《古文字學論集》（1983 年 9 月），頁 442～454。

〔註293〕安徽省文化局文物工作隊：〈安徽淮南市蔡家崗趙家孤堆戰國墓〉，《考古》第 4 期（1963 年 4 月）。

〔註294〕何琳儀：〈皖出二兵跋〉《文物研究》第 3 期（1988 年 6 月），頁 70。

〔註295〕殷滌非：〈「者旨於賜」考略〉，《古文字研究》第 10 輯（北京：中華書局，2005 年 8 月）。

銘文內容：

　　郤王義楚

　　之元子□

　　擇其吉金

　　自乍（作）用龠

說明：

　　義楚元子之名殘損過甚，李瑾認為是「杏」字、沈湘芳認為是「㚖」字。從摹本來看，此字確實像李氏所說「與右側之『楚』字上二『木』字」相似，但細看字形下方並無「口」，又「㚖」字筆畫和本銘相差很遠，因此本文闕釋。

　　2、〈徐王之子羽戈〉

圖版：

銘文內容：

　　　郤王之子羽之元用戈

說明：

　　器主羽董楚平認為即《左傳》昭公三十年傳：「吳子怒。冬，十二月，吳子執鍾吾子。遂伐徐，防山以水之。己卯，滅徐。徐子章禹斷其髮，攜其夫人以逆吳子。」中的章禹，是徐國的最後一個國君。「禹」和「羽」讀音皆為多官切，兩字可通，器主羽確實可能是徐國末代君王章禹。

四、水　器

徐國出土水器有兩件，分別名爲「盥盤」和「鼎」，前者外形似鑑，但大小和腹部深淺有別；後者根據墓葬中的安放位置，而將器類歸爲水器。

表 2-3-5：徐國水器形制表

器名 \ 形制	大小（厘米）	器形外觀	紋　飾	銘　文
〈徐王義楚盥盤〉	通高 14、口徑 37.6、底徑 15	大口、廣腹平底、頸部有兩扁平獸首狀附耳	口沿內外和頸腹雲雷紋、頸部蟠虺紋、腹以下至底瓦紋	盤底部中央有銘 2 行 12 字
〈湯鼎〉	通高 40.8、口徑 19.2、足高 15、耳高 10.2	直口圓肩、球腹平底、象首形足、環形立耳、鼎蓋作覆盤形，有蟠螭形紐一和鳳形立紐三	腹壁中段以圓渦紋爲主、雙頭蟠螭形耳、象鼻上飾突起絞索紋	蓋內與肩部各有相同銘紋 44 字

1.〈徐王義楚盥盤〉

圖版：

銘文內容：

邾王義楚擇其

吉金自乍（作）盨盤

說明：

本器自名「盨盤」，目前所知有相同自名的銅器有〈齊侯盤〉、〈齊大宰盤〉、〈峰叔盤〉等，〔註296〕盤、盨盤與鑑皆是水器，〔註297〕其區別似乎和大小有關係。彭適凡認為盨盤和鑑的基本形制相同，但前者為承水器，形體上小而淺，後者為盛水器，形體上大而深，至於盤和盨盤則以其腹部之深淺做區別，廣圓腹者為盨盤，淺腹者為盤。〔註298〕張臨生認為本器形制似鑑而小，應當稱為「小鑑」，又以〈徐王義楚觶〉自名「祭鍴」為例，謂徐國作品往往有別稱。〔註299〕筆者認為此說不確。首先自名「盨盤」之器物不少，本器之稱呼尚不到「別稱」的程度，另外盨盤與鑑除了大小外，在紋飾上也有差別，前者尤其出土於江淮地區的器物，多飾有浮雕圈點蟠虺紋，後者則飾有羽翅紋，〔註300〕因此本器還是應該定名為盨盤。〔註301〕

〔註296〕江西省歷史博物館靖安縣文化館：〈江西靖安出土春秋徐國銅器〉，《文物》第 8 期（1980 年 8 月），頁 13。

〔註297〕李永迪指出江蘇丹徒北山頂和廣東廣州南越王墓出土的盨盤有使用痕跡，似乎是作為炊器的一種，因而推測不同地區與時期，可能盨盤的用途和使用方式有所轉變，參氏著〈談山彪鎮一號墓出土的一件盨盤及其相關問題〉，《古今論衡》第 8 期（2002 年 4 月），頁 165。本器出土時發掘報告並無特別指出器體有使用過之跡象，因此還是將器類歸為水器。

〔註298〕彭適凡：〈談江西靖安徐器的名稱問題〉，《文物》第 6 期（1983 年 6 月），頁 66～67。

〔註299〕張臨生：〈國立故宮博物院所藏東周鑲嵌器研究〉，《故宮學術季刊》第 7 卷第 2 期（1989 年 11 月），頁 16。

〔註300〕李永迪：〈談山彪鎮一號墓出土的一件盨盤及其相關問題〉，《古今論衡》第 8 期（2002 年 4 月），頁 164～165。

〔註301〕陳昭容認為本器應稱作「浣盤」，從字形上說很有道理，但考慮到「盨盤」一詞使用已久，且兩者皆為水器，故本文還是沿用盨盤作器名。參氏著〈從古文字材料談古代盥洗用具及其相關問題〉，《中央研究院歷史語言研究所集刊》第 71 本第 4 份（2000 年 12 月），頁 891～894。

2、〈湯鼎〉

圖版：

銘文內容：

　　隹正月吉日初庚，鄝瓶

　　尹替自乍（作）湯鼎，卣（宏）良聖

　　婿（巧）。余敢敬明（盟）祀，丩津塗

　　俗，以知屾譸。壽躬穀子，

　　眉壽無期，永保用之

說明：

本器自名「湯鼎」，《說文》「湯，熱水也」，湯鼎即燒熱水的鼎，〔註 302〕

〔註302〕陳昭容：〈從古文字材料談古代盥洗用具及其相關問題〉，《中央研究院歷史語言研究所集刊》第 71 本第 4 份（2000 年 12 月），頁 862。

又根據發掘報告本器放置位置和罍、鑑等水器靠近，因此可知湯鼎為水器而非食器。銘文內容最有爭議的是「余敢敬盟祀，ㄐ津涂俗，以知卹諹」句，曹錦炎認為「這完全是入主者的口吻」，此器是春秋前期越國建國之前，徐人勢力進入浙江之後在當地所建造的；〔註303〕董楚平認為這是要將涂地的禮俗引渡到浙江來，是徐亡之後在越地所製；〔註304〕劉廣和則認為這是糾正涂地風俗，並針對俗弊而指導農事之語。〔註305〕以上曹說年代過早，雖然〈湯鼎〉從形制上看是屬於春秋早期的器物，〔註306〕但觀其郏字、▇（月）字的使用，似乎無法將時間推至越國建立之前。另外銘文中的「涂」當指涂山，其地望約在今安徽懷遠縣附近，〔註307〕這正好和《左傳》昭公三十年傳（公元前五一二年）的記載相符合：

> 冬，十二月，吳子執鐘吾子。遂伐徐，防山以水之。己卯，滅徐。
>
> 徐子章禹斷其髮，攜其夫人以逆吳子。吳子唁而送之，使其邇臣從
>
> 之，遂奔楚。楚沈尹戌帥師救徐，弗及。遂城夷，使徐子處之

杜豫註解「防壅山水以灌徐。『斷髮』，自刑，示懼。『邇』，近也。『夷』，城父也。」，城父即今安徽豪縣南，〔註308〕在地點上是說得通的。因此這裡以董氏之說為主，將年代定在徐國滅亡之後。

〔註303〕曹錦炎：〈紹興坡塘出土徐器銘文及其相關問題〉，《文物》第1期（1984年1月），頁29。

〔註304〕董楚平：〈徐器湯鼎銘文考釋中的一些問題〉，《杭州大學學報》第1期（1987年3月），頁124。

〔註305〕劉廣和：〈徐國湯鼎銘文試釋〉，《考古與文物》第1期（1985年1月），頁101。

〔註306〕毛穎、張敏：《長江下游的徐舒與吳越》（武漢：湖北教育出版社，2005年1月），頁49指出「江淮地區群舒故地春秋早期鼎多有平蓋，蓋上一般有三矩形鈕」，即立耳平蓋鼎是春秋早期徐舒青銅器的特色；鄭小爐：〈試論徐和群舒青銅器——兼論徐、舒與吳越的融合〉，《文物春秋》第5期（2003年10月），頁9提到，徐、舒地區的立耳鼎在春秋早期的蹄足上有獸面裝飾，獸面鼻部突起，晚期則為素面蹄足。以上所論的特點都和湯鼎的外形相符合。

〔註307〕董楚平：〈徐器湯鼎銘文考釋中的一些問題〉，《杭州大學學報》第1期（1987年3月），頁124。

〔註308〕顧頡剛：〈徐和淮夷的遷、留——周公東征史事考證四之五〉，《文史》第三十二輯（北京：中華書局，1990年3月），頁9～10。

五、酒器與日用器

　　徐國出土了四件酒器和二件日用器，其中《西清續鑑乙編》收有〈徐伯彝〉，[註309] 銘文「徐伯作寶□」，作者認為是徐器。但通觀徐國銘文有自稱國名者皆作「余」或「郤」，從未見作「徐」者，又此器出土資料不名，不能僅以簡短的銘文即判斷國別，因此不收。

表 2-3-6：徐國酒器、日用器形制表

器名 ＼ 形制	大小（厘米）	器形外觀	紋　飾	銘　文
〈徐王禹又觶〉	高 19.2、口徑 8.8、深 17.4	寬口細腰	腹飾一周獸形紋	腹外銘文 2 行 10 字
〈義楚觶〉	高 20.3、口徑 8.2、深 18.1	口徑大於腹徑	不詳	腹外銘文 1 行 5 字
〈徐王義楚觶〉	高 20.6、口徑 9.2、深 18	外形較細長	不詳	腹外銘文 4 行 35 字
〈徐缶蓋〉	外徑 18.7、內徑 18.1	蓋上有三環紐	蓋紐為漩渦紋	銘紋三圈 31 字
〈徐王元子爐〉	高 4.9、口徑 8.5	廣口平沿、頸部稍內收、腹微弧	腹壁蟠螭紋，下段有三角形垂葉紋	爐底銘紋 10 字
〈徐令尹者旨型爐盤〉	通高 19、口徑 55、深 8.5	平底、兩對稱環鏈狀附耳	器表佈滿蟠虺紋	盤底中央有銘 18 字

　　1、〈徐王禹又觶〉

　　圖版：

〔註309〕清・王杰等：《西清續鑑乙編》（六・三五）（上海：上海古籍出版，2002 年，續修四庫全書據復旦大學圖書館藏民國二十年北平文物陳列所石印寶蘊樓抄本影印）。

銘文內容：

　　郤王禹又之耑（觶）

　　耑（觶）涎之盤

說明：

　　許多學者將禹又和《左傳》昭公四年〔註 310〕被楚王囚禁的那位徐子相對應，例如劉心源《奇觚室吉金文述》：

　　　　戊父，郤王名，不知何時人……《左》昭十六年傳：齊侯伐徐，徐

　　　　人行成。徐子及郯人、莒人會齊侯，盟于蒲隧，賂以甲父之鼎。鼎

　　　　名甲父，鍴名戊父，且並是徐器，時代亦可想矣。〔註311〕

李學勤也認爲「安高的徐王耑又觶，形制與義楚兩觶彷彿，而所飾獸形紋似乎略早。推測徐王耑又可能就是《左傳》昭公四年那個徐子。」〔註 312〕。此器和〈義楚觶〉、〈徐王義楚觶〉一同出土，再加上義楚（昭七到二十九）和章禹（昭三十之後）應該是徐國倒數二位君王，因此禹又的即位時間只可能比義楚早。根據出土地點和時間順序來看，這樣的推斷應是合理的。

　　2、〈義楚觶〉

　　圖版和銘文內容：

〔註310〕楊伯峻：《春秋左傳注》昭公四年經：「楚人執徐子。」。

〔註311〕劉心源：《奇觚室吉金文述》卷 17，收入於劉慶柱主編：《金文文獻集成》第 13
　　　　冊（香港：明石文化，2004 年），頁 440～441。

〔註312〕李學勤：〈從新出青銅器看長江下游文化的發展〉，《文物》第 8 期（1980 年 8 月），
　　　　頁 38。

銘文內容：

　　義楚之祭耑

說明：

　　義楚是少數徐王中見於史籍載錄的。《左傳》昭公六年義楚聘於楚，當時他尚未稱王，到了三十年徐王已經是章禹，因此義楚在位期間可能介於昭七到昭二十九之間，從而也為一系列和義楚有關的器物，提供年代上的判定。本器未稱「徐王義楚」，可能是即位之前所作。

　　3.〈徐王義楚觶〉

圖版：

銘文內容：

　　　隹正月吉日丁酉，郤王義

　　　楚擇余吉金，自酢（作）祭鍴，用享

　　　于皇天及我文考，永保怂（予）

　　　身，子孫永寶。

說明：

　　飲酒的杯子稱為觶，金文中常作耑、鍴，此乃同音通假的關係。〔註313〕此

〔註313〕馬承源主編：《中國青銅器》（臺北：南天出版社，1991年10月），頁183。

處馬說甚確，察《說文》「耑」與「端」皆王矩切，讀音相同。

4、〈徐缶蓋〉

圖版：

銘文內容：

　　邻頎君之孫利之元子次□

　　擇其吉金，自乍（作）♯♯（卵）缶，眉壽無期，子＝孫＝

　　羕（永）保用之

說明：

　　本器的內徑大於缶口外徑，造型和紋飾皆與缶殊異，顯然為後配，〔註314〕從蓋的形狀來看來看與典型的浴缶蓋完全不同，而與一般稱為尊缶的酒器蓋相同，〔註315〕可知當歸酒器一類。頎字銘文作 ，董楚平隸定為頎，認為金文「句」字从「丩」从「口」，「丩」字皆分為兩筆，而「臺」字〈王孫遺鐘〉作 ϟ、〈邾公華鐘〉作 ϟ、〈儔兒鐘〉作 ϟ，因此釋左半偏旁為「臺」。筆者認為「臺」

〔註314〕江蘇省丹徒考古隊：〈江蘇丹徒北山頂春秋墓發掘報告〉，《東南文化》第 3～4 期（1988 年 8 月），頁 24。

〔註315〕陳昭容：〈從古文字材料談古代盥洗用具及其相關問題〉，《中央研究院歷史語言研究所集刊》第 71 本第 4 份（2000 年 12 月），頁 900。

字上半部之「厶」在金文中皆一筆成形，並無分成二筆，而本銘左半作 ，
明顯是由兩筆寫成，此處筆者從曹錦炎之說，隸定爲頒。另外由於銘文是環狀
刻在缶蓋上的，所以從哪一個字開始讀也有過爭議，周曉陸、張敏二人讀銘文
首句爲「䣄君之孫剩之元子弟尸祭」；曹文讀法和本文一致。此處應以曹錦炎之
讀法爲佳，本銘文共三圈，第二和第三圈的起首字「擇」、「永」都相鄰，若首
圈以「頒」字開頭，則位置明顯低於「擇」字和「永」字，因此首圈應以「邻」
字開頭。

　　關於邻頒君孫子的名字，周、張二人釋爲「剩」，認爲「該字形如以刀刈禾，
而禾穗又落下兩點，會義爲剩」，但「以刀刈禾」完全可以會意成「利」字，不
必爲了把頒君之孫和吳王壽夢連結在一起，而將 ▨ 字釋爲「剩」。器主次□
無法確定是哪位徐國貴族，但在國名和人名的部分有刮毀的痕跡，[註316] 董楚
平認爲「把敵國國名、人名刮掉，是銅器銘文的常見現象。公元前 512 年，吳
滅徐國，此蓋國名徐字及作器人名字遭刮，可能與此有關」[註317]，如此則此
器年代當在章禹之後。

　　5.〈徐王元子爐〉

圖版：

銘文內容：

〔註316〕江蘇省丹徒考古隊：〈江蘇丹徒北山頂春秋墓發掘報告〉，《東南文化》第 3～4 期
　　　　（1988 年 8 月），頁 23～24：「尸祭（筆者按：即「尸祭」二字董氏釋爲「次□」）
　　　　二字被鏟刮過，由於器壁薄，鏟時將蓋鏟破，於是在蓋的反面用銅汁澆補，幸而
　　　　二字得以保存，只是『尸』的下部被鏟掉，『尸祭』」二字較其他字筆畫爲細。」。
〔註317〕董楚平：《吳越徐舒金文集釋》（杭州：浙江古籍出版社，1992 年 12 月），頁 318。

　　邾王之

　　元子挊

　　之少（小）炙胃（爐）

　說明：

　　本器和〈徐令尹者旨型爐盤〉一樣，底座由多個小柱構成圈足，樣式奇特，可能這種爐具在徐國較爲流行。〔註 318〕「元」後一字筆畫殘損，根據文意推之，當是「子」字。「炙爐」二字吳振武和董楚平皆釋讀爲一字，即闍字。「門」字金文作 𠄔（〈頌鼎〉）、𠄌（〈散盤〉），而本銘作 𡿨 筆畫相差很遠，又從字的行款來看，銘文第三行明顯是四個字，最後是徐國日用器多用複合名詞，例如爐盤、盥盤等，由此看本器依曹氏之釋讀作「炙爐」是可通的。

　6、〈徐令尹者旨型爐盤〉

　圖版：

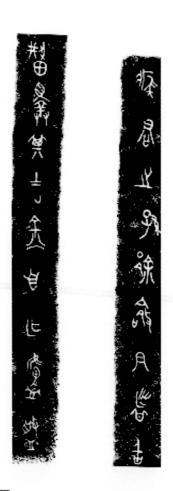

〔註318〕孔令遠：〈試論邳州九女墩三號墩出土的青銅器〉，《考古》第 5 期（2002 年 5 月），頁 83。

銘文內容：

　　疾（雁）君之孫邻敵（令）尹者旨

　　䚄（型）擇其吉金自乍（作）盧盤

說明：

　　銘文首字 李瑾釋爲「應」，判定爲楚器；出土報告和董楚平都釋「雁」，認爲是徐器。筆者以爲西周中期數件應國器物〔註319〕銘文中的「應」皆寫作 、，無從「广」部的，因此李說非是。又「雁」字從「隹」，本銘從「矢」，當釋爲「疾」字，出土報告：「第一字似疾，或釋雁，疾（雁）君當是人名」。器主名者旨型，「者旨」應是越國的姓氏「諸稽」（詳第二節〈越王者旨於賜鐘〉），如此是徐國的令尹由越人擔任，還是徐人之中也有姓諸稽者？對於這點因資料缺乏尙無法判定，此處提出來以備一說。

第四節　小　結

　　綜觀吳、越、徐、舒四國有銘銅器，我們可以發現在國名部分，吳國有作工𠤱（〈工𠤱太子姑發劍〉）、工盧（〈工盧王劍〉、〈工盧季子劍〉）、攻盧（〈攻盧王姑發郎之子劍〉）、攻敔（〈攻敔工叙戟〉）等，皆有時代先後之別，徐國也有作「余」和「郐」的差別，舒國因出土器物太少，尙無法歸納。四國之中只有越國的國名十分統一，除了〈越王句踐劍〉作「戉」外，其餘皆作「戉」。不像徐國國名增添的「邑」旁可以判定年代，越國之「戉」加上「邑」旁，只是當時的常見現象。另外吳國國名在吳王諸樊之前使用「𠤱」字，吳王諸樊和余祭時期則「攻盧」、「工盧」、「攻敔」交互使用，到了吳王闔閭之後「盧」字已經由「敔」字所取代。

　　吳國各時代君王的國名用法，可用下表表示，其中「在位君王」一欄，將年代可考的器物歸在各吳王之下，以突顯不同時期的國名差異。

〔註319〕陳昭容等：《新收殷周青銅器銘文暨器影彙編》（七七～八〇）。

表 2-3-7：吳國國名變化表

在位君王	器　　　物	國名寫法
吳王句卑	〈者減鐘〉	工䖓
吳王壽夢	〈工䖓太子姑發劍〉	工䖓
吳王諸樊	〈工盧季子劍〉、〈攻盧王姑發𨚣之子劍〉、〈諸樊之子通劍〉	攻盧、工盧、攻敔
吳王余祭	〈攻盧王虘戗此郞劍〉、〈工盧大虘鈹〉、〈攻敔工敘戟〉	攻盧、工盧、攻敔
吳王闔閭	〈吳王光殘鐘〉、〈配兒鉤鑼〉、〈吳王光劍〉、〈攻敔王光戈〉、〈吳王光鑑〉	吳、攻敔
吳王夫差	〈臧孫鍾〉、〈吳王夫差劍〉、〈吳王夫差矛〉、〈吳王夫差戈〉、〈吳王夫差鑑〉	攻敔、吳

　　再從器主身份來看，吳國銅器之器主身分分布較廣，或爲吳王，如〈吳王光劍〉、〈吳王夫差矛〉等；或爲吳王之弟，如〈工盧季子劍〉、〈工盧大叔盤〉等；或爲王子，如〈者減鐘〉、〈配兒鉤鑼〉、〈工䖓太子姑發劍〉等；或爲王族子弟，如〈吳王御士簠〉、〈無土脰鼎〉；或爲貴族，如〈臧孫編鐘〉。徐、舒銅器之器主身份分布也廣，有王器，如〈徐王糧鼎〉、〈徐王子旃鐘〉；有王子器，如〈余大子鼎〉、〈庚兒鼎〉、〈徐王義楚元子劍〉等；有王孫器，如〈宜桐盂〉、〈徐王之子孫𠂤月鐘〉等；也有貴族器，如〈儔兒鐘〉、〈徐茜尹鉦城〉、〈徐令尹者旨型爐盤〉。相較之下越國銅器的器主身分則分布較狹，只有王器，如〈越王者旨於賜鐘〉和〈越王句踐劍〉、王子器，如〈者汈編鐘〉和〈越大子不壽矛〉等，以及貴族器，如〈姑馮句鑼〉和〈其次句鑼〉。

　　在本章第二節有提到，和吳國、徐國相比，現有越國銅器的器類較少，而在國名寫法以及器主身分分布方面，也是越國較單純。這種特別的現象，目前筆者尚無法判斷是巧合或有特殊原因，對此的解釋有待更多資料的出土。

第三章　吳越徐舒銘文構形研究

　　吳、越、徐、舒共出土了七十三件有銘銅器，去除重複、合文以及待識字，吳國約得銘文 272 字，越國 145 字，徐、舒共得 229 字（徐國 200 字、舒國 29 字）。在這些文字中，筆者以小篆爲基準，[註1] 分析他們的文字結構，發現可以歸類爲簡化、繁化、類化和變異等三種。除了將吳、越、徐、舒銘文和小篆比較外，也參以甲文、金文、簡帛、璽印等古文字字形，[註2] 從筆畫與偏旁的分析中，發現四國金文在寫法上的特點。另外，銘文構形的研究還可以歸納出某國或某地域的專屬寫法，增加銅器國別辨識的準確度。章節安排上，第一節介紹古文字最常見的發展現象——簡化；第二節介紹頻率僅次於簡化的繁化現象；接著受到上下文或是字體本身結構影響，而產生的類化現象，以及因文字組成部件不同而產生的變異現象則置於第三節。以下分別分析這四類文字演變

〔註1〕 王寧：《春秋金文構形系統研究》（上海：上海教育出版社，2005 年 10 月），頁 5～6 提到：《說文》小篆具有一批基礎構形元素，它之所以能夠進行定量分析，是因爲在許愼作《說文解字》的時代，這種文字體制就已經不再通行於社會，成爲一種歷史的文字。許愼在經過對字符的優選之後，又以字書的形式把這種文字的數目固定了，於是這種文字體制的內部結構，已不再發生質與量的變化，也就是說它是一個封閉的系統。這段文字說明以小篆爲構形比較基準的優點，在於系統的穩定性，因此雖然小篆是比四國金文年代還晚的文字，本論文仍以具有穩定性的小篆爲比較基準。

〔註2〕 「古文字字形」欄內簡稱，請參本文「引用書目簡稱對照表」。

的途徑，又爲了能清楚呈現文字的形貌，這裡採用表格說明。

第一節　簡　化

簡化是文字發展中最常見的現象，[註3]可以分爲筆畫簡化、偏旁簡化和共用筆畫三種。筆畫簡化在四國金文中爲省略開頭筆畫、筆畫無貫穿、缺少橫畫或豎畫（通稱缺筆）和缺少點等四種情形；偏旁簡化有簡化義符、省略義符和省略聲符等三種情形，其中簡化義符爲義符形體的簡省，而省略義符則是將義符整個省略；共用筆畫主要表現在單字以及合文之中。另外本文所指之「簡化」，是指四國金文和小篆相比而形體較爲簡略者，並非指其寫法在所有古文字形中較簡略者。

一、筆畫簡化

（一）省略開頭筆畫

省略起首的橫畫或點等情形，在古文字形中常見，通常不影響釋讀，以下以表格列出其字例。

表 3-1-1：省略開頭筆畫字例表

楷書	四國金文	小篆	古文字字形	說　明
元	吳季子之子逞之劍	（小篆字形）	甲 753 番生簋 王孫誥鐘 睡虎地	「元」字從古文字字形中可以看出有兩種寫法，一爲開頭有短橫的如〈番生簋〉之「元」字，二爲開頭省略短橫的如〈王孫誥鐘〉之「元」字。小篆承襲了開頭有短橫的字形，吳金文則承襲開頭無短橫的字形，遍查古文字形，以有短橫的居多。

[註3] 高明：《中國古文字學通論》（臺北：仰哲出版社，1983 年 7 月），頁 181 指出，早期的漢字形體很不固定，同字異體十分普遍，字形的變化也極爲突出，但總的趨勢是字體由繁變簡。無論是新造或舊傳，凡符合此規律的就能取得社會的承認，得以流傳；違反此規律，即使偶然倖存，也終將被改造或淘汰。

祀	禹邗王壺 沈兒鎛	（小篆祀）	甲 668 甲 3939 段簋 陶文 1．110 睡虎地	「祀」字左半偏旁「示」在甲骨文中有寫作「T」、「T」、「示」等形，但在金文中大多已經寫成「示」。這裡吳器和徐器的「示」偏旁缺少首畫，是承襲甲骨文較簡約的寫法，小篆、甲文和部分金文則是承襲較繁複的寫法。
亥	徐王子旃鐘	（小篆亥）	甲 3941 大簋 鐘伯鼎 陶文 14．110 侯馬 194：5 先秦幣編 67	「亥」字甲文中皆沒有開頭筆畫，金文裡有些「亥」字有起首筆畫，有些則無。郭沫若云：「古文亥不從二，從二者東周以後之文字也。」〔註4〕，徐國金文中的「亥」字有和小篆一樣從「二」的，如〈沈兒鎛〉作（圖）、〈儔兒鐘〉作（圖），也有省略首筆如本字一樣的。
商	宜侯夨簋	（小篆商）	甲 3960 商丘弔匝 陶文 5．98 睡虎地	「商」字在甲骨文和金文中皆少見開頭筆畫，到陶文、秦簡之後開頭的短橫才漸漸變多。由此推知〈宜侯夨簋〉的「商」字承襲甲、金文的寫法，而小篆則循著陶文、秦簡的路線，增加了開頭短橫。

　　由上表可知開頭省略的筆畫多以短橫和點為主，且集中在吳和徐兩個國家。古

〔註4〕郭沫若：〈釋干支〉，《甲骨文字研究》（北京：北京圖書館，2000年），頁17。

文字中省略開頭筆畫的情形常見，通常不影響文字釋讀。〔註5〕

（二）筆畫無貫穿

此處指原本豎畫貫穿橫畫的字，在吳、越、徐、舒文字中則斷開成了沒有貫穿，此種寫法並非四國金文所特有。

表 3-1-2：筆畫無貫穿字例表

楷書	四國金文	小篆	古文字字形	說　　明
王	工盧季子劍 禺邘王壺 徐王子旃鐘 徐王義楚元子劍	王	甲 241 王 矢尊 王 陶文 4・20 王 包山 15 王 先秦幣編 68	寫作三橫一豎的「王」字在古文字字形裡，中間的豎畫皆貫穿橫畫。而吳器和徐器銘文豎畫只連接下方兩橫畫，但未及頂部的橫畫，是簡省的寫法。值得注意的是豎畫未貫穿的「王」字皆作三而非工，這可能和甲骨文中「王」字作大，豎畫連接的也是下方兩橫畫有關係。
士	徐王子旃鐘	士	甲 3919 士 秦公簋 士 郘公牼鐘 士 陶文 5・362 士 先秦幣編 68 士 包山 166	「士」字從古文字形看，豎畫應當貫穿二橫畫，但本器「士」字以及「吉」字作士，中間的豎畫皆無貫穿，是簡省的寫法。又「吉」字所從之「士」在〈吳王光鑑〉作吉、〈其次句鑃〉作吉、〈徐茜尹鉦城〉作吉、〈徐令尹者旨型爐盤〉作吉，豎畫皆沒有貫穿橫畫。

〔註5〕何琳儀：《戰國文字通論》（北京：中華書局，1989 年 4 月），頁 185 認為「單筆簡化」諸如橫畫、豎畫、斜畫、曲畫等的缺少，並不影響文字的總體結構，釋讀也不困難。

至	吳王光劍	（小篆）	甲 1611 邾公牼鐘 先秦幣編 4 包山 204	「至」像矢中的之形，下方的橫畫表示鵠的，〔註6〕依字義來說豎畫應當貫穿，才有矢射中的意思。〈邾公牼鐘〉的「至」字，則在豎畫中間又添加短橫，是爲贅筆。
夫	吳王夫差劍	（小篆）	乙 1874 散盤 侯馬 194：4 睡虎地	高鴻縉云：「夫，成人也。童子披髮，成人束髮，故成人帶簪。字倚大（人），畫其首髮帶簪形，由丈大（人）生意，故爲成人意之夫。」〔註7〕。「夫」字第一筆橫畫代表髮簪，因此豎畫應當要貫穿橫畫，這裡的無貫穿是簡略的寫法。

筆畫無貫穿的字例中，只有「王」字大約可以從甲骨文的寫法推測出豎畫中斷的原因，其餘字例則應是書寫簡省的結果。

（三）缺　筆

缺筆指文字書寫時缺少橫畫、豎畫或撇等情形。

表 3-1-3：缺筆字例表

楷書	四國金文	小篆	古文字字形	說　　明
皇	吳王光殘鐘	皇令簋		「皇」字本義爲有羽飾的皇冠，〔註8〕「自」下方的「王」有時候寫作「土」，徐再仙認爲是借筆

〔註6〕商承祚：《說文中之古文考》（上海：上海古籍出版社，1983 年 3 月），頁 101～102。

〔註7〕高鴻縉：《中國字例》二篇（臺北：三民出版社，1976 年 1 月），頁 263。

〔註8〕郭沫若：〈長安縣張家坡西周銅器群銘文匯釋〉，《考古學報》第 1 期（1962 年 7 月）頁，6～7。

			蔡侯殘鐘 皇 陶文 5 · 398 包山 266	簡化，[註9] 洪燕梅認爲是替換聲符。[註10] 此處「皇」下方作土，不管是和「王」還是「土」相比，都缺少橫畫。
余	湯鼎	余	甲 270 王孫鐘 卯簋 陶文 4 · 128 余 先秦幣編 13	「余」字甲骨文幾乎都沒有下方兩撇，〈湯鼎〉之「余」字和甲文相比爲繁化，但部分金文和小篆「余」字下方有三撇，相較之下徐金文爲簡化。另外从「余」偏旁的「邻」字〈越王差徐戈〉作，下方也只有兩撇，一樣是簡化的寫法。而从「余」字的古文字形中來看，下方多數作一畫如〈卯簋〉，或作三畫如〈王孫鐘〉，徐器只作兩畫的寫法較特別。
用	邘王是野戈 其次句鑃 宜桐盂 庚兒鼎	用	甲 2464 盂鼎 王子申盞盂 先秦幣編 42	甲文「用」字象一斷竹筩，字中的橫畫表示竹節，豎畫表示裡面已被打通，古代將斷竹筩製作成打擊樂器，名之爲「用」。[註11] 既然橫、豎畫皆代表竹節，則這些筆畫是不固定的，因此這幾件器物的「用」字和小篆比都有缺筆，但所缺位置不固定。

[註9] 徐再仙：《吳越文字構形研究》（臺北：東吳大學中國文學所博士論文，2003 年），頁 44。

[註10] 洪燕梅：《秦金文研究·上編》（臺北：國立政治大學中國文學所博士論文，1998 年），頁 97。

[註11] 李純一：〈試釋用、庸、甬並試論鐘名之演變〉，《考古》第 6 期（1964 年 6 月），頁 310。

	徐王糧鼎			
保	者減鐘 其次句鑃 姑馮句鑃 徐王義楚觶 徐缶蓋 沇兒鎛〉 湯鼎	保	甲 936 弔向簋 陳侯因資錞 包山 249 陶文 5・330	李孝定云：「字實象人負子於背之形，初與圖畫相類，後因從形聲字之例類化，分人形與子形爲二，而於『子』下存一斜畫者，手形之遺也。再後則爲　，『子』之左下，方復增一畫，又次則爲　，『子』下二畫左右對稱。」〔註 12〕。「保」字因人形和手形斷開，在「子」字右下方存一短畫，金文的「保」字即如此。到了小篆可能基於對稱原因，在「子」之左下又添一筆，依字形來看實爲飾筆。但若將小篆作爲比較基準，則金文的字形較小篆少了「子」字左下一筆。
乇	越王差徐戈	乇	乙 570 伯辰鼎 作父庚觶 陶文 2・4 睡虎地	《說文》：「乇，止也。一曰亡也。从亡，从一。」，從甲、金文字形可知小篆之「人」乃「卜」或「レ」之變形，並非許愼所說的从「亡」。另外古文字形中的「乇」字多數都作三筆畫，而越金文與之相較則缺少下方一橫畫。
臺	儔兒鐘	臺	王孫鐘	「臺」字從「呂」從「口」，徐器「口」部缺少橫畫，是簡省的

〔註 12〕李孝定：《金文詁林讀後記》（臺北市：中央研究院歷史語言研究所，1982 年 6 月），頁 309。

			歸父盤 睡虎地	會缺少上方的橫畫，如「召」字甲文作 （安 7‧9）、「吉」字甲文作 （京津 3146）、「咸」字陶文作 （古陶文字徵 5‧89）、「周」字〈格伯簋〉作 等。
鐘	儔兒鐘 遳邟編鍾	鐘	鐘伯鼎 王孫鐘 睡虎地	「鐘」字的「童」偏旁下方小篆從「土」，金文或簡化短橫為圓點作 如〈儔兒鐘〉，或直接省略橫畫作 如〈遳邟編鍾〉。

缺筆大多是將橫畫、豎畫變為圓點，或是乾脆省略不寫，這種簡省在古文字中常見。四國金文大約也是如此，唯「余」字下方為兩豎畫、「乍」字下方缺少一短橫，為較特別的寫法。

（四）缺少點

缺少點指文字書寫時，缺少圓點的情形。

表 3-1-4：缺少點字例表

楷書	四國金文	小篆	古文字字形	說　　明
宴	配兒鉤鑃	宴	宴簋 鄂侯鼎	《說文》：「宴，安也。從宀，晏聲。」徐器「宴」字缺少中間一點，是為簡略寫法。
者	者汈編鐘 徐茜尹征城	者	邾公牼鐘 白者君匜	「者」字下半部古文有些作 ，有些作 。連劭名認為商代「者」字從「口」，到了兩周金文「者」字一律變成從「日」。〔註13〕小篆下方作 ，〈者汈編鐘〉和〈徐茜尹征城〉作 ，與小篆相比缺

〔註13〕連劭名：〈甲骨文字考釋〉，《考古與文物》第 4 期（1988 年 7 月），頁 140。

				少中間一點。
			陶文 3‧273	
			侯馬 200：38	
易	沈兒鎛	易	甲 456 弔鼎 蓋鼎 先秦幣編 47 侯馬 77：16	從甲、金文可以看出「易」字最初作、形，徐中舒認為彡象日初昇時的光線，是金文後來增添的筆畫。〔註 14〕古文從「日」之字，有時會省略中間的點，如「晉」〈格伯作晉姬簋〉作、「戾」字陶文作（古陶文字徵 3‧1200）。徐金文這裡也是省略的寫法。
湯	湯鼎	湯	師湯父鼎 長湯匜 陶文 4‧2 睡虎地	《說文》：「湯，熱水也。從水，易聲。」，「易」字如上所說有時會缺少中間的一點，此處徐金文的「湯」字也是這種情形。

四國金文中缺少點的字例都是將「日」寫成「口」或圓圈，這種情形在古文字發展中不算特別。總體來看越國的 145 字中並無出現「省略首筆」和「筆畫無貫穿」的例子，舒國則因銘文較少，沒有筆畫簡化的例子。而「省略首筆」、「筆畫無貫穿」、「缺筆」和「缺少點」四類都為單筆的簡化，對文字識別沒有影響。另外〈湯鼎〉的「余」字作、〈越王差徐戈〉的「乍」字作

〔註14〕徐中舒：《甲骨文字典》卷 9（成都：四川辭書，2006 年 9 月），頁 1044。

，不見於古文中，可說是徐國和越國的專屬字。

二、偏旁簡化

（一）簡化義符

簡化義符指文字書寫時，簡化了表意功能的部件，或以義符的特徵代替整體，或是省略義符的某部份，但文字所表達的意思仍然清楚。

表 3-1-5：簡化義符字例表

楷書	四國金文	小篆	古文字字形	說　　明
若	 者減鐘		 甲 205 散盤 中山王鼎 陶文 5．98 睡虎地	「若」字象人跪坐舉手順髮之形，〔註15〕為手指之特寫，小篆從「艸」實為《說文》：「若，擇菜也。從艸右。右。手也。一曰杜若。香草。」之訛。吳金文「若」字只畫出手部高舉的動作，而簡化了手指以及頭髮的部份。又因為有上下文意的制約（若召公壽，若參壽），這樣的省略並不會和「右」字作（〈盂鼎〉）、（〈頌壺〉）混淆。
行	 工盧大叔盤		 甲 574 薛侯壺 行父辛觶 陶文 1．150 包山 15	「行」字象四通八達的道路之形，羅振玉認為「行」象四達之街，人所行也，由變為，形已稍失。古從行之字或省其右作，或省其左作。〔註16〕這裡則省略了道路的上半部，是簡化義符的現象。

〔註15〕丁佛言：《說文古籀補補》卷 1（北京：中華書局，1988 年 2 月），頁 3。

〔註16〕清・羅振玉：《增訂殷虛書契考釋》卷下，《殷虛書契考釋三種》（北京：中華書局，2006 年 1 月），頁 398。

監	吳王夫差鑑	鹽	粹 051 善鼎 史話簋 陶文 5・251 包山 168	「監」字象人臨水而照之形，從甲、金文中都可看出「人」的偏旁，尤其金文中還強調了眼睛的部份。吳器雖然省略人形，只留下「目」旁，但還是能夠表達出字義。另外從「監」的「鑑」字〈吳王光鑑〉作，也是簡化了人形偏旁。
姑	工盧季子劍	姑	婦姑鼎 復公子簋 庚嬴卣 睡虎地 汗簡	「姑」字從「女」從「古」，吳金文「女」部簡化兩手交疊之形而寫成「口」。林清源認為由兩個義符構成的字，除非是在有明確且固定辭例的制約下，或者在字形採取別嫌措施之後，才容許省略其中一個義符。〔註17〕這裡「姑」字在兵器中是作人名「姑發䣞反」，屬於固定辭例，所以可以作如此省略。
癸	徐王子旃鐘	癸	存 2712 父日戈 此簋	羅振玉云：「乃之變形。字上象三鋒，下象著物之柄。〔註18〕」，「癸」字本義象矛、戟等兵器之形，此處省略兵器的頭部，只留柄的部份。又因為「癸」字在銘文中當干支用，因

〔註17〕林清源：《楚國文字構形演變研究》（臺中：私立東海大學中國文學所博士論文，1997 年），頁 38。

〔註18〕李孝定：《甲骨文字集釋》卷 14（臺北：中央研究院歷史語言研究所，1965 年），頁 4303～4304。

			陶文 4‧91 先秦幣編 36 包山 131	此簡化義符並不會和「乂」字的甲文（前 1‧44‧7）、「五」字的甲文（1149）混淆。
隹	儔兒鐘		甲 111 蔡大師鼎 榮簋 陶文 2‧12	「隹」字爲一鳥之象形，徐國其他銅器作（〈沇兒鎛〉）、（〈余大子鼎〉），鳥的頭部很明顯，〈儔兒鐘〉省略了鳥頭，是部件筆畫的簡省。
身	徐王義楚觶		弔向簋 郘公華鐘 包山 227	「身」字象人懷孕之形，中間的圓圈內應該有一小點代表胎兒。徐金文缺少圓點，並且簡化了「人」形的上半部。
鏦	吳王夫差矛		缺	王人聰云：「矛銘右旁下部所從，應當也是由於書寫簡率所形成的『止』字的另一種訛變形體，此字實從金從歨。鏦即鏦，古文從『辵』之字亦可省作從『止』。」〔註19〕，吳金文這裡簡化「辵」部，而寫成「止」形，是義符的簡略。

〔註19〕王人聰：〈江陵出土吳王夫差矛銘新釋〉，《文物》12 期（1991 年 12 月），頁92。

御	吳王御士簠	御	粹79 頌鼎 御鬲 陶文5‧384	「御」字小篆從「彳」，吳金文簡化「彳」部上半部份的「彳」旁，而寫成從「止」，是義符的簡化。

以上「行」字從四通八達的道路到省略道路的上半部，簡化了重複的偏旁；「若」、「姑」、「癸」三字的簡化，有文意、人名、日期上的制約，因此不至於和他字混淆；「監」、「隹」二字只簡省字形的一小部分，字義仍清楚；「縱」、「御」二字則將「彳」部簡化成「止」部，表意功能不變。

（二）省略義符

省略義符指文字書寫時，將表意功能的部件整個省略的情形。

表3-1-6：省略義符字例表

楷書	四國金文	小篆	古文字字形	說　明
春	吳王光殘鐘	春	粹1151 甲167 蔡侯殘鐘 欒書缶 包山203 睡虎地	《說文》：「春，推也。從艸，從日。艸春時生也。屯聲。」葉玉森認爲「屮」與「春」爲雙聲，「屯」、「芚」與「春」同音，「屯」中一橫畫，則又爲木枝下垂之形所譌變。「屮」訓草木初生，「屯」訓草生之難，「芚」則木始生貌，猶皆保持幾分春色。〔註20〕此處省「艸」爲省略義符，但因爲有上下文例「□春念歲，吉日初庚」的制約，才可作如此省略。

〔註20〕葉玉森：《殷虛書契前編集釋》卷1（臺北：藝文印書館，1966年10月），頁128～129。

臧	臧孫鐘	臧	曩伯盨 睡虎地 陶文 5・216 先秦幣編 19 睡虎地	從金文、秦簡文字來看，「臧」或從「口」或從「臣」，皆較吳金文繁雜。楊樹達認爲「臧」本從「臣」從「戈」會意，「爿」聲後加，「臧」的本義爲臧獲，「臧」是戰敗屈服之人，「獲」是戰勝時所獲。〔註21〕吳金文「臧」字從「戈」本來就有戰爭之意，省略「臣」部爲省略義符，又「臧孫」爲人名，是固定辭例，因此作此省略並不會使得「臧」字無法辨認。
鬯	宜侯矢簋	鬯	甲 1139 辰臣卣 魯侯爵 汗簡	《說文》：「鬯，以秬釀鬱草，芬芳攸服，以降神也。從凵，凵，器也，中象米，匕所以扱之。」吳金文「鬯」字省略容器中間的米粒，這種現象在金文中常見。例如「豐」字象豆中盛玉之形，〈衛盉〉作豐，容器中的玉珮很明顯，〈豐器〉作豐簡化玉佩形狀。又如「卹」字〈進簋〉作卹、〈師袁簋〉作卹，省略「皿」中所裝之物。
眾	攻盧王姑發邥之子劍	眾	甲 2291 㬊鼎 師旅鼎 陶文 3・535	高鴻縉云：「字原從日間三人，明見其人眾也。〔註22〕」甲骨文和金文「眾」字有從「目」，也有從「日」。吳金文雖然省略「目」形，但「三人」還是可以會出「眾多」的意思，再加上「眾」字在銘文中用作人名「曹□眾尋員」，屬於固定辭例，省略「目」形不會和他字混淆。

〔註21〕楊樹達：〈釋臧〉，《積微居小學述林》卷 2（臺北：大通出版社，1971 年 5 月），頁 59。

〔註22〕高鴻縉：《中國字例》四篇（臺北：三民書局，1976 年 1 月），，頁 505～506。

西	工𫱇太子姑發劍		甲 2121 禹鼎 秦公簋 陶文 3・431 包山 156	《說文》：「西，鳥在巢上，象形。日在西方而鳥棲。」羅振玉認爲「西」甲骨文作 、 象鳥巢之形，古文「西」字上無鳥者，是因爲日既西落，鳥已入巢，所以不像小篆在巢上更有鳥形。〔註 23〕吳金文和多數的甲、金文一樣省略鳥形，和小篆相比是省略義符的情形。
發	攻𢧴王姑發𨛱之子劍		涑鄝戈 工𫱇太子姑發劍 包山 172 睡虎地	商承祚認爲「𢼄」字是「發」字初文，甲骨文作 、，象人以手投鏢槍飛出所站的位置，是一個會意字，後來增加了「弓」旁，發射的形意更易令人體會。〔註 24〕吳金文「發」字和小篆及其他金文相比，缺少「弓」旁是省略義符的表現。又從字形來看，單單以「手」、「｜」和「」已經可以會出意思，所以「弓」旁爲後加的。而吳器銘文中「發」字作人名「姑發𨛱」用，所以如此省略並不會和他字混淆。
終	臧孫鐘		乙 3340 頌簋	林義光謂「終」象兩端有結形；〔註 25〕高田忠周認爲束絲綟斂爲「終」，、 爲其象形，和「絲」字作 意思相同，綟斂

〔註 23〕羅振玉：《增訂殷虛書契考釋》卷中，《殷虛書契考釋三種》（北京：中華書局，2006年 1 月），頁 410～411。

〔註 24〕商承祚：〈「姑發臀反」即吳王「諸樊」別議〉，《中山大學學報》第 3 期（1963 年 9 月），頁 63。

〔註 25〕林義光：《文源》卷 3，《石刻史料新編》第 4 輯（臺北：新文豐出版社，2006 年 7 月），頁 529。

		陶文 3.1149 睡虎地	緊縮故形簡於絲。〔註26〕吳金文和甲、金文一樣「終」字皆無「糸」旁，和小篆相比較爲簡省，而「終」字在銘文中當人名「仲終歲」用，因此也構成省略義符的條件。
處	工䖒太子姑發劍		乙 1857 井人妄鐘 鄂君車節 陶文 5.132 睡虎地	《說文》：「処，止也，得几而止。从几，从夊。處或从虍聲。」，馬敍倫引馮振心之話：「夊當作⺈，象趾向後，謂由外入也。就几而坐，是爲処也。〔註27〕」。吳金文「處」字从「虍」从「几」，省略「止」旁爲省略義符。
年	者汈編鐘		乙 6533 回尊 齊侯盤 陶文 4.17 包山 126	商承祚認爲「年」字象禾成熟而人刈其下之形，秋收冬藏、歲終之事爲年，有時候也省寫作（〈仲簋〉）。〔註28〕越金文省略下方的「人」旁，是省略義符，但因爲上下文「佳戉十有九年」的制約，義符的省略不會讓本字被誤認爲「禾」字。

〔註26〕高田忠周：《古籀篇》68（臺北：宏業書局，1975年1月），頁1649～1650。

〔註27〕馬敍倫：《說文解字六書疏證》卷27（臺北：鼎文書局，1975年10月），頁3531～3532。

〔註28〕商承祚：《甲骨文字研究》下編，《甲骨文研究資料彙編》第6冊（北京：北京圖書館，2008年6月），頁652。

「春」字在〈蔡侯殘鐘〉裡有相同寫法；「臧」字從「爿」從「戈」古文字中少見，但貨幣文中有從「爿」從「臣」者，推測字從「臣」或從「戈」皆能表意，因此〈臧孫鐘〉即省略「臣」旁。如此看來「春」、「臧」二字，雖然寫法較特殊，卻不算特例。「眾」和「發」二字字形較特殊，但前者雖省略「目」形，仍可從三「人」會出「人多」的意思；後者雖省略「弓」形，但寫法和甲骨文相似，且剩下的部件已經很能表達「發射」的意思。「卣」字省略容器內所裝之物、「西」字省略鳥巢上面的鳥形、「終」字省略「糸」旁、「處」字省略「止」旁，都可以從古文字字形中找到相似的寫法。

（三）省略聲符

省略聲符指文字書寫時，將表音功能的部件整個省略的情形。

表 3-1-7：省略聲符字例表

楷書	四國金文	小篆	古文字字形	說　　明
條	吳王光殘鐘	（小篆字形）	叔黑臣匜 汗簡 漢印	《說文》：「條，小枝也，從木攸聲。」，「攸」字〈師酉簋〉作、〈舀壺〉作，《說文》：「攸，行水也。從攴，從人，水省。」。吳大澂認為為「攸」之古文，從「人」從「水」，人行水中為會意兼象形，從「攴」者，為之孳生字。如此看來吳金文「條」字的聲符「攸」，只寫作從「人」從「水」，是聲符形體的省略。
氒	臧孫鐘 工盧季子劍 姑馮句鑃	（小篆字形）	甲 29 乙 134 友簋	馬敘倫認為「氒」是「氏」之後起字，因為「氏」為姓氏之氏專稱，所以「氒」字復增「十」聲。「十」音禪紐，古讀歸定，羣、定皆濁破裂音，故《史記》「氒」字作「其」。「其」音羣紐，古讀羣亦歸見，故「氒」讀若「厥」。

| 達邲編鍾 | 中山侯鈇 | 〔註29〕從金文字形來看，「垕」字大多省略了聲符「十」，〈吳王夫差鑑〉「垕」字從「十」作，是少見的寫法。 |

「條」字的聲符「攸」省略了「攴」字旁，而只寫作從「人」從「水」，在古文字中首見；「垕」字缺少聲符「十」的情形，是古文中常見的現象。整體看來偏旁的簡化中，「眾」字〈攻盧王姑發郰之子劍〉作 、「發」字〈攻盧王姑發郰之子劍〉作 、「條」字〈吳王光殘鐘〉作 較爲特殊，可看作吳國特有的寫法。

三、共用筆畫

　　共用筆畫通常多見於合文之中，單字中若字內筆畫較鄰近，有時也有共用的情形。

表 3-1-8：共用筆畫字例表

楷書	四國金文	小篆	古文字字形	說　　明
吳	![吳王夫差矛]	![小篆]	粹 34 師酉簋 吳盤 陶文 10．70 包山 98	「吳」字甲、金文皆從「口」從「矢」，《說文》：「吳，姓也，亦郡也。一曰，吳，大言也，從矢口。」。吳金文將「矢」字右邊的橫畫和「口」部相連，這種橫畫共用的情形在「昃」字中也可以看見，「昃」甲骨文作 ![]（前 4．8．7），「日」和「矢」共用筆畫。

〔註29〕馬敍倫：《說文解字六書疏證》卷 24（臺北：商務印書館，1976 年 12 月），頁 3133～3135。

青	吳王光殘鐘	青	青 吳方彝 / 青 牆盤 / 青 包山193 / 青 睡虎地	「青」字从「生」从「丹」，金文和小篆中這兩個部件是分開來寫的，吳金文這裡共用「生」字和「丹」字共同的橫畫部份。
至于	工𢿌太子姑發劍	至于	至 令狐壺	「至」字甲文作 （甲16110），金文作 〈矢方彝〉、 〈鄀公𨱍鐘〉；「于」字金文作 〈師旅鼎〉、 〈王孫鐘〉。此處吳金文共用「至」下方的橫畫和「于」上方的橫畫。
汭涇	者汈編鐘	汭涇	缺	汭、涇兩字皆有「水」偏旁，越金文在刻寫時為了簡便，共用了「水」部。這種合文共用偏旁的情形，在古文字中也可以發現，例如「公子孟」三字在〈伯父作孟姜簋〉中作 ；「邯鄲」在〈侯馬盟書〉中作 ；「邶邧」二字在戰國布幣中作 等。〔註30〕

　　從「筆畫簡化」的字例來看，因都是單筆簡化，所以對文字釋讀影響不大，在古文字字形中也可以找到例證。其中只有〈湯鼎〉的「余」字、〈越王差徐戈〉的「乍」字較為特別，比小篆以及一般字形還簡省。「偏旁簡化」的「隹」字雖然省略鳥的頭部，但鳥的羽毛仍然明顯，讓字體不會被錯認；「若」、「姑」、「癸」三字有文意上的制約，因此雖然寫法獨特，也不會誤認。「縱」

<hr>

〔註30〕吳振武：〈古文字中的借筆字〉，《古文字研究》第20輯（2000年3月），頁310～315。

和「御」二字則將表意的「辵」部換成「止」部，簡化義符的同時還顧及了意義的完整。

在「省略義符」中「臧」字寫法未見，但貨幣文字中有相似構形者；「發」字和「眾」字都省略了一部份的表意偏旁，但剩餘的字形放在一起，仍能會出文字本義，因此省去義符並不會造成字形無法辨認的困擾。「省略聲符」中「條」字的寫法未見，只能從聲符「攸」字的古文字形中推測。「共用筆畫」的字例中，只有合文「汭淫」較少見，其餘字形都可找到相似寫法。整體而言四國金文的簡化字例中，多數都有脈絡可循，但其中也有一些獨特的字，如「余」、「乍」、「癸」、「若」、「臧」、「發」、「眾」等。

第二節　繁　化

文字發展的規律，除了最常見的簡化之外，還存在著大量的繁化現象，與簡化類似，文字的繁化也可以分為筆畫增繁和偏旁增繁。增添的部份，可能是對文字的音、義有輔助或說明作用的筆畫或部件，也可能是源於書寫習慣或審美觀而增加的飾筆、贅旁。〔註31〕吳、越、徐、舒金文的筆畫增繁有：增添筆畫、原本無貫穿的筆畫貫穿和增加點三種。其中「增添橫畫」的部份只有「天」、「正」、「酉」三字是在開頭橫畫之上再多加一橫，其他字所增加的橫畫皆非首筆，因此分類上不像第一節一樣將開頭筆畫獨立出來討論。偏旁增繁可以分為：增添義符、增添贅旁或贅筆、增添同形和增添聲符四種，其中增添義符包含了義符筆畫寫法的繁化，增添聲符同樣包含聲符的繁寫。以下以表格說明之。

一、筆畫增繁

（一）增添筆畫

增添筆畫指文字書寫時，增添單一橫畫或豎畫的情形。

〔註31〕林清源：《楚國文字構形演變研究》（臺中：私立東海大學中國文學所博士論文，1997年），頁81。

表 3-2-1：增添筆畫字例表

楷書	四國金文	小篆	古文字字形	說　明
天	吳王光殘鐘	（天）	乙 4505 迫簋 史頌簋 陶文 1605 包山 243	「天」字在甲骨文中就有作 、（乙 3008）兩種字形，金文中除了象人形之外，也有在開頭增添一橫畫的，如〈𪊨羌鐘〉作 。相較於甲、金文而言，吳金文「天」字之形，並未加橫畫，只是一種襲舊的寫法。
正	者減鐘 姑馮句鑃 越王者旨於賜鐘	（正）	甲 193 甲 44 鐘伯鼎 申鼎 陶文 3・40 包山 271	從甲、金文來看，「正」字首筆應該為一圓形而非橫畫，□或■代表城邑，字形象足趾朝城邑而走，當以征、行為本義。〔註32〕部份金文已將圓形簡化為橫畫，此處則在橫畫之上又添短橫，是為繁化。另外从「正」偏旁的「征」字〈庚兒鼎〉作 、〈徐茜尹鉦城〉作 ，也是同樣的情形。
王	姑馮句鑃	（王）	甲 241 曾姬無卹壺	「王」字除了作 之外，較常看到的是三橫一豎的寫法，吳金文在第一、二橫畫中間又加了一橫，是為增添筆畫。古文字中从

〔註32〕吳其昌認為「正」之本義為征為行，像●向□方向前進之形。「征」之本義不一定和軍旅討伐有關，巡省邦國、郊畿狩獵也可通稱為征。「正月」之得名，即因為殷末會於新歲之首月舉行巡狩之禮。參氏著《殷虛書契解詁》（臺北：文史哲出版社，1961 年 1 月）。

			王 矢尊 王 陶文 4‧20 王 包山 15 王 先秦幣編 68	一豎畫的字，常常可以在豎畫上加上飾點，飾點又逐漸演變爲一橫。如「生」字甲文作 ⚊（甲915），後來變成〈衛簋〉的 ⚊、〈史頌簋〉的 ⚌；「氏」字甲文作 ⚊（後 2‧21‧6），後來演變成〈克鼎〉作 ⚊、〈林氏壺〉作 ⚊。〔註33〕
庶	者汈編鐘 沈兒鎛	庶	乙 5321 氏 矢簋 庶 子仲匜 庶 陶文 5‧384 庶 睡虎地	「庶」字金文及小篆在「火」部下方皆無橫畫，越金文和徐金文則添加小短橫。這種在「火」旁諸字添加短橫的情形常見，以楚國爲例，添加的筆畫多在「火」旁所从「人」形部件的豎畫中間，例如「炎」作 炎、「然」作 然。〔註34〕
光	者汈編鐘 吳王光劍 大王光起戈 攻敔王光韓劍	光	粹 427 啓尊 中山王嚳壺 陶文 9 包山 277 睡虎地	「光」字甲骨文从「火」从「人」，以人在火上象光明之意，「火」旁上方沒有短橫。金文裡有些「光」字，如上一格所說，開始在「火」旁加橫畫。遍查吳、越金文，「光」字或从「光」偏旁的「銑」字，如 ■（〈吳王光鑑〉），上方皆有橫畫。可以說有短橫的「光」字不一定是吳、越文字，但吳、越金文的「光」字一定有短橫。

〔註33〕劉釗：《古文字構形學》（福州：福建人民出版社，2006 年 1 月），頁 345。

〔註34〕林清源：《楚國文字構形演變研究》（臺中：私立東海大學中國文學所博士論文，1997 年），頁 98～99。

旨	 徐令尹者旨型爐盤		 甲 3065 夨季良父壺 匽侯鼎 陶文 3・320	《說文》：「旨，美也。從甘，匕聲。」。甲、金文「旨」字大多沒有在「匕」上添加橫畫，然而在豎畫中間加上短橫是文字中常見的現象，如前所說的「生」字與「氏」字。此處徐金文即如此。
耑	 徐王禹又耑		 甲 113 義楚觶 陶文 3・1224	戴家祥云：「耑上從屮為植物之顛，下從為根，中一為地，故知耑為端之本字。〔註35〕」，徐金文「耑」字在表示根的部份，比小篆多一豎畫，是繁寫的表現。
至	 徐茜尹征城		 甲 1611 矢方彝 郘公牼鐘 先秦幣編 4 包山 204	「至」象箭射中目標之形，彎曲的筆畫為箭頭，最後的一橫畫表示標的或地面。有時會在箭頭和標的之間增添一橫畫，是為贅筆，徐金文即如此。
酉	 徐王義楚觶 沇兒鎛		 乙 6718 師酉簋	「酉」字葉玉森認為象酒器之形，上有提梁〔註36〕。本來橫畫只有一筆，即提梁的部份，徐金文首畫所增加的小短橫是筆畫增繁的現象。在器皿上增加短橫

〔註35〕戴家祥：《金文大字典》上（上海：學林出版社，1999 年 5 月），頁 1066～1067。

〔註36〕葉玉森：《殷墟書契前編集釋》卷 1（臺北：藝文出版社，1966 年 10 月），頁 85。

			陶文 5·384 包山 204	，古文字中也有例證，如「豆」字甲文作（甲 1613）、〈豆閉簋〉作、〈周生豆〉作，上方的短橫象食器之蓋。〔註37〕
龢	者減鐘 沇兒鎛		前 2·45·2 師兌簋 王孫鐘	「禾」字象稻穗成熟之形，甲文作（甲 191），首畫向下彎曲，金文首畫則向旁延伸，都表示垂穗。徐金文「龢」字右半偏旁較一般「禾」字多一豎畫，可能是書寫時垂穗和稻桿斷開，並且歧出造成。
念	者汈編鐘		段簋 中山王響鼎 汗簡	《說文》：「念，常思也。從心，今聲。」，「今」甲文作（甲 638）、〈召伯簋〉作、〈卯簋〉作。越金文「念」字所從的「今」旁，在左邊部分較小篆和一般金文多一豎畫，疑是下方的筆畫歧出而和首畫連在一起而成，汗簡也有類似寫法。

和小篆相比，「天」、「正」、「酉」三字是增加了開頭筆畫、「王」字在豎畫上加橫畫等，這些寫法普遍見於古文字中，並不奇特。「光」字所從的「火」旁，古文有時候上方會加一短橫，而凡是吳國和越國的「光」字皆有短橫，可當作辨識國別的依據。另外「龢」和「念」兩字所多出的豎畫，可能是筆畫歧出造成。

（二）筆畫貫穿

筆畫貫穿指文字在書寫時，豎畫貫穿橫畫的情形。

〔註37〕商承祚：《說文中之古文考》（上海：上海古籍出版社，1983 年 3 月），頁 46。

表 3-2-2：筆畫貫穿字例表

楷書	四國金文	小篆	古文字字形	說　　明
于	者汈編鐘	亐	干 甲 302 丂 天亡簋 亏 令簋 亐 陶文 1・23 亐 包山 163	幾乎所有「于」字的古文字形中間豎畫皆貫穿上方二橫畫，〈者汈編鐘〉也如是，小篆無貫穿是較特別的寫法。「于」字為「吁」之初文，二 為張口之象、） 象氣之舒，合起來為張口舒氣貌。〔註 38〕不管豎畫有無貫穿，從字形還是可以看出字義。
呂	吳王光殘鐘	吕	呂 乙 1980 吕 呂鼎 吕 陶文 6・96 吕 睡虎地	「呂」字或象脊骨顆顆相連之形，〔註 39〕或象碎金塊聚集貌。〔註 40〕古文字形沒有相連的筆畫，小篆則畫出連筆，吳金文更進一步將連接的筆畫貫穿，是繁化的寫法。而從「呂」的「鋁」字，〈配兒鉤鑃〉作 ，似乎也是貫穿的寫法。

「筆畫貫穿」的兩個字例裡，在「呂」字的古文字形中，很少見到將兩個圓圈相連的寫法，而吳金文「呂」及從「呂」之字，不僅連接起兩圓圈還貫穿之，可能是吳國的特別寫法。

（三）增加點

　　增加點指文字在書寫時，增添單個或數個點的情形。

〔註38〕白玉崢：《契文舉例校讀》（臺北：藝文出版社，1988 年 3 月），頁 57～58。

〔註39〕商承祚：《說文中之古文考》（上海：古籍出版社，1983 年 3 月），頁 71。

〔註40〕吳其昌：〈金文名象疏證〉，《武漢大學文哲季刊》6 卷 1 期，頁 255。

表 3-2-3：增加點字例表

楷書	四國金文	小篆	古文字字形	說　　明
光	者汈編鐘 吳王光劍 攻敔王光韓劍	（字形）	粹 427 中山王舋壺 陶文 9 睡虎地	「光」之字形爲人頂火光，遂有光明之義，甲、金文以及小篆的下半部都像「人」形。吳金文和越金文的「光」字則在「人」旁添加點，是爲飾筆，與中山王器同。
坪	臧孫鐘	（字形）	平安君鼎 曾侯乙鐘 陶文 4・136 包山 138	《說文》：「坪，地平也。從土，從平，平亦聲。」，「坪」字所從的「平」偏旁〈鬲羌鐘〉作平，〈郘公鼎〉作平，陶文作平、平，大多都只有兩點，吳金文在文字下半部又增添兩點，形體較繁複。
金	吳王光鑑 臧孫鐘 吳王光殘鐘 儔兒鐘	（字形）	叔卣 邾公華鐘 禽簋 陶文 3・834 包山 116	從古文字形看，「金」字金文已有作四點之形，吳器和徐器承襲金文之形，至於小篆則只標出兩點。另外從「金」旁的「鐘」字〈者減鐘〉作（字形），也是寫出四點。

克	者汈編鐘		甲 2002 禹鼎 善夫克鼎	「克」字甲、金文以及小篆都很少在中間的圓圈加點，〈者汈編鐘〉添加的點是為飾筆。
成	沇兒鎛		乙 7520 成王鼎 陶文 5‧369 包山 147	《說文》：「成，就也。从戊，丁聲。」，徐金文的「成」字在聲符「丁」旁豎畫的中間，添加了一個圓點。在長豎畫的中間加點，是古文字常見現象，如「生」字、「氏」字等。
王	沇兒鎛		甲 241 夨尊 陶文 4‧20 包山 15	「王」字本來為三橫畫，徐金文在第二和第三橫畫之間增加圓點，一樣符合長豎畫上添加圓點的習慣。

四國金文添加點的情形，大多為書寫習慣所致，只有「坪」字在古文字形中都只見兩點，未若〈臧孫鐘〉作四點的。

二、偏旁增繁

（一）增添義符

增添義符指文字在書寫時，於原本的表意符號上再添加義符，使字義表達更為完整。

表 3-2-4：增添義符字例表

楷書	四國金文	小篆	古文字字形	說　　明
登	者減鐘	豆	甲 1169 父丁觶 復公子簠 登 陶文 3・1125 包山 175	從字形上來看，「登」字從「癶」從「豆」從「廾」，有手捧豆癶以進之之形，徐中舒認爲是捧豆升階以敬神祈之義。〔註41〕捧「豆」的雙手小篆中省略了，但在越金文裡則畫出來，使字義更爲完整。
薦	吳王光鑑	薦	邵王簠 弔朕臣 睡虎地	《說文》：「薦，獸之所食艸。从廌，从艸。」，小篆從「艸」吳金文從「屮」，「艸」與「屮」兩者意義可通，如「薦」字是「薦」字的繁文，就如「草」亦作「募」、「舊」亦作「雚」。〔註42〕〈吳王光鑑〉這裡是將義符繁化從「屮」。
得	越王差徐戈	得	乙 930 克鼎 舀鼎 陶文 3・19 包山 184	顧廷龍認爲「得」字從「辵」與從「彳」偏旁相通假，如「往」或作「迮」，「後」或作「後」。〔註43〕小篆「得」字從「彳」，越金文增加「止」而成「辵」，「彳」與「辵」皆有行走的意思，是增加或更換義符。

〔註41〕徐中舒：《甲骨文字典》卷 2（成都：四川辭書，2006 年 9 月），頁 139。

〔註42〕郭沫若：《卜辭通纂》（臺北：大通出版社，1976 年 5 月），頁 467。

〔註43〕顧廷龍：《古匋文舂錄》卷 2（臺北：文海出版社，1970 年 1 月），頁 51。

鼎	淦鼎 湯鼎		 甲 1633 毛公旅鼎 鑄子鼎 陶文 7．51	王國維云：「籀文以鼎為貞，卜鼎即卜貞，古金文『鼎』字多有上從『卜』如『貞』字者。蓋貞、鼎二字形既相似，聲又全同，故自古通用。〔註44〕」，徐金文增加了和「貞」意義上有關係的「卜」旁，為增添義符。另外吳器〈無土瓸鼎〉「鼎」作，上方的豎畫疑為「卜」字之殘留。
召	者減鐘		 甲 810 番君昭鼎 克鐘 陶文 2．3 睡虎地	《說文》：「召，評也，從口刀聲。」徐中舒認為) 為匕栖之「匕」，「匕」下從「口」或從「酉」，「酉」象酒尊之形，後訛為 刀。從 匕 象雙手，以手持匕挹取酒醴，表示主賓相見，相互介紹，侑於尊俎之間，當為介紹之「紹」的初文。〔註45〕吳金文增添的 匕、酉和 刀 皆為義符。
減	者減鐘		 睡虎地 四聲韻	戴家祥云：「盪乃減之繁飾，因用於器名刻辭故加皿旁，如「朕」之作鎷，「無」之作譕等等。〔註46〕」吳金文增「皿」也是如此。
鼓	越王者旨於賜鐘		 甲 1164	戴家祥認為〈沇兒鎛〉之瞽是「鼓」之別構，加「口」或許有兩個原因：一鼓屬樂器，與歌唱

〔註44〕清・王國維：《史籀篇疏證》（臺北：商務印書館，1976 年 12 月），頁 59～60。

〔註45〕徐中舒：《甲骨文字典》卷 2（成都：四川辭書出版社，1988 年 11 月），頁 89～90。

〔註46〕戴家祥：《金文大字典》中（上海：學林出版社，1999 年 5 月），頁 2543～2544。

	徐王子旃鐘 沈兒鎛		子璋鐘 王孫昪鐘 包山 95	有關；二用口吹奏，作動詞，鎛銘「永保䜌之」即爲第二種。金文往往加「口」構成別體，而字義不變，如「豐」作䜌。〔註47〕徐金文和越金文所增之「口」，對於「鼓」的用途有說明的作用，屬於義符的增加。
舍	配兒鉤鑃	𤯍	矢方鼎 居簋 陶文 9 包山 154 侯馬 156：19	劉心源云：「舍，《説文》從亼↓，象屋，此從余。按古刻余字有作者，亦有省作者，舍蓋從余從口。〔註48〕」，「舍」字之 A 象屋頂及橫樑，↓ 爲木柱，口象建築物底下的地基，〔註49〕吳金文「舍」字從繁寫之「余」，是義符的繁化。
舞	儔兒鐘	𣲺	甲 2345 前 7・35・2 匽侯舞易器	「舞」字本義爲手執牛尾而舞之形，〔註50〕小篆從「舛」，徐金文從「辵」。高田忠周認爲從「辵」亦用足之義，即與「舛」同意。〔註51〕〈儔兒鐘〉的「舞」字增加「辵」旁，是將舞動的意思表現得更爲完整。

「薦」字與「得」字在不改變意義的情形下增加或更換義符，前者由「艸」改

〔註47〕戴家祥：《金文大字典》下（上海：學林出版社，1999 年 5 月），頁 5306。

〔註48〕劉心源：〈居彝〉，《奇觚室吉金文述》第 5 卷（1971 年，影印清光緒二十八年石印本）。

〔註49〕陳獨秀：《小學識字教本》（臺北：學海出版社，2007 年 6 月），頁 139～140。

〔註50〕馬敍倫：《説文解字六書疏正》卷 10（臺北：鼎文書局，1975 年 10 月），頁 1436。

〔註51〕高田忠周：《古籀篇》卷 63（臺北：宏業書局，1975 年 5 月），頁 1566～1567。

爲「𨑒」，後者則由「彳」改爲「辵」。「鼎」作爲祭祀用的器皿，在文字上方添加和祭祀有關的「卜」旁；「召」字在古文中即有簡、繁兩種寫法，吳器增添的 、酉、 三個偏旁，都和字義有關；「舍」字選擇繁寫的「余」當義符，更能表示屋舍的意思；「舞」字從「辵」表達出跳舞的意思。以上四字增添的偏旁，對文字意義有補充說明的效果。「減」和「鼓」字增加的「皿」和「口」，對於器物用途有說明作用。

（二）增添贅旁、贅筆

增添贅旁、贅筆指文字在書寫時，增添和字義無關的筆畫或偏旁。

表 3-2-5：增添贅旁、贅筆字例表

楷書	四國金文	小篆	古文字字形	說　明
御	吳王御士簠	𢼃	粹 79 頌鼎 麥盂 陶文 5・384 包山 74	羅振玉認爲「御」字作 象人騎馬持策於道中之形，或易「人」以 而增「止」，或易彳 以「人」，或省「人」，都是同一字。〔註52〕吳金文在「人」旁之下增添「口」旁，對於字義並無幫助，是爲贅旁。
青	吳王光殘鐘	青	吳方彝 牆盤 包山 193	林清源認爲楚國「青」字多增飾「口」形部件，〔註53〕而包山簡、古璽中的「青」字多增「口」部，吳金文這裡也如此。

〔註52〕羅振玉：《增訂殷虛書契考釋》，《殷虛書契考釋三種》（北京：中華書局，2006 年 1 月），頁 523。

〔註53〕林清源：《楚國文字構形演變研究》（臺中：私立東海大學中國文學所博士論文，1997 年），頁 58。

鳴	逆郘編鍾	鳴	粹 1256 王孫鐘 睡虎地	《說文》：「鳴，鳥聲也。从鳥，从口。」，舒金文的「鳴」字多增一「口」，強化鳴叫的效果，但一鳥只有一口，故仍應視爲贅旁。另外考慮到兩個「口」旁的擺放位置，可能累增之「口」是爲了對稱而產生的。
庚	庚兒鼎 徐茜尹鉦城	庚	甲 2274 克鐘 陶文 3．1104 包山 220	「庚」字郭沫若認爲字形象手搖樂器，若以聲類求之，當是鉦。〔註54〕小篆「庚」字上方把手的部位只有兩畫ﾚ，徐金文則有較多筆畫。
匽	沇兒鎛	匽	伯矩鬲 王孫鐘 陶文 5．384	《說文》：「匽，匿也。从匸，晏聲。」，徐金文「匽」字另增「日」，金文及小篆中皆無這種寫法，「日」旁對字義也無幫助，是爲贅旁。
余	余大子鼎	余	甲 270 弔向簋 秦公簋 陶文 4．128 先秦幣編 13	徐中舒認爲「舍」和「余」不同之處，僅在ㅂ之有無。《說文》「舍」訓市居，爲人所止宿之處，若以「舍」之義訓，將「余」看成屋頂及樑柱之形，應當沒有大誤。〔註55〕如果「余」象屋頂、樑柱之形，小篆和〈秦公簋〉下方的八就象樑柱底下的支架，徐金文又增兩撇，是支架的繁寫，也是無意義的贅筆。

〔註54〕郭沫若，〈釋干支〉，《甲骨文字研究》（北京：北京圖書館，2000 年）。

〔註55〕徐中舒：〈黃河流域穴居遺俗考——兼論地上建築的由來〉，《徐中舒歷史論文選輯》（北京：中華書局，1988 年 9 月），頁 797。

四國金文增添的贅旁的字例中，「嗚」字有兩個「口」，「匜」字複增一「日」都在古文字中少見，但古文字增「口」和增「日」是常有現象，因此不能算是徐、舒的特別寫法。

（三）增添同形

增添同形指文字在書寫時，將相同的部件重複書寫的情形。

表 3-2-6：增添同形字例表

楷書	四國金文	小篆	古文字字形	說　明
敗	壽夢之子劍	敗	乙 7750 南疆鉦 鄂君啓舟節 包山 23	《說文》：「敗，毀也。从攴貝，敗賊皆从貝。會意。籀文敗从賏。」。「敗」字甲骨文有从一「貝」，如乙 7705 者，也有从二「貝」作 ，如珠 249 者，金文「敗」字則大多從二「貝」。吳金文「敗」從二「貝」是承襲金文的字形，小篆則只從一「貝」之形。
宜	宜侯矢簋 宜桐盂	宜	鐵 16·3 秦子戈 盠壺 陶文 5·51 包山 2	徐中舒云：「从且从夕，象肉在俎上形，所从之夕或一或二或三，數目不等。且為俎之本字，本為以斷木所作之薦，其側面透視作且、且形，上陳肉則作 、 、 、 等形。〔註56〕」。「宜」字甲、金文皆从二「肉」，吳金文承襲之，小篆則省略重複的肉旁。

〔註56〕徐中舒：《甲骨文字典》（成都：四川辭書出版社，1993 年 9 月），頁 806。

敔	吳王夫差劍 攻敔王光劍 臧孫鐘 工敔工敍戟 吳王光劍		敔簋 敔戈 包山 124	「敔」字小篆只从一個「五」，吳金文和大多數金文一樣都從兩個「五」。「敔」字的左半偏旁「吾」，金文有從一個「五」作吾 如「商尊」者，也有從兩個「五」作 如〈攻敔王光韓劍〉者。由此可見增添的「五」，是从「吾」旁的字共同的現象。

增添同形的三個字例，古文字中都可以找到相似的字形，在這個部份吳金文是襲舊的寫法。

（四）增添聲符

增添聲符指文字在書寫時，增加聲符或將原本簡化的聲符改以繁寫。

表 3-2-7：增添聲符字例表

楷書	四國金文	小篆	古文字字形	說　　明
兄	姑馮句鑃 徐王子旃鐘 沇兒鎛		甲 764 剌卣 子璋鐘 包山 138	林清源認為「兄」字在西周時期已經出現增添陽部字「生」為音符的字形，如〈帥鼎〉作牲。到了春秋戰國時期，這種添加聲符的「兄」字主要流行於楚系國家。〔註57〕

〔註57〕 林清源：《楚國文字構形演變研究》（臺中：私立東海大學中國文學所博士論文，1997 年），頁 89。

| 盧 | 徐令尹者旨型爐盤 | | 甲886

嬰次盧

伯公父匜

陶文3‧764 | 張日昇認爲「盧」爲籀文之「盧」，盧从皿膚聲。〔註58〕小篆「盧」字省略聲符「膚」下之「月」旁，徐金文則可以很清楚看出「盧」字从「膚」从「皿」，是聲符的繁寫。劉釗認爲晚期古文字中聲符繁化的現象較爲常見，如「遇」从「寓」聲作 ，「諴」从「緘」聲作 等。〔註59〕 |

「增添聲符」的兩個字例，在古文字中皆不算罕見。

　　「筆畫增繁」中除了「耑」字和「金」字增加的筆畫和本義有關係外，其他文字不管增添的是橫畫、豎畫或點，皆是無意義的飾筆。但「光」字上方添加的短橫，則普遍出現於吳、越金文中，可以說這兩國的「光」字皆有短橫飾筆。而「呂」字及所從之字，豎畫皆貫穿兩個圓圈，是吳國特殊的寫法。另外「增添義符」的字例，經過歸納有三種情形：增加或更換同義的義符，如「薦」字、「得」字；補充說明字義，如「鼎」字、「召」字、「舍」字；表示器物用途，如「減」字、「鼓」字。

　　文字的繁化除了前面所列的筆畫增繁和偏旁增繁外，還有些個別單字的繁寫，因不明其增繁的原因而無法歸類。例如〈攻盧王叡戗此邟劍〉有一字作 ，陳千萬認爲是「余」的繁寫，〔註60〕但爲何增添「車」旁卻無法解釋。

又如「盟」字小篆作 ，〈徐王義楚盟盤〉作 ，左上方添加的⿰部件不

知道爲何。這些字的構形還需要更進一步的探討。

〔註58〕周法高：《金文詁林》卷6（香港：中文大學，1975年），頁3188～3190。

〔註59〕劉釗：《古文字構形學》（福州：福建人民出版社，2006年1月），頁94。

〔註60〕陳千萬：〈湖北谷城縣出土「攻盧王叡戗此邟劍」〉，《考古》第4期（2000年4月），頁95。

第三節　類化與變異

　　文字的演變除了簡化和繁化之外，還有類化以及變異，吳、越、徐、舒四國的文字，在這兩種演變上的字例較少，因此合併在第三節討論。

一、類　化

　　類化，指文字受所處的環境、自身形體、同一系統內部其他文字等影響，使部件趨於相同的演化方式。〔註 61〕在吳、越、徐、舒四國金文中，又可以分為三種：一自體類化，即受到文字本身字形的影響，而產生的類化；二隨文類化，即受到上下文例的影響，而產生的類化；三形近類化，即受到其他文字形近偏旁的影響，而產生的類化。其中為了文字結構上的對稱而增添的部件，本文將其歸在自體類化一類。以下以表格說明之。

（一）自體類化

　　自體類化指文字在書寫時，收到本身內部筆畫的影響，而將不同部件寫得相似的情形。

表 3-3-1：自體類化字例表

楷書	四國金文	小篆	古文字字形	說　　明
刺	者汈編鐘	𣂈	甲 624 柳鼎 剌卣	「刺」字从「束」从「刀」，金文和小篆都做如是寫法。越金文「刺」字「束」旁的 ◯ 受到上方 ⋃ 的影響也寫成 ⋃。
語	儔兒鐘	語	配兒鉤鑃 中山王䜌鼎 睡虎地	「語」字从「言」、「吾」聲，「吾」在金文中皆从「五」和「口」，如〈商尊〉作 𠮷、〈毛公厝鼎〉作 𠮷。徐金文「語」字的「吾」偏旁，右下方的「口」受到上方「五」旁的影響，也變成「五」。

〔註61〕劉釗：《古文字構形學》（福州：福建人民出版社，2006 年 1 月），頁 95。

良	湯鼎		乙 2510 季良父盉 伯格簋 陶文 5.384 包山 227	《說文》：「良，善也，从畗省亡聲。」，從古文字形來看，「良」字的構形基本上中間都作「○」或「⊖」，上下兩端則作對稱狀。〔註62〕徐金文「良」字上半部受下方部件的影響，也寫作「Ц」。
追	儔兒鐘		乙 515 矢方彝 井侯簋 包山 55	《說文》：「追，逐也。从辵，自聲。」，徐金文的「追」字在上半部多了一個Ш，竊疑是為了和「追」字下半部的「止」旁相對稱，而增添出來的部件。
城	徐茜尹征城		班簋 鬲羌鐘 陶文 3.542 包山 261	「城」字右半偏旁「成」，張光裕認為从「戌」从「丁」，〈成王鼎〉作⿰、〈獻侯鼎〉作⿰，「成」字的筆畫已稍更易，且變「□」（丁）為「｜」。〔註63〕徐金文「成」偏旁原本的「｜」受到上方筆畫／的影響，也類化成／。

〔註62〕　林清源：《楚國文字構形演變研究》（臺中：私立東海大學中國文學所博士論文，1997 年），頁 143。

〔註63〕　張光裕：〈從幾個錢文字形的變化說到有關它們的問題〉，《中國文字》37 冊（1970 年 9 月），頁 108～109。

| 辟 | 吳王光殘鐘 | 辟 | 甲 1492

牆盤

師害簋

睡虎地 | 羅振玉認爲古文「辟」字從「辛」、「人」，人有辛則加以法。甲文「辟」字較少增 ○，金文增 ○ 是「璧」的本字，從 ○，辟聲。〔註 64〕吳金文承襲古文字形的寫法增 ○ 之外，可能爲了對稱又增添相同的 ○ 偏旁。 |
| 題 | 達邘編鍾 | 題 | 汗簡

四聲韻 | 「題」字右半部的「頁」旁原本作（乙 8780）、（乙 8848），下方象跪坐的人形，但受到左邊「是」旁下方從「止」的影響，也改爲從「止」。 |

　　「刺」字所從「束」旁從古文字形來看，有作東、東、等形，但沒有類化成的，這是越國「刺」字較特別的寫法。「良」字上半部從「匕」、「追」字上半部增 、「辟」自下方增加的 ○ 等，都是爲了對稱而產生的特殊寫法。

（二）隨文類化

　　隨文類化指文字在書寫時，受到上文和下文的影響，而將字形寫得與之相近的情形。

　　表 3-3-2：隨文類化字例表

楷書	四國金文	小篆	古文字字形	說　明
是	者減鐘 臧孫鐘	是	毛公厝鼎 林氏壺	「是」字在小篆及多數金文裡，上半部都作 ⊙，吳金文「是」字則缺少點作 〇。〈者減鐘〉「是」字的上一句銘文爲「永保是從」，〈臧孫鐘〉則爲「永保是

〔註64〕羅振玉：《增訂殷虛書契考釋》卷中，《殷虛書契考釋三種》（北京：中華書局，2006年1月），頁495。

			是 陶文 5 · 384 是 包山 89 是 睡虎地	尚」，兩個「是」的上一字皆爲「保」字。「保」字〈弔向簋〉作、〈陳侯因資錞〉作，圓圈中間皆無圓點，因此吳金文的「是」字受到「保」字的影響，也缺少圓點。但並非金文中所有缺少圓點的「是」字，都是類化造成的，〈遱邘編鐘〉「是」字作，上文爲「鐪鐪是擇」，「是」字上一字並無類似 ⬭ 形狀者，因此舒金文的「是」字單純爲缺點。
安	者汈編鐘	宅	存 415 安父簋 哀成弔鼎 陶文 5 · 398 包山 117	林清源認爲「安」字省略「宀」旁，是楚系文字特有的構形，省略「宀」旁之後的「安」字，爲了和「女」字別嫌皆作、，所從「女」旁的底部都有類似「人」形或「匕」形的部件。〔註65〕越金文的「安」字也省略「宀」旁，且寫法和「女」字一樣，「安」字的上下文例爲「女安乃壽」，此處可能受到上文「女」字的影響，也將「安」字寫成「女」字。至於林清源所言的別嫌符號，目前不能確定是否適用於越國，因此本文將「安」字歸在「類化」一類，而非歸在省略「宀」旁或省略別嫌符號的「簡化」一類。

〔註65〕林清源：《楚國文字構形演變研究》（臺中：私立東海大學中國文學所博士論文，1997 年），頁 182～183。

| 呼 | 儔兒鐘 | | 頌鼎 | 「呼」字右半部「乎」，金文作（〈頌鼎〉）、（〈封簋〉）、（〈克鐘〉），徐金文下半部和「乎」字相似，但上半部多了類似鳥形的部件。〈儔兒鐘〉「呼」字的上下文文例爲「烏呼敬哉」，「呼」上一個字「烏」字〈䣄篙鐘〉作、〈何尊〉作，〈儔兒鐘〉「呼」字受到「烏」的影響而增加了鳥旁。 |

吳國兩個「是」字，都受到銘文上一個字「保」的影響，而缺少圓圈中的點，是隨文類化的典型例子，但並非吳國所特有。「安」字省略「宀」旁、「呼」字上頭加形，在古文字中不見這種寫法，是爲特例。

（三）形近類化

形近類化指文字在書寫時，受到其他文字相似筆畫的影響，而寫得與之相近的情形。

表 3-3-3：形近類化字例表

楷書	四國金文	小篆	古文字字形	說　　明
樂	配兒鈎鑃 姑馮句鑃 徐王子旃鐘		後 1·10·4 上樂鼎 郏公華鐘 陶文 3·804	商承祚認爲「樂」字字形爲以絲附木上，琴瑟之象也，從象撥也。〔註66〕「樂」字古文字下方大都多從「木」，林清源認爲楚國「樂」字所從的「木」旁，因爲與「火」、「矢」兩字形體相近，所以常常類化爲從「火」和「矢」。〔註67〕吳金文和徐金文「樂」字下方皆看起來象「矢」，

〔註66〕商承祚：《甲骨文字研究》下編，《甲骨文研究資料彙編》第 6 冊（北京：北京圖書館，2008 年 6 月），頁 665～666。

〔註67〕林清源：《楚國文字構形演變研究》（臺中：私立東海大學中國文學所博士論文，1997 年），頁 162。

	儔兒鐘	侯馬 1：104	即類化的現象。
從	逢邻鼎	京津 1372 麥鼎 兮甲盤 包山 193	「從」字金文中多從兩個「人」，舒金文可能受到「羊」字金文作（〈盂鼎〉）、（〈甚鼎〉）的影響，而將「從」字右半的「人」部件，類化成羊角狀。
聞	徐王子旃鍾	存 175 盂鼎 利簋 包山 137	「聞」字下方從跪坐人形，而「女」字〈南疆鉦〉作、〈免簋〉作，也是以雙手交疊的跪坐人形來表示婦人。徐金文「聞」字受到「女」字形體的類化，直接以「女」取代原本跪坐之形。

「形近類化」的字例中，「從」字右方作羊角狀、「聞」字下方代之以「女」形，都是較特別的寫法。

二、變　異

如果說類化是使文字形體趨向相似，那變異就是使文字形體變得不同。何琳儀將變異稱之為異化，認為這種現象在筆畫或偏旁的簡、繁程度上並不顯著，而在筆畫的組合、方向和偏旁的種類、位置上則有較大變化。〔註 68〕

〔註68〕何琳儀：《戰國文字通論》（北京：中華書局，1989 年 4 月），頁203。

文字變異的情形在吳、越、徐、舒四國金文中，可以分爲方位互移、義近替代、形近訛混和義異別構四種。其中「義近替代」和「義異別構」是林清源歸納何琳儀的分類而提出來的，前者指幾個字義相近的義符，在不改變造字本意的前提下，彼此相互替代的現象；後者指一些字受到造字觀點等因素的影響，各自選用字義並不相近的偏旁爲義符的現象。〔註69〕以下以表格列出四國金文文字變異的四種方式。

（一）方位互移

方位互移指文字書寫時，將偏旁左右、上下、內外互換的情形。方位互換的現象古文字恆見，如「千」字璽印作 千 或 千、「賠」字陶文作 賠 或 賠〔註70〕等。

表 3-3-4：方位互移字例表

楷書	四國金文	小篆	古文字字形	說　　明
命	吳王光殘鐘	命	鐵 12・4 賢簋 蔡侯殘鐘 陶文 5・384 包山 250	商承祚謂「命」字象人跪於帳篷之下，有聽命的意思，所以命和令爲同一字。〔註71〕吳金文「命」字將「口」部寫在「卩」部的右邊，屬於左右偏旁互換。部件偏旁左右互移的現象在古文字中常見，如「邦」字〈豆閉簋〉作 邦、〈國差罎〉作 邦；「祝」字甲 743 作 祝、乙 2214 作 祝。不過古文字形中「口」部寫在「卩」部右邊的「命」字並不多見。

〔註69〕林清源：《楚國文字構形演變研究》（臺中：私立東海大學中國文學所博士論文，1997 年），頁 119～131。

〔註70〕何琳儀：《戰國文字通論》（北京：中華書局，1989 年 4 月），頁 204～205。

〔註71〕商承祚：《甲骨文字研究》下編，《甲骨文研究資料彙編》第 6 冊（北京：北京圖書館，2008 年 6 月），頁 629。

攸	 越王差徐戈	攸	 乙 192 師酉簋 頌簋 陶文 3‧778	本字董珊摹作 ，〔註72〕「攴」旁在下、「人」旁在上，和小篆「攴」旁在右、「人」旁在左的位置互易。這種偏旁左右和上下互換的情形，古文字常見，如「河」字〈同簋〉作 、甲1885作 ；「福」字〈秦公鎛〉作 、〈周乎卣〉作 。
朕	 者汈編鐘	朕	 甲 2304 沈子他簋 陳侯壺	本字馬承源《商周青銅器銘文選》（552）摹作 ，原本小篆裡「舟」旁和「廾」旁為左右並列，越金文則改為上下並列。
叡	 工盧大叡鈹	叡	 後 1‧18‧2 王孫鐘 叡戊爵 侯馬 1：79	「叡」字從「又」、「虘」聲，小篆聲符在左、形符在右，吳金文則聲符在上、形符在下，是偏旁位置的互移。

偏旁互易的情形古文字恆見，但「命」字的「口」旁和「卩」旁互換、「攸」字「攴」旁和「人」旁上下放置，在以往的字形中較少見。

（二）義近替代

義近替代指文字書寫時，意思相近的偏旁互相替代的情形。

〔註72〕董珊：〈越王差徐戈考〉，《故宮博物院院刊》第 4 期（2008 年 7 月），頁 26。

表 3-3-5：義近替代字例表

楷書	四國金文	小篆	古文字字形	說　　明
型	 徐令尹者旨型爐盤		 酓壺 中山王嚳鼎 陶文 4・137	「型」字從「土」「刑」聲，金文及陶文都作如是寫法，徐金文「型」字則從「田」。戴家祥認為古字以土表義者，亦或更旁從田；以田表義者，亦或更旁從土，〔註73〕「土」旁和「田」旁意思相近，可以相互替代。古文字形中「田」、「土」相替換的還有「封」字，〈召伯簋〉作、〈中山王嚳壺〉作；「留」字陶文 3・1379 作、而 5・419 作。
盟	 徐王子旃鍾		 粹 251 盟弘卣 師盟鼎 侯馬 156：17	「盟」字從「血」「明」聲，「血」字《說文》：「血，祭所薦牲血也。」。「血」和祭祀有關係，徐金文「盟」字從「示」也和祭祀有關係。
鎛	 儔兒鐘		 通鎛 邾公孫班鎛 鐵鎛戈	「鎛」字所從右半偏旁「專」〈番生簋〉作、〈王孫鐘〉作，從「又」、「甫」聲，貨幣文字大多從「寸」作、，小篆之從「寸」可能為後起。「又」的本意為手，「寸」的本意為寸口，屬於手的其中一個部位，兩者在意義上有關係，作為「專」

〔註73〕戴家祥：《金文大字典》上（上海：學林書版社，1999 年 5 月），頁 1609～1611。

			字的義符，可以互相替換。「寸」和「又」互換的例子，如「寺」字〈邿公𥎦鐘〉作 ，〈鼄羌鐘〉作 ；「反」字金文、甲文皆從「又」作 ，而貨幣文字卻從「寸」作 。
敬	吳王光鑑	孟鼎 克鼎 師𝑐簋 陶文 5．151	《說文》：「敬，肅也。从攴苟。」。徐中舒認爲「敬」字金文作 象犬形，後來孳乳的「攴」旁象以棍擊犬。〔註74〕吳金文改「攴」爲「又」，兩個偏旁都強調手部，是意思相近可以替換的部件。古文字形中「攴」與「又」常可替換，如「啓」字〈攸簋〉作 、〈弔氏鐘〉作 ；「徹」字〈牆盤〉作 、〈鼄羌鐘〉作 。
寺	吳王光鑑	郜季簋 鼄羌鐘 邿公𥎦鐘 陶文 3．790 包山 232	金文「寺」字大多從「之」從「又」，林義光云：「（寺）本義爲持，又像手形，手之所之爲持也，之亦聲。」〔註75〕，小篆從「寸」，也有「手」的意思。「又」和「寸」意思相近，是義近替代的例子。

〔註74〕 徐中舒：〈怎樣研究中國古代文字〉，《古文字研究》第 15 期（1986 年 6 月），頁 4。

〔註75〕 林義光：《文源》卷 10，《石刻史料新編》第 4 輯（臺北：新文豐出版社，2006 年 7 月），頁 578。

專	吳王光殘鐘	（小篆字形）	甲 2341 克鼎 陶文 5・455	「專」字古文字形皆從「又」從「甫」。阮元云：「專字鎛之省。上體𦥑𦥑形當是甫之古文，下體易寸爲攴，殆取搏擊之意。〔註76〕」，這裡吳金文從「又」與小篆從「寸」，皆有「手」的意思。
期	沈兒鎛 湯鼎	（小篆字形）	齊侯敦 吳王光鑑 陶文 4・35 包山 198	「期」字從「月」「其」聲，金文中的「期」大多改從「日」旁。馬敘倫認爲「期」字即《左傳》日月合宿謂之「辰」的「辰」字，〔註77〕如此則「日」旁或「月」旁，皆有表達時間的作用，爲意思相近偏旁的替換。

以意思相近的偏旁互相替換，是古文字常有的現象，四國金文的這類字例中，大多可以找到類似的寫法。唯「盟」字較爲特別，以「示」旁代替「血」旁，是少見的替換義符的寫法。

（三）形近訛混

形近訛混指文字書寫時，字形相近的偏旁相互混淆的情形。

表 3-3-6：形近訛混字例表

楷書	四國金文	小篆	古文字字形	說　　明
逞	吳季子之子逞之	（小篆字形）	侯馬 92：6 漢印	逞」字所從右半偏旁「呈」甲文作 𨑒（前 2・15・1）、𨑒（珠128），從「口」從「土」，小篆「逞」字的「呈」旁則從「口」從「壬」。「土」旁和「壬」旁

〔註76〕阮元：〈楚公鎛鐘〉，《積古齋鐘鼎彝器款識》卷 3（臺北：藝文印書館，1967 年），頁 2。

〔註77〕馬敘倫：《說文解字六書疏證》卷 13（臺北：鼎文書局，1975 年 10 月），頁 1772，

楷書	四國金文	小篆	古文字字形	說　明
				在楚國文字中時有訛混的情形，例如「兄」字〈王孫誥鐘〉作 ⿰、〈包山簡〉作 ⿰ 等。〔註78〕
馮	（姑馮句鑃）	（漢印）（四聲韻）	《說文》：「馮，馬行疾也。从馬，仌聲。」，郭沫若謂「馮」字左旁从「冰」，右旁所从爲「鳳」之奇文，卜辭「鳳」字作 ⿰、⿰。因此「馮」字本从奇文「鳳」、「仌」聲，从「鳳」者从鳳鳥馮風也，「馮」字从「馬」者乃後來之譌變。〔註79〕〈姑馮句鑃〉「馮」字的下半部和甲骨文「鳳」字很像，吳金文「馮」从「鳳」、「仌」聲，到了小篆卻將「鳳」和「馬」字混淆，因此成了从「馬」「仌」聲。

「逞」字的「呈」偏旁古文字形皆从「土」，吳金文也不例外。可以說「呈」字「土」旁和「壬」旁的訛混時間較晚，古文字中找不太到例證。「馮」字的古文字形也少見，漢印中的「馮」字已經从「馬」旁了，吳金文保留的是較古早的寫法。

（四）義異別構

義異別構指文字書寫時，因書者觀點的差異，而選用不同偏旁來表達字義的情形。

表 3-3-7：義異別構字例表

楷書	四國金文	小篆	古文字字形	說　明
逯	（儔兒鐘）		無	「逯」字右半偏旁的「乘」字小篆作 ⿰，甲文作 ⿱（粹1109），〈匽公匜〉作 ⿱、〈鄂君車節〉

〔註78〕林清源：《楚國文字構形演變研究》（臺中：私立東海大學中國文學所博士論文，1997年），頁124。

〔註79〕郭沫若：《兩周金文辭大系考釋》（上海：上海書店，1999年7月），頁157。

				作 [字形]。《說文》：「乘，覆也。從入桀。桀，黠也。軍法曰乘。[字形]古文乘，從几。」，許學仁認爲「乘」象人登木之形，當以登爲其本義。又「乘」字從「几」或可溯源於古人登車履「几」之制，《儀禮·士昏禮》：「婦乘以几」、《周禮·夏官》隸僕正義：「凡登車，貴者乘以石，其次以几。」〔註80〕，皆說明古人登車，以石以几。在楚系及燕系文字中，「乘」字均從「几」。〔註81〕小篆和甲、金文從「木」之「乘」，以及徐金文從「几」之「乘」，都有踩物以登的意思，只是所登之物有別而已。

　　「自體類化」的字例中，「剌」字改 [字形] 爲 [字形]、「良」字增加了「厶」旁等寫法，較少在其他金文中發現，而「追」字和「辟」字都是爲了對稱，而分別加上 [字形] 和 [字形] 旁。「隨文類化」的「安」字寫成「女」、「呼」字增添鳥形部件，都是特殊的現象，前者因爲有固定辭例的制約，而不至於混淆；後者則不見於他國。「方位互移」的「攸」字「攴」旁和「人」旁上下放置、「命」字「口」旁和「卩」旁左右互換，都爲古文字少見。「義近替代」的「盟」字選用「示」旁代替「血」旁當作義符；「形近訛混」的「馮」字所從「鳳」旁，爲古文字形的保留等等，都是只見於四國金文的寫法。

第四節　小　結

　　在簡化、繁化、類化和變異情形中，四國金文都有一些字寫法較特殊。簡化方面，雖然筆畫無貫穿的情形在古文字中常見，但某些字的寫法較少見於其他金文。例如〈徐王子旃鐘〉的「士」字，以及吳器、越器、徐器的諸多「吉」

〔註80〕許學仁：〈楚文字考釋〉，《中國文字》新第 7 期（1983 年 4 月），頁 90。

〔註81〕何琳儀：《戰國古文字典》上（北京：中華書局，2007 年 5 月），頁 145。

字，還有吳器和徐器的「王」字等。總的來看四國金文在簡化方面較特殊的寫法，可以下表表之：

表 3-3-8：四國金文簡化特殊字例表

楷書	四國金文	小篆	說　明
余	徐國	余	多數古文字形「余」的下半部為一豎畫或三豎畫，未見如徐國作二豎畫者。
乍	越國	乍	「乍」字多見三筆畫，越國金文作二筆畫。
若	吳國	若	簡化舉手順髮時，手指的部份。
監	吳國	監	簡化「人」形的身體部份。
姑	吳國	姑	簡化「女」部兩手交疊及跪坐的形狀。
癸	徐國	癸	簡化兵器的頭部。
臧	吳國	臧	省略義符「臣」旁。
眾	吳國	眾	省略義符「目」旁。
發	吳國	發	省略義符「弓」旁
條	吳國	條	聲符省略「攵」旁

　　繁化方面，吳國和越國的「光」字，所從「火」旁皆加一短橫，可視為判定國別的依據之一。另外吳、越金文中所從「火」旁，也都有小短橫，如前所說的「光」字、「銚」字、「庶」字、「焚」字（〈吳王光殘鐘〉作 ）等。唯一例外者為〈宜侯矢簋〉的「庶」字作 ，下方的「火」旁沒有短橫，考慮到該器的年代較早，推測「火」旁加短橫的寫法可能在西周康王之後才出現。以下是四國金文在繁化方面的特殊寫法：

表 3-3-9：四國金文繁化特殊字例表

楷書	四國金文		小篆	說　明
呂	吳國			中間筆畫貫穿兩圓圈。
坪	吳國			古文字形的「坪」字右半偏旁都只有兩點，吳金文則作四點。
鳴	舒國			爲了對稱而增添「口」旁。
匽	徐國			增添「日」旁。
余	徐國			增添兩撇。

類化方面，本文發現了隨文類化的詞例，如若「是」字的上一個字爲「保」，則「是」字圓圈中間會缺少點。以下爲四國金文在類化方面寫法特殊的字例：

表 3-3-10：四國金文類化特殊字例表

楷書	四國金文		小篆	說　明
刺	越國			○受到上方筆畫的影響，變成 ∪。
良	徐國			爲了對稱字形上、下各從一個「亾」。
追	徐國			爲了和下方的「止」對稱，文字上方複增「止」旁。
辟	吳國			增加 ○ 旁。
安	越國			省略「宀」旁而寫得和「女」字一樣。
呼	徐國			增加鳥形部件。

變異方面，「命」字和「收」字方位互移的方式較少見，另外還有些字因例證稀少而無法歸類。以下爲四國金文在變異方面寫法特殊的例子：

表 3-3-11：四國金文變異特殊字例表

楷書	四國金文	小篆	說　　明
盟	徐國		改「血」旁爲「示」旁。

　　最後文字變異的情形十分複雜，除了本文所列的「方位互移」、「義近替代」、「形近訛混」、「異義別構」四種外，尚有無法歸類的字，例如「庶」字、〔註82〕「刺」字、〔註83〕「未」字〔註84〕等。還有一些字原本爲象形字，到了小篆則轉變爲形聲字，如「考」字〔註85〕和「祈」字〔註86〕。這些字的變異

〔註82〕「庶」小篆作，甲文作（前 635）、〈矢簋〉作、〈子仲匜〉作。《說文》：「庶，屋下眾也，从广炗。炗古文光字。」，然金文「光」字作（〈矢方彝〉），和「庶」字下半部不同，可知許慎之說解有誤。沈長雲、于省吾皆認爲「庶」字从「火」「石」聲，吳金文和多數古文字形一樣，「庶」字上方从「石」。但〈子仲匜〉等少數金文在「石」的上方增添一短橫飾筆，許慎誤將飾筆看成字形的一部份，遂以爲「庶」字从「广」，小篆又沿襲了許慎的錯誤。因此〈宜侯矢簋〉「庶」字作，並不能視爲「缺少點」或「省略開頭筆畫」的情形。參沈長雲：〈釋《大盂鼎銘》「人鬲自馭至于庶人」〉，《河北師院學報》第 3 期（1988 年 9 月），頁 97、于省吾：〈釋庶〉，《考古》第 10 期（1959 年 10 月），頁 572。

〔註83〕「刺」字小篆作、〈者汈編鐘〉作，中間的口變成形斷開。雖然張日昇認爲「刺」字之、是的訛變，象兩手之形，於「革」則爲理皮，於「束」則爲扶禾。禾倒則兩手扶植，起土種植，故刺有乖戾不正之意。但考慮到金文中之「刺」大多仍从，从之「刺」才是訛變之形。張之說法參周法高編《金文詁林》卷 6（香港：中文大學，1975 年），頁 3968～3969。

〔註84〕「未」字小篆作、〈越王差徐戈〉作，董珊認爲在古文字形體中，若有兩重向上的對稱斜筆，在演變時常常會把下一重斜筆改造爲「口」形，或者把「口」形反改造爲斜筆。董說參氏著〈越王差徐戈考〉，《故宮博物院院刊》第 4 期（2008年 7 月），頁 25。

〔註85〕「考」字小篆作，〈徐王義楚觶〉作、〈大鼎〉作、〈師西簋〉作。張日昇引葉玉森之說法，謂「考」字象老人戴髮傴僂扶杖形，是「老」字的初文。張氏並認爲、並象長髮之形，人所持之杖後來變作厂，「考」字遂由象形變爲形聲。張說參周法高編《金文詁林》卷 8（香港：中文大學，1975 年），頁 5281。

〔註86〕「祈」字小篆作，〈者汈編鐘〉作、〈召伯簋〉作、〈牆盤〉作。《說文》：

情形，在四國金文中都較少有兩個以上的字例，因此不列在表格之中。

「祈，敬也。从示氏聲。」，但從金文字形來看，「祈」字本象兩缶相抵，是象形字，而小篆轉爲形聲字。

第四章 吳越鳥蟲書研究

四國金文除了上一章所談的簡繁、類化、變異等字形外，還有一部分的美術字體，或筆畫拉長或變直線爲曲線或增添鳥形裝飾，這些文字本文通稱鳥蟲書。〔註1〕其實線條彎曲、多變化的美術字體早在春秋、戰國之前就有，其名稱不一，如蟲書、鳥書、鳳書、龍書到鳥蟲書等，而不同名稱所指的字形特徵也不相同。因此本章第一節爲鳥蟲書概述，探討鳥書的起源和名稱界定，以及各家鳥蟲書的分類標準。第二節爲吳、越二國鳥蟲書研究，先定出本文分類標準，再依此分析吳、越鳥蟲文字，徐國、舒國目前尚未發現鳥書銅器，因此不列入討論。

第一節 鳥蟲書概述

鳥蟲書是一種美術字體，除了像一般銘文一樣記載事件外，它還有美化、裝飾的功用。正如郭沫若所說：

> 東周而後，書史之性質變而爲文飾，如鐘鎛之銘多韻語，以規整之
> 款式鏤刻於器表，其字體亦多作波磔而有意求工。又如齊《國差䱷

〔註 1〕鳥書和蟲書從字形上是有區分的（詳見第一節），但考慮到吳、越、徐三國的鳥蟲書字體總數不多，若分成兩類探討，恐怕各類的字例不多，因此本文將此類字體通稱爲鳥蟲書。

銘》亦韻語，勒於器肩以一獸環爲中軸，而整列成九十度之扇面形。

凡此均于審美意識之下所施之文飾也，其效用與花紋同。中國以文

字爲藝術品之習尚當自此始。〔註2〕

當文字已經發展到一個高峰，就開始往藝術面延伸，鳥蟲書就是這種背景下的產物，〔註3〕本節綜合前人對於鳥蟲書的研究成果，分爲名稱與定義、起源、分類等三個部份。

一、鳥蟲書的名稱與定義

「鳥蟲書」在歷史記載中有許多不同的稱呼，這些名稱所指內容有何異同？在「鳥蟲」的名稱下可以再細分成哪些類形？這樣的分法是否有必要等，都是值得討論的問題，以下試探討之。

（一）古籍中的稱呼

先秦時期將線條曲折多變的字體稱之爲「蟲書」，如許慎《說文解字‧敘》有云：「自爾秦書有八體：一曰大篆，二曰小篆，三曰刻符，四曰蟲書，五曰摹印，六曰署書，七曰殳書，八曰隸書。〔註4〕」先秦的蟲書到了王莽時代則稱爲「鳥蟲書」，如《說文解字‧敘》：

及亡新居攝，使大司空甄豐等校文書之部。自以爲應制作，頗改定

古文。　　時有六書：一曰古文，孔子壁中書也。二曰奇字，即古文

而異也。三曰篆書，即小篆。四曰左書，即秦隸書。秦始皇帝使下

杜人程邈所作也。五曰繆篆，所以摹印也。六曰鳥蟲書，所以書幡

信也。〔註5〕

這裡不只提到鳥蟲書的名稱，更說明它是寫在旗幟或符節上的一種文字。另外徐鍇《說文繫傳》引《漢書》注：「蟲書即鳥書，以書幡信。首象鳥形，即下云

〔註2〕 郭沫若：〈周代彝器進化觀〉，《青銅時代》附錄二（北京：科學出版社，1957年9月），頁317～318。

〔註3〕 林進忠認爲這時期的文字裝飾美，已解脫毛筆形體的限制，是一種造形藝術運用拓展下所出現的必然現象，是工藝造形藝術運用文字美術化、裝飾化的結果。參氏著：〈東周鳥蟲書的文字造形藝術〉，《書畫藝術學刊》第2期（2007年6月），頁2。

〔註4〕 段玉裁：《說文解字注》（臺北：頂淵出版社，2003年8月），頁758。

〔註5〕 段玉裁：《說文解字注》（臺北：頂淵，2003年8月），頁760。

鳥蟲是也。〔註6〕」、崔豹《古今注》：「今晉朝唯用白虎幡信，幡用鳥書，取其飛騰輕疾也。一曰以鴻雁燕鳥者，來去之信也。〔註7〕」等也認爲鳥書是寫在幡信上的文字。典籍中有時也將此類字體稱作「鳥篆」，如《三國志‧魏志》：「魏覬……受詔典著作，又爲《魏官儀》，凡所撰述數十篇。好古文、鳥篆、隸草，無所不善。〔註8〕」、《後漢書‧蔡邕傳》：「初，帝好學，自造皇羲篇五十章，因引諸生能爲文賦者。本頗以經學相招，後諸爲尺牘及工書鳥篆者，皆加引召，遂至數十人。〔註9〕」，說明當時能書鳥篆者人數不少。

綜觀古籍對這類彎曲美術字體的名稱有蟲書、鳥蟲書、鳥書、鳥篆等，但各類書體的特徵及區別卻模糊不清。就範圍來看應以「蟲書」最廣，《大戴禮記‧曾子天圓》：「毛蟲之精者曰麟，羽蟲之精者曰鳳，介蟲之精者曰龜，鱗蟲之精者曰龍，勞蟲之精者曰聖人。〔註10〕」，龍、鳳、鳥甚至是人都可以包含在「蟲」之內，因此「蟲書」是目前典籍所見最早對此類字體的稱呼。正因爲「蟲書」的範圍廣大，遂有徐鍇「蟲書即鳥書」的說法，但從「鳥蟲書」一詞來看似乎這兩者又有區別，對於這點陳昭容有所釐清。陳氏認爲「『蟲書』實有廣狹二義，狹義的『蟲書』專指筆畫刻意盤屈迴繞的筆法，廣義的『蟲書』則兼包鳥蟲魚等飾筆，『秦書八體』中所指應是廣義的『蟲書』。〔註11〕」，如此看來在「鳥蟲書」的稱呼中，是採用狹義的「蟲書」定義。至於「鳥篆」一詞，林素清認爲含義較「鳥書」或「蟲書」爲廣，指包含鳥蟲書在內的古篆體文字，或泛指古文書法、書藝。〔註12〕由文獻上來看，《三國志》中將古

〔註6〕　南唐‧徐鍇：《說文繫傳》（臺北：中華書局，1966 年，四部備要據小學彙函本影印），卷 29，頁 3。

〔註7〕　晉‧崔豹：《古今注》（臺北：臺灣商務，1984 年，四部叢刊廣編據上海涵芬樓景印宋刊本影印），頁 3。

〔註8〕　漢‧陳壽：《三國志‧魏志》（臺北：中華書局，1966 年，四部備要據武英殿本校刊），卷 21，頁 12。

〔註9〕　南朝宋‧范曄：《後漢書》（臺北：中華書局，1966 年，四部備要據武英殿本校刊），卷 90，頁 9。

〔註10〕　漢‧戴德：《大戴禮記》（臺北：臺灣商務，1979 年，四部叢刊正編據上海涵芬樓借無錫孫氏小綠天藏明袁氏嘉趣堂刊本景印），頁 30。

〔註11〕　陳昭容：《秦系文字研究》（臺北：中研院史語所，2003 年 7 月），頁 124。

〔註12〕　林素清：〈春秋戰國美術字體研究〉，《中研院史語所集刊》第 61 本第 1 份（1990

文、隸草和鳥篆並列，是強調鳥篆和前兩者一樣有獨特的字形，但無法從中看出「鳥篆」一詞的包含範圍，因此筆者以為「鳥篆」和「鳥書」所指相同。

（二）鳥書的種類

「鳥書」是總括字形中含有鳥形的文字，但其中又可以再細分，叢文俊將鳥書分成龍書和鳳書，徐俊也將鳥形字體分為鳥飾篆字和鳳飾篆字。叢氏認為「鳳書」是取「鳳凰銜書」之意，最初僅用於王侯貴族的自作兵器題銘，多刻款錯金、富麗堂皇，如〈玄鏐戈〉中「玄」字作完整鳳形（如下圖一）。「龍書」中的「龍」是指夔龍，不同地區的龍形有差異，如〈宋公縊戈〉的「宋」字是夔龍形的最簡字（如下圖二）；〈王子于戈〉「王子」二字夔首似獸（如下圖三）；〈玄鏐戈〉之「鏐」字所飾夔形如蛇（如下圖四）。〔註13〕徐氏認為「鳥書」或「鳥篆」是仿照鳥形圖案化的文字，因此「附鳥形於筆畫之外」和「附鳥形於筆畫之間」的文字，就非鳥書或鳥篆。這些真正文字結構和「鳥」互不相涉，且去掉「鳥」像仍可單獨成字的字體，就是「鳥飾篆字」。又楚器銘文中的鳥形，在楚國的審美意識下應該是鳳凰，因此有鳥形裝飾的楚國銘文可稱為鳳飾篆字。鳳飾篆字的例證有〈楚王孫漁戈〉的「用」字（如下圖五）、〈鄍君作造戈〉的「鄍」字（如下圖六）、〈王字戈〉的「王」字等（如下圖七）。〔註14〕

图一 「玄」字　　图二 「宋」字　　图三 「王子」二字

　　　　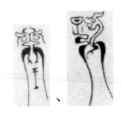

、

年 3 月），頁 43～44。

〔註13〕 叢文俊：〈鳥鳳龍蟲書合考〉，《書法研究》第 3 期（1996 年 5 月），頁 43～45。

〔註14〕 徐俊：〈楚國銅器銘中的「鳥篆文字」為「鳳飾篆字」辨析〉，《華中師範大學學報》第 6 期（1991 年），頁 99～102。

圖四 「鏐」字　　　圖五 「用」字　　　圖六 「郢」字

圖七 「王」字〔註15〕

　　叢文俊的分法確實有證據可尋，所舉字例也都清晰明白，但中國的美術字體除了鳥鳳龍蟲之外，還有所謂的魚書〔註16〕及蚊腳書〔註17〕等叢氏都未曾提起。再者，劉偉杰認為鳳本歸鳥類，龍、蛇也易於相混，分類過細最簡式的字體特徵已十分隱誨，按一般方法具體分為鳥、蟲二書應該足夠了。〔註18〕徐俊以《晉書‧索靖傳》「蝌蚪鳥篆，類物象形」為依據，定義鳥篆為「以篆書筆畫為基礎，摹擬鳥形勾勒而成的書寫字體，文字自身類似鳥形」。〔註19〕但《晉書》描寫的鳥篆，可能也包含了鳥形裝飾的字體，徐氏忽略這點不談，而直接將鳥形飾筆排除在外，似有不妥。

〔註15〕圖一、二和四出字叢文俊〈鳥鳳龍蟲合考〉所附之圖一、十三和十五；圖三出自《商周青銅器銘文選》（546）；圖五至圖七出自徐俊〈楚國銅器銘中的「鳥篆文字」為「鳳飾篆字」辨析〉所附之圖二、七、十二。

〔註16〕馬國權提到西漢中山王靖王劉勝墓出土的錯金銀銅壺甲壺銘文十二字中，除了一字為鳥書外，其他十一字都由鳥形與魚形組成。漢印中「武意」一印的「意」字、「新成甲」印的「甲」字、「王武」、「薄戎奴」等印都由魚書組成。見氏著〈鳥蟲書論稿〉，《古文字研究》第 10 輯（1983 年 7 月），頁 142。

〔註17〕唐‧韋續《墨藪‧第五十六種》（臺灣：商務印書館，1966 年，叢書集成簡編據十萬卷樓叢書本排印），頁 4：「蚊腳書者，尚書詔版也。其字仄纖，垂下有似蚊腳。」、唐‧封演《封氏聞見記‧文字》（臺灣：商務印書館，1986 年，景印文淵閣四庫全書據國立故宮博物院藏本影印），頁 424：「南齊蕭子良撰古文之書五十二種，鵠頭、蚊腳、懸針、垂露……皆狀其體勢而為之名。」。

〔註18〕劉偉杰：〈所謂齊國鳥蟲書及相關問題〉，《管子學刊》第 1 期（2007 年 2 月），頁 44。

〔註19〕徐俊：〈楚國銅器銘中的「鳥篆文字」為「鳳飾篆字」辨析〉，《華中師範大學學報》第 6 期（1991 年），頁 100。

（三）蟲書與鳥書

「蟲書」是指筆畫蜿蜒像蛇一樣的字體，李學勤推測 1973 年出土於甘肅居延的一件棨信，正面有墨書「張掖都尉棨信」六字，筆畫故作蜿蜒（如下圖八），可能就是專門用來書寫幡信的蟲書。〔註 20〕和蟲書相似的是一種摹印用的字體，《說文解字・序》中稱之為繆傳。馬國權謂「繆」字有屈曲勻滿、曲折回繞之意，因此它和蟲書的區別為：繆傳雖然形體屈曲填滿，但線條平直，且橫畫或豎畫喜用六畫來組成；蟲書則是整個字的筆道都彎曲回繞。繆傳多見於印章上，有最常見的正方形（如下圖九）、長寬一比二的長方形（如下圖十）、一印三、四字或各字筆畫懸殊的扁形（如下圖十一）、也有圓形印（如下圖十二）等。〔註 21〕林素清認為繆傳是僅將原有筆畫作一些變化，而不加繁飾的戰國美術字體，例如變化直筆為曲筆、部分筆畫以肥筆表現、變換偏旁位置等。〔註 22〕

圖八　〈張掖都尉棨信〉　　圖九　〈軍曲侯印〉　　圖十　〈張德〉

圖十一　〈公孫中意〉　　圖十二　〈樂未央〉〔註 23〕

〔註 20〕李學勤：〈談「張掖都尉棨信」〉，《文物》第 1 期（1978 年 1 月），頁 42～43。

〔註 21〕馬國權：〈繆傳研究〉，《古文字研究》第 5 輯（1981 年 1 月），頁 261～271。

〔註 22〕林素清：〈春秋戰國美術字體研究〉，《中研院史語所集刊》第 61 本第 1 份（1990 年 3 月），頁 50。

〔註 23〕圖一出自李學勤〈談「張掖都尉棨信」〉圖版壹；圖二至圖五出自馬國權〈繆傳研究〉頁 269～271。

　　就字形上來看，「鳥書」和「蟲書」都有各自的特點，劉玉堂認爲兩者分屬篆書的不同變體，「蟲書」是蟠曲略具蟲形，「鳥書」則翻飛描摹鳥狀。張氏更引張耒《和晁應之大暑書事》「青引嫩苔留鳥篆，綠垂殘葉帶蟲書」證明兩者之異。〔註24〕李進忠以爲鳥形較爲具象，而蟲形則多數字體之筆畫旋轉彎曲，或在字形上下、筆畫首尾增添若干彎曲線條，大多無法指明爲何種動物之形。〔註25〕馬國權謂「鳥書」是以篆書爲基礎，仿照鳥的形狀施以筆畫而寫成的美術化字體；「蟲書」是筆道屈曲回繞狀如蟲形的變體篆書。〔註26〕王恒餘認爲「鳥書」在春秋、戰國時代多出現在兵器上，而秦、漢、唐則多爲印和碑；「蟲書」形多如蛇，在戰國、秦、漢間多用來裝飾鐘類器物。〔註27〕

　　綜合以上各家認爲字形中有畫出具體鳥形的爲「鳥書」，而只是筆畫彎曲、延伸，卻無具體形狀的爲「蟲書」。但這又牽扯到一個問題，即什麼樣的鳥形才夠「具體」？要明確畫出鳥首、鳥喙，還是只要有類似鳥爪、翅膀等部件的形體，就可以算「鳥書」？另外美術字體除了表意之外，裝飾功能佔了很大的部份，很難判定這種彎曲、複雜的字形是摹仿鳥形或是蟲形。再說，銅器銘文中通常都是鳥、蟲書混雜，很少通篇單用鳥書或蟲書，硬要區分兩者似有困難。正如曹錦炎所說「與其將這種裝飾味特強的美術書體細分爲『鳥書』、『蟲書』兩類，還不如用『鳥蟲書』這個總名來得妥貼。〔註28〕」，因此本文即將這些美術字體稱爲鳥蟲書，不再細分。

二、鳥蟲書的起源

（一）〈玄婦壺〉和武乙卜辭的證據

　　唐人認爲鳥書起源於周代，《墨池編》收錄唐玄度〈十體書〉中云：「鳥

〔註24〕劉玉堂：〈楚書法藝術簡論〉，《文藝研究》第 3 期（1992 年 5 月），頁 100。

〔註25〕林進忠：〈東周鳥蟲書的文字造形藝術〉，《書畫藝術學刊》第 2 期（2007 年 6 月），頁 4。

〔註26〕馬國權：〈鳥蟲書論稿〉，《古文字研究》第 10 輯（1983 年 7 月），頁 145、156。

〔註27〕王恒餘：〈淺說蝌蚪文和鳥蟲書〉，《中國文字》第 10 卷第 42 冊（1971 年 12 月），頁 1～2。

〔註28〕曹錦炎：《鳥蟲書通考》（上海：上海書畫出版社，1999 年 6 月），頁 5。

書，周史官史佚所撰。粵在文代，赤雀集戶，降及武朝，丹鳥流室。〔註29〕」、
《墨藪》也云：「周文王赤雀銜書集戶，武王丹鳥入室，以二祥瑞作鳥書。
〔註30〕」。最早提出鳥書起源於商代的是容庚，他認爲〈玄婦壺〉（《商周彝器
通考》中稱爲〈玄婦方罍〉）之「玄」字於左右旁儷以鳥形（如下圖十三），
與〈玄鏐戈〉之「玄」字（筆者按：〈玄鏐戈〉出土多件，「玄」字所附加之
鳥形，除了圖一的繁複鳳形外，尚有如下圖十四的簡易鳥形），鳥形雖左右易
向但字體相同〔註31〕。董作賓也認爲商代甲骨文中就有鳥書，收錄於《殷契
拾掇》（455）的武乙時代卜辭有三段：「從巳（祀）」、「其告於高且（祖）王
亥，三牛」、「其五牛」（如下圖十五），其中「亥」字在原字上又附加鳥形（如
下圖十六），是今日所見最早的鳥書。〔註32〕另外張光直〔註33〕、王恆餘〔註34〕
也贊同武乙卜辭和〈玄婦壺〉上的文字就是鳥書。

圖十三 「玄婦」二字   圖十四 「玄」字

〔註29〕 宋・朱長文：《墨池編》卷 1（臺北：商務印書館，1986 年，景印文淵閣四庫全書
據國立故宮博物院藏本影印），頁 606。

〔註30〕 唐・韋續《墨藪・第五十六種書》（臺灣：商務印書館，1966 年，叢書集成簡編），
頁 2。

〔註31〕 容庚：〈鳥書考〉，《燕京學報》第 16 期（1934 年 12 月），頁 203。

〔註32〕 董作賓：〈殷代的鳥書〉，《大陸雜誌》第 6 卷第 11 期（1953 年 6 月），頁 9～10。

〔註33〕 張光直：《青銅揮塵》（上海：上海文藝，2000 年 1 月），頁 321 認爲「卜辭中有鳥
書，王亥的亥字常从鳥」。

〔註34〕 王恒餘：〈淺說蝌蚪文和鳥蟲書〉，《中國文字》第 10 卷第 42 冊（1971 年 12 月），
頁 1。

圖十五　武乙卜辭　　　　圖十六　鳥書「亥」字〔註35〕

　　有學者對〈玄婦壺〉及卜辭上的文字，持不同意見。首先是于省吾認爲壺銘應該釋爲「玄鳥婦」，鳥形圖案並非裝飾而是文字。另外鳥篆不見於春秋早期和西周，更不可能出現在商代銅器上，且根據商代金文文例，凡屬婦名都歸在「婦」字下，因此「玄鳥」二字並非婦名，而是商人先世圖騰的殘餘。〔註36〕胡厚宣認爲卜辭中「王亥」之「亥」字祖庚或祖甲時作，廩辛時「亥」上的鳥字從「又」作，康丁時「亥」上之隹增冠形作，武乙時「亥」上之鳥簡化爲隹作。從祖庚到武乙，「亥」字所從鳥形由象形而字化，由繁而簡，是商族以鳥爲圖騰的確證。〔註37〕馬國權認爲僅個別的字附有鳥形是一回事，而作爲一種系統化的新興美術字體的出現又是一回事，特別是早期的銅器銘文，圖形與文字往往合在一起，如果只根據一兩個附有鳥形符號的字，便肯定當時已有鳥書是不妥的。〔註38〕羅衛東根據《殷周金文集成引得》統計出商代「鳥」字及相關字形共有40個左右，這些字形中的「鳥」並非附加裝飾成分，對比東周鳥篆和〈玄婦壺〉、武乙卜辭上的字，可以發現後者和前者有明顯差異。〔註39〕

〔註35〕圖十三出自容庚〈鳥書考〉所附之圖五乙；圖十四出自《鳥篆編》182‧4；圖十五、十六出自董作賓〈殷代的鳥書〉。

〔註36〕于省吾：〈略論圖騰與宗教起源和夏商圖騰〉，《歷史研究》第11期（1959年11月），頁67。

〔註37〕胡厚宣：〈甲骨文所見商族鳥圖騰的新證據〉，《文物》第2期（1977年2月），頁86。

〔註38〕馬國權：〈鳥蟲書論稿〉，《古文字研究》第10輯（1983年7月），頁146。

〔註39〕羅衛東：〈鳥篆與東周南方文化〉，《中國文化研究》第2期（2008年3月），頁161

　　〈玄婦壺〉上的鳥形要如何理解，是「鳥」字、是文字的附加裝飾，還是圖騰的一種?容庚認爲〈玄婦壺〉和〈玄鏐戈〉的兩個「玄」字相似，可證明前者「玄」字旁的鳥形是附加的裝飾。但這兩件器物的年代有差距，前者根據壺內「亞矣」合文 ，可知年代相當於商代祖甲之世〔註40〕；後者爲戰國時期〔註41〕，很難用戰國器物來證明商代銘文「玄」字就是鳥書。再者，若〈玄婦壺〉的「玄」字和武乙卜辭的「亥」字是鳥書，爲何同時期的器物銘文中，並無發現類似的寫法？因此筆者還是將這幾個鳥形符號視爲圖騰，至少並非鳥蟲書文字。

　　鳥蟲書有系統的大量出現，大約是在春秋中、晚期，一直到漢代的印章、瓦當上都還可以見到蹤跡。容庚最早對一系列的鳥蟲書器物做考證，並得出以下結論：

> 其有人名可考者，始於吳王子于（即位於公元前 526 年），楚王孫漁（卒　於公元前 525 年），其次則宋公欒（公元前 514～451 年），楚王熊璋（公元前 488～435 年），蔡侯產（公元前 471～457 年），越王者旨於賜（公元前 464～459 年），越王兀北古（公元前 458～449 年），宋公得（公元前 45～404 年），終於越王州勾（公元年 448～412 年）……其有國名可考者，爲越、吳、楚、蔡、宋五國，而以越國所作器爲最多。〔註42〕

後起學者在容氏的基礎上，又有所推衍。例如陳松長認爲楚器〈王子午鼎〉（如下圖十七）是篆書向鳥蟲書發展的標識，〔註43〕張傳旭也認爲鳥蟲書器物就年代可考者，最早應爲〈王子午鼎〉，最晚者爲〈楚王酓肯盤〉（如下圖十八）。〔註44〕常艷認爲鳥蟲書的先聲是〈王子嬰次爐〉（如下圖十九）和〈王

～162。

〔註40〕董作賓：〈殷代的鳥書〉，《大陸雜誌》第 6 卷第 11 期（1953 年 6 月），頁 10～11。

〔註41〕故宮編輯委員會：《故宮青銅兵器圖錄》（臺北：故宮，1995 年 1 月），頁 202 將〈玄鏐戈〉定爲戰國時期。

〔註42〕容庚：〈鳥書考〉，《中山大學學報》第 1 期（1964 年 3 月），頁 88。

〔註43〕陳松長：〈楚系文字與楚國風俗〉，《東南文化》第 4 期（1990 年 8 月），頁 93。

〔註44〕張傳旭：〈鳥蟲書的發展與楚青銅器發展之關係〉，《青少年書法》第 4 期（2004 年），頁 30。

子午鼎〉，前者銘文工整、上緊下鬆，垂直的線條在起筆和收筆時皆左右披拂，寓婀娜於秀挺之中；後者字形大小劃一，結體工整頎長，筆畫線條蜿蜒，字的構形已包含鳥蟲書成分，追求圖案化的效果。[註45]然而劉玉堂認為春秋中期的〈王子午鼎〉銘文，只有個別屬於早期鳥書的字，真正定形的鳥書應該是春秋晚期的〈楚王孫漁戈〉（如下圖二十）和〈吳王子孜戈〉（如下圖二十一）。又按照即位及生卒年代來看，〈楚王孫漁戈〉的鑄造年代早於〈吳王子孜戈〉。[註46]因此儘管對於鳥蟲書最早出現在何器物上的意見不一致，但其流行年代介於春秋戰國至兩漢之間，卻是有共識的。

圖十七　〈王子午鼎〉　　　圖十八　〈楚王禽肯盤〉

〔註45〕常艷：〈淺議鳥蟲書〉，《廣西藝術學院學報》第 19 卷第 4 期（2005 年 10 月），頁 81～82。

〔註46〕劉玉堂：〈楚書法藝術簡論〉，《文藝研究》第 3 期（1992 年 5 月），頁 99。

圖十九　〈王子嬰次爐〉　　　圖二十　〈楚王孫漁戈〉

圖二十一　〈吳王子玞戈〉〔註47〕

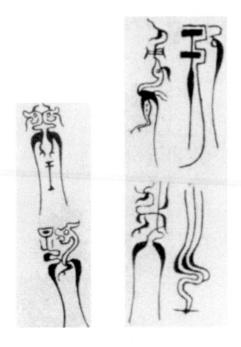

〔註47〕圖十七出自《鳥篆編》（42・48）；圖十八出自《鳥篆編》（157・58）；圖十九出自《楚系金文匯編》（22・1）；圖二十出自《鳥篆編》（157・46、47）；圖二十一出自《商周青銅器銘文選》（546）。

（二）鳥蟲書的發源國

　　刻有鳥蟲書銘文且可判定國別的出土器物中，以越器所佔比例最多，但鳥蟲書的發源地卻有越國和楚國二說。主張起源於楚國者，謂〈王子午鼎〉已經是成熟的鳥蟲書，和它同期同類銘文的吳越器則不曾見到。〔註48〕再者，春秋中、晚期之際就文明程度而言，越落後於吳，吳落後於楚，當時楚國已有許多文獻，吳、越文獻則罕有所聞。〔註49〕另外陳松長認爲楚人的始祖是祝融，而祝融是以鸞鳥爲化身，鸞鳥就是鳳鳥，崇尚鳳鳥的風俗表現在文字上，就是用鳥形來裝飾器物。〔註50〕

　　主張起源於越國者，認爲這與其悠久的崇鳥歷史有關，禮、樂器鳥篆尚未見於其他國家，而從何姆渡象牙刻紋「雙鳥與太陽同體圖」，可知錢塘江畔至少有七千年崇鳥歷史，到了越國時期尚有知名的鳥田神話。〔註51〕許仙瑛認爲主張鳥蟲書起源於楚國者，是從字體、器物年代來判定；主張起源於越國者，是從原始文化史、民族史去研究。而我們不能光用出土的地點和年代來判定國別，應該從最原始的文化背景，如良渚文化、古越族的生活方式、圖騰崇拜等層面來追蹤。〔註52〕現今出土的鳥蟲書銅器，以越國爲大宗，但可考年代最早的器物卻是楚國〈王子午鼎〉，而越、楚兩國都有鳥崇拜歷史。對此羅衛東提出較完整的解釋，羅氏認爲楚國最早出現鳥篆，隨後受到楚文化影響，吳、越、曾、徐、宋等國在春秋晚期有了銘鳥篆文器物，這些國家都有鳥圖騰崇拜，以越國爲盛。當越國青銅文化達到一定水平後，銘鳥篆器被大量的鑄造出來，數目超過了楚國。〔註53〕

〔註48〕張傳旭：〈鳥蟲書的發展與楚青銅器發展之關係〉，《青少年書法》第 4 期（2004 年），頁 30。

〔註49〕刑璞：〈神將化合，變出無方──楚國的書法藝術〉，《理論月刊》第 2 期（1994 年），頁 40。

〔註50〕陳松長：〈楚系文字與楚國風俗〉，《東南文化》第 4 期（1990 年 8 月），頁 94。

〔註51〕董楚平：〈金文鳥篆書新考〉，《故宮學術季刊》第 12 卷第 1 期（1994 年 10 月），頁 54。

〔註52〕許仙瑛：《先秦鳥蟲書研究》（臺北：臺灣師範大學國文研究所碩士論文，許錟輝指導，1999 年），頁 27～32。

〔註53〕羅衛東：〈鳥篆與東周南方文化〉，《中國文化研究》第 2 期（2008 年 3 月），頁 165。

（三）鳥蟲書興起和流行原因

鳥蟲書的起源年代雖不可知，但春秋中期〈王子午鼎〉上的成熟字體，告知我們其源頭可以追朔到更早。春秋、戰國是鳥蟲書的鼎盛時期，之後雖然這種書體不再流行，但在某些器物上還是可以見到它們的蹤跡。例如滿城漢墓出土的兩個錯金銀銅壺上的銘文，是鳳和蠻相結合的形體，字形十分繁複（如下圖二十二上圖爲字形較繁複的甲器，下圖爲字形較儉約的乙器）；漢印上的鳥書數量不多，由於印面的限制，筆畫都不繁複（如下圖二十三上圖爲「熊得」印，下圖爲「日利」印）；漢代瓦當使用蟲書的只有「永受嘉福」瓦（如下圖二十四）。〔註54〕直到現今一些民間藝人還用自製的竹筆和木筆，在街頭爲路人表演鳥蟲書（如下圖二十五），只是文字結構上已經改成以行楷和草書爲骨幹，裝飾上則以孔雀爲主，又添加了蝶、蟲、魚、蝦等動物形。〔註55〕由此可知鳥蟲書的影響深遠，對於這種書體我們有探討其興起背景和盛行原因的必要性，歷來學者大約歸納出三點：

圖二十二　　漢代錯金銀銅壺　　　　　圖二十三　　漢印

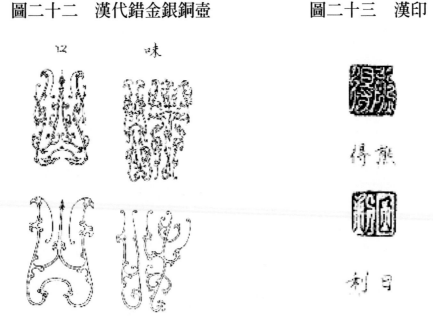

〔註54〕馬國權：〈鳥蟲書論稿〉，《古文字研究》第 10 輯（1983 年 7 月），頁 153～171。

〔註55〕常艷：〈淺議鳥蟲書〉，《廣西藝術學院學報》第 19 卷第 4 期（2005 年 10 月），頁 83。

圖二十四　　「永受嘉福」瓦當　　　　　圖二十五〔註56〕

1、楚國的地理環境和鳥鳳信仰

楚國的發展與強大跟江河有密切關係，丹、浙二水是楚人立國起點，睢、漳二河是楚人成長的搖籃，江、漢二江是楚人壯大發展的基礎，因此可以說是南國的江河哺育了楚人。〔註57〕陳松長認爲楚人自來就與這幾大水系生死相依，由此而產生對水的膜拜，也導致了以柔爲美的審美觀。楚人也因擅舞而聞名於世，《西京雜記》記載「高祖妃戚夫人善爲翹袖折腰之舞」，這種舞蹈的盛行表現在日常生活中則是以細腰取勝，楚人崇尚纖麗清秀的陰柔之美，自然導致楚系文字柔麗的風格。〔註58〕丁秀菊也認爲鳥蟲書形體修長，上部緊縮和下部的極力延伸，使字的中間部位呈收束狀，就是楚人好細腰的心理表現。另外楚國的國力強盛、浪漫奔放的思想、青銅鑄造業的發達等，也都是形成鳥蟲書的因素。〔註59〕

楚國「尊鳳崇龍」的信仰，是鳥蟲書形成的重要關鍵。宋公文和張君就從物質文化方面（兵器、祭器、禮器、日常生活、工藝品等）、精神文化方面（哲學與法律、文學與藝術、語言與文字）和楚國東西南北各地的器物紋飾上，探討這種尊鳳崇龍的表現，並提出這和楚國來自東方鳥圖騰集團，將龍鳳視爲能夠引魂升天的神靈有關係。〔註60〕儘管對於 1942 年湖南長沙陳家大

〔註56〕圖二十二、二十三出自馬國權〈鳥蟲書論稿〉頁 154、156；

〔註57〕徐文武：〈論楚人的山川崇拜〉，《荊州師專學報》第 3 期（1996 年）

〔註58〕陳松長：〈楚系文字與楚國風俗〉，《東南文化》第 4 期（1990 年 8 月），頁 93。

〔註59〕丁秀菊：〈戰國鳥蟲書述論〉，《山東大學學報》第 2 期（2006 年 3 月），頁 148～149。

〔註60〕宋公文、張君：《楚國風俗志·鳳龍篇》（武漢：湖北教育出版，1995 年 7 月），頁

山楚墓出土的〈人物龍鳳帛畫〉（如下圖二十六）解讀不同，〔註61〕但圖畫以外的楚國器物，已經足以證明龍和鳳都爲楚國所崇拜。

圖二十六 〈人物龍鳳帛畫〉

2、東周時期的社會風尚和政治狀況

羅衛東認爲西周晚期禮壞樂崩，青銅器在造形、花紋、銘文書寫風格等方面，都張揚的表現了鑄器者的個性，金文一改西周時期的莊重肅穆，南北方都出現了裝飾性的藝術字體。周代社會整體風尚向「文」，「文」的本義是「文身」，不僅在禮樂制度如此，具體到文章、語言、服飾、器物等都提倡修飾、美化。向「文」之風發展到春秋時期，出現過分追求形式的「文」弊之風，華而不實的社會風尚反映在文字上即出現了鳥蟲書。〔註62〕張傳旭認爲在

480～513。

〔註61〕《楚國風俗志·鳳龍篇》頁 495 認爲龍的身軀兩側各有一足同時用力向上，頭與鳳齊，龍口、鳳嘴均向雲天，爲龍鳳緊相呼應一齊飛天之勢，由此可看出圖畫構思爲「龍鳳引魂升天」。熊傳新也認爲在龍鳳下方的婦人側身向著龍鳳而立，面部表情肅穆，她的雙手向著升天的龍鳳，顯然在合掌祈求飛騰的神龍、神鳳引導她的靈魂早日登天。參氏著〈對照新舊摹本談楚國人物龍鳳帛畫〉，《江漢論壇》第 1 期（1981 年 1 月），頁 90～93。而饒平山等人認爲畫中婦女合掌祈禱，似乎在祈求善而美的鳳戰勝邪惡醜陋的龍，是楚人尊鳳貶龍風俗之反映。參饒平山、李洁、李晚珍：〈楚天極目，藝術璀璨——楚文化中的裝飾藝術探討〉，《武漢冶金科技大學學報》第 1 卷第 1 期（1999 年 3 月），頁 77。

〔註62〕羅衛東：〈鳥篆與東周南方文化〉，《中國文化研究》第 2 期（2008 年 3 月），頁 162～163。

春秋戰國之際，文字書寫產生了兩種變化：一是由於簡帛等較方便的書寫材料大量使用，文字形體爲適應實用目的而日趨簡化；二是實用與藝術分途，明顯有重視字體之裝飾和美化的傾向。〔註63〕

3、各國之間的關係

董楚平認爲吳國鳥蟲書器物共九件，皆作於闔閭時期，且字體同於宋國〈宋公䜌戈〉和〈宋公得戈〉，可能是受宋國影響的產物。夫差時代沒有任何一件鳥蟲書器物傳世，可能是仇越或與吳國沒有鳥篆的歷史傳統文化有關。蔡國出土的蔡侯產鳥篆兵器六件，十分精美，蔡侯產之前的蔡國銅器無一鳥篆。當時蔡國依附吳國以拒楚，吳亡後只能附越抗楚，這表明在蔡侯產時代，蔡、越關係可能十分密切，政治需要使一個本無崇鳥傳統的姬姓國家，突然成爲僅次於越國的鳥篆大國。因此夫差時期突然不見鳥篆文，蔡侯產時期突然盛行鳥篆文，可能和前者仇越、後者親越的政治因素有關。〔註64〕

三、鳥蟲書形體分類

鳥蟲書依照筆畫簡繁以及字形結構的不同，而有不同分類。最早將鳥蟲書分類的是 1934 年容庚〈鳥書考〉一文，依照「鳥」之形象有無分爲三類：一於原字外加一鳥或兩鳥以爲紋飾，去其鳥紋仍可成字者，如〈𡘎公劍〉（如下圖二十九）；二鳥紋與筆畫混合不可分離者，如〈自作用戈〉（如下圖三十）；三筆畫作簡單之鳥紋者，如〈緁妤印〉（如圖三十二 〔註65〕）。1964 年容庚彙整〈鳥書考〉（1934）、〈鳥書考補正〉（1935）、〈鳥書三考〉（1938）重新作了〈鳥書考〉，將鳥書分爲六種：〔註66〕

〔註63〕張傳旭：〈鳥蟲書的發展與楚青銅器發展之關係〉，《青少年書法》第 4 期（2004 年），頁 30。

〔註64〕董楚平：〈金文鳥篆書新考〉，《故宮學術季刊》第 12 卷第 1 期（1994 年 10 月），頁 31～71。

〔註65〕容庚：〈鳥書考〉，《燕京學報》第 16 期（1934 年 12 月），頁 203。

〔註66〕容庚：〈鳥書考〉，《中山大學學報》第 1 期（1964 年 3 月），頁 88。

表 4-1-1：容庚鳥蟲書分類表

分　類	圖　版
（一）加一鳥於旁，去其鳥 　　紋仍可成字	**圖二十七** 〈用戈〉
（二）加一鳥形於下	〈玄鏐戈〉參圖四
（三）加兩鳥形於左右	**圖二十八** 〈救□戈〉
（四）加一鳥及兩鳥	**圖二十九** 〈㺇公劍〉
（五）筆畫與鳥形不可分割	**圖三十** 〈自作用戈〉

（六）筆畫作雙鉤鳥紋	圖三十一
	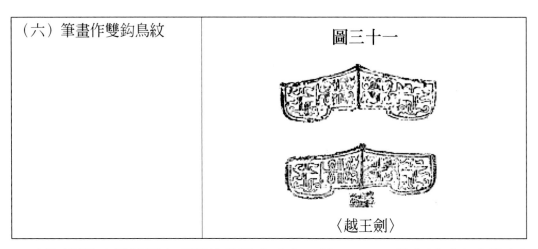〈越王劍〉

馬國權將字體按照鳥形擺放位置分爲十三種〔註67〕，筆者以爲十分詳盡但過於瑣碎，除非可以對這些類別作進一步的說明或量化分析，否則較難看出意義。以下爲其分類：

表 4-1-2：馬國權鳥蟲書分類表

分　類	圖　　版	
（一）寓鳥形於筆畫	蔡〈蔡侯產劍〉	於〈越王者旨於賜戈〉
（二）寓雙鳥形於筆畫	宋〈宋公得戈〉	
（三）附鳥形於字上	州〈越王州勾矛〉	之〈救□戈〉
（四）附鳥形於字下	王〈楚王酓璋戈〉	元〈粦公劍〉

〔註67〕 馬國權：〈鳥蟲書論稿〉，《古文字研究》第 10 輯（1983 年 7 月），頁 149～152。
　　　　 表格中之圖版亦出於此。

（五）附鳥形於字左	侯〈蔡侯產劍〉	產〈蔡侯產劍〉
（六）附鳥形於字右	金〈猷公劍〉	旨〈越王者旨於賜矛〉
（七）附雙鳥形於字上	王〈越王州勾矛〉	賜〈越王者旨於賜戈〉
（八）附雙鳥形於字下	自〈越王州勾矛〉	自〈新邵戈〉
（九）附雙鳥形於字之上下	用〈□之用戈〉	用〈越王句踐劍〉
（十）附雙鳥形於字之左右	公〈宋公欒戈〉	玄〈救□戈〉
（十一）寓雙鉤鳥形於筆畫	於	越〈越王者旨於賜劍〉
（十二）附雙鉤鳥形於字旁	旨〈越王者旨於賜劍〉	
（十三）附鳥形於二字之間	玄鏐〈玄鏐戈〉	

　　林素清討論春秋戰國美術字體時，將鳥蟲書歸為四大類，各類之下又有細

分。其中第一大類的字例即包含馬國權的第三至六類，第二大類的字例即馬國權的第七、八、十類，因此以下表格中不再重複圖版，只列出分類條目。第三大類和第四大類將蟲形納入，以鳥、蟲的特徵來區分，且是東南地區特有的繁飾。以下為其四類分法：〔註68〕

表 4-1-3：林素清鳥蟲書分類表

分　　類	圖　　版	
（一）增一鳥全形	1、鳥形添於字下 2、鳥形添於字上 3、鳥形添於字左 4、鳥形添於字右	
（二）增雙鳥形	1、雙鳥分置字之左右 2、增雙鳥於字下 3、增雙鳥於字上	
（三）增簡化之鳥、蟲形紋飾	攻〈攻敔王光戈〉	公〈宋公縊戈〉
（四）增蟲、爪形	之〈王子匜〉	㭉〈王子午鼎〉

　　叢文俊按書體特徵，將鳥、鳳、龍歸為一類，蟲書自成一類。鳥鳳龍三書可以劃分為繁式、簡式、變化式，其所飾物象基本上游離於字形之外，不影響釋讀，最簡式大多只裝飾物象局部。〔註69〕嚴志斌認為叢氏沒有明確給出分類標準，且各類別間區分不明顯，因此在叢氏的基礎上，依照動物形裝飾構件本身特點分為兩類：（a）繁型，指動物形裝飾構件較寫實，首或身體可辨輪廓，有爪、翼、尾等部份；（b）簡型，指動物形裝飾構件較抽象，單線條化，為何種動物之像頗難分辨。又若依照動物形構件和字筆畫的結合程度可以分為三類：（A）並列式，動物形構件和筆畫各自獨立，或雖相連但除去構件並不影響釋讀；（B）結合式，筆畫部份偏旁借助動物形構件來表現，雖去

〔註68〕林素清：〈春秋戰國美術字體研究〉，《中研院史語所集刊》第 61 本第 1 份（1990年 3 月），頁 38～39。表格中之圖版亦出於此。

〔註69〕叢文俊：〈鳥鳳龍蟲書合考〉，《書法研究》第 3 期（1996 年 5 月），頁 46～47。

除構件對文字釋讀有影響，但字體仍較獨立；（C）化合式，動物形構件和筆畫合成一體，若去除構件則字體不能存在。結合以上兩方面的劃分，共可以分成 Aa、Ab、Ba、Bb、Ca、Cb 六類，如下所示：〔註70〕

表 4-1-4：嚴志斌鳥蟲書分類表

分　類	圖　版
Aa 並列式繁型	
Ab 並列式簡型	
Ba 結合式繁型	
Bb 結合式簡型	
Ca 化合式繁型	
Cb 化合式簡型	

　　羅衛東則是將《東周鳥篆文字編》所收的 264 個鳥篆文字量化，歸納構成方式分爲兩大類，各類之下又有細分。這是從較爲宏觀的角度看所有的裝飾文字，包含飾筆和裝飾用圓點，「鳥蟲書」爲類別中的一項。以下爲其分類：〔註71〕

〔註70〕嚴志斌：〈鳥書構形簡論〉，《華夏考古》第 1 期（2001 年 3 月），頁 94～97。

〔註71〕羅衛東：〈鳥篆與東周南方文化〉，《中國文化研究》第 2 期（2008 年 3 月），頁 158 ～161。

表 4-1-5：羅衛東鳥蟲書分類表

大　分　類	說　　明	圖　版
（一）自身形體變化	指通過原字線條粗細、筆道方向來展現藝術性。	 王〈敓戟〉
		 子〈蔡公子果戈〉
（二）附加或融合裝飾成份	通過在字形外附加或者字形融合裝飾成份達到美術效果，又可分成以下幾種：	
	1、裝飾成份爲點或線條：作爲裝飾的點有時加在線條中間或空隙處，裝飾線條則有直線或曲線。	 吉〈王子午鼎〉
		 戊〈越王石矛〉
	2、裝飾成份爲鳥形：在常用字形上附加或融合鳥形部件，有時是完整的鳥，有時僅是部分，又可分爲：	
	（1）完整的鳥	 王〈楚王酓璋鐘〉
		 蔡〈蔡侯產劍〉
	（2）鳥的部份，鳥首、鳥爪	 戊〈越王者旨於賜矛〉
		 用〈日子劍〉
	3、裝飾成份爲蟲形：	
	（1）完整的蟲形	 汲《鳥書箴銘帶鈎》

（2）蟲首、蟲爪		用〈蔡侯產戈〉
4、附加裝飾構件：附加的部件如「口」形在構字時沒有意義，只起裝飾作用。		鼓〈越王者旨於賜鐘〉
		金〈越王者旨於賜鐘〉

以上各家分類，大致上可以歸納爲兩項：一鳥形部件和筆畫的緊密程度、二鳥形部件構形及鳥形部件與文字的位置，其中「鳥形部件」又可以分爲單鳥、雙鳥、完整鳥形和簡化鳥形（包含類似蟲形的線條）四種。容庚 1934 年的分類即以第一項爲主，馬國權分成十三類是以第二項爲主，嚴志斌則結合了這兩項。筆者以爲林素清的分法精簡扼要，以鳥形的繁簡和鳥形、蟲形的不同做爲區別，彌補了嚴氏分類上「化合式」和「結合式」不好分辨的狀況。

第二節　吳越鳥蟲書結構分析

吳國的鳥蟲書銅器有八件，分別是〈攻敔王光戈〉（二件）、〈吳季子之子逞之劍〉、〈大王光趄戈〉（三件）和〈王子孜戈〉（二件）；越國的鳥蟲書銅器有三十八件，分別是〈越王州句劍〉（十六件）、〈越王州句矛〉、〈越大子不壽矛〉、〈越王盲姑劍〉（二件）、〈越王句踐劍〉、〈越王之子句踐劍〉、〈越王矛〉、〈越王於字殘鐘〉、〈越王者旨於賜戈〉（二件）、〈越王者旨於賜矛〉（二件）、〈越王者旨於賜劍〉（九件）、〈越王者旨於賜鐘〉。

討論鳥蟲書字體之前，應先定義本文判定「鳥蟲書」的標準。劉偉杰認爲鳥書是以鳥頭爲標誌，如果某字中有鳥足或鳥尾的形狀，也應在整個作品的其他字中有鳥頭的情況下，才可以斷定爲鳥書。〔註72〕本文以爲整篇器物銘文中至少要有一字以上，出現鳥形部件（鳥首、鳥喙、鳥爪等）者，才判定爲鳥書。至於蟲書的判定，除了線條彎曲之外，至少要有筆畫粗細不均、附有特殊裝飾

〔註72〕劉偉杰：〈所謂齊國鳥蟲書及相關問題〉，《管子學刊》第 1 期（2007 年 2 月），頁 44。

符號或該字的偏旁和鳥書文字相似，〔註73〕才判定是蟲書。因此部份器物如吳國〈無土脰鼎〉、〈禺邗王壺〉，越國〈者汈編鐘〉，徐國〈沇兒鎛〉、〈徐缶蓋〉等，雖然形體修長、線條微彎，但因為筆畫中沒有特殊的裝飾符號，因此不能算是鳥蟲書器物。由此看來四國之中，只有吳國和越國有鳥蟲書的出土，徐國和舒國則無。

關於鳥蟲書的構形方式、字體特色等，前人已多有研究，現在抽出和吳、越兩國有關的研究成果，敘述如下：

（一）林素清

春秋中葉以來，字體有普遍偏瘦長的趨勢，各國的鳥蟲書字體中，增單、雙鳥於文字上方者，以越國最多，且其鳥形更似梟形；吳國和宋國有鳥紋類似獸頭者；簡化的鳥紋和彎曲線條交錯使用的方式，以吳越為多；鳥書和蟲書的的結合多用在兵器上，而不加鳥飾的蟲書則多用在樂器上。〔註74〕

（二）董楚平

吳、越兩國鳥篆「王」字皆作 ，這種寫法尚未見於他國，但這兩國「王」字上的裝飾鳥形有別，越國是小鳥張口形，鳥首作圓圈狀，吳國鳥首皆用單線雙勾，無圓圈也無張口。另外〈王子孜戈〉「之」字作 ，和〈宋公䜌戈〉、〈吳季子之子劍〉相似，也是他國未見的寫法。〔註75〕

（三）叢文俊

在許多國家的鳥蟲書中，越器鳥書與字形線條最為協調，且〈者汈編鐘〉有一種飾圓點和半圓點於線條的變體蟲書。〔註76〕

〔註73〕 不管蟲書或鳥書，很多吳、越銅器的字體「口」旁皆作 ，「之」字作 ，「王」字作 ，這些字形是鳥蟲書共通的寫法，因此若某篇銘文中含有這些寫法，則將該銅器定為鳥蟲書器物。

〔註74〕 林素清：〈春秋戰國美術字體研究〉，《中研院史語所集刊》第 61 本第 1 份（1990年 3 月），頁 38～50。

〔註75〕 董楚平：〈金文鳥篆書新考〉，《故宮學術季刊》第 12 卷第 1 期（1994 年 10 月），頁 34～36。

〔註76〕 叢文俊：〈鳥鳳龍蟲書合考〉，《書法研究》第 3 期（1996 年 5 月），頁 48～51。

（四）嚴志斌

越國鳥蟲書大約可以分成三類：一為較寫實的鳥，往往置於字的右上方；二為鳥形較簡化，但在尾部常有平行狀線條；三為只保留鳥首，往往兩首相背。再具體而言，者旨於賜器中三類皆見，不光、盲姑、州句不見第一類，諸咎有一、二類。另外越國「王」字有明顯的分期特徵，不光器「王」上所飾已看不出鳥形，反而更像古文「卯」字，而〈越王者旨於賜鐘〉、〈越王盲姑劍〉等器銘中，常見 裝飾，即是越國雙背鳥形的簡略形式。〔註77〕

（五）丁秀菊

鳥蟲書在增飾物象的同時，也考慮到字體的左右或上下對稱，好像有一條中軸線在主宰各部件的安置，且書寫時疏密相間、錯落有致，多數鳥蟲書字體皆修長而不瘦薄，兼顧了舒展與飽滿之美。〔註78〕

本文針對吳、越鳥蟲書字體，分析其裝飾部件、構形成分等，並在前人的基礎上提出一點意見。分類上因為兩國鳥蟲書去其重複，大約有 66 個，無法太過詳細劃分，本節只分成增添雙鳥形、增添單鳥形和增添蟲形。其中「雙鳥形」是以兩個以上的鳥頭為標準，鳥頭可以是具體的畫出圓圈、點出眼睛作 狀者，也可以是只畫出鳥嘴作 狀者；「單鳥形」是只有單個鳥首，或雖然無鳥首，但有鳥爪、鳥翅等可以看出是鳥形的部件者；「蟲形」指無鳥首、鳥爪等部件，但筆畫彎曲、線條粗細不均的字。不過因為所有鳥蟲書都具有筆畫曲折的特點，為了避免瑣碎，本節所討論的蟲形是在筆畫彎曲、粗細不均的基礎上，又有其他附加部件或文字特色者。

另外雙鳥形和單鳥形又可以再分為可拆與不可拆兩種，「可拆」指去除鳥首、鳥爪等部件之後，文字仍可獨立存在，或雖借用部分鳥形筆畫，但去除裝飾之後仍可辨認者；「不可拆」指文字筆畫和鳥形裝飾緊密結合，去除裝飾筆畫之後不能單獨成字者。因此本文將吳、越鳥蟲書分為五類，即增飾雙鳥形可拆、增飾雙鳥形不可拆、增飾單鳥形可拆、增飾單鳥形不可拆、增飾蟲形。下文以表格呈現，各表格內的字例先後沒有順序。

〔註77〕嚴志斌：〈鳥書構形簡論〉，《華夏考古》第 1 期（2001 年 3 月），頁 95～97。

〔註78〕丁秀菊：〈戰國鳥蟲書述論〉，《山東大學學報》第 2 期（2006 年 3 月），頁 147。

一、雙鳥形可拆

雙鳥形可拆指文字書寫時於字上增添兩隻鳥形，且去除鳥形之後仍可成字的情形。

表 4-2-1：雙鳥形可拆字例表

楷書	吳、越鳥蟲書	小篆	古文字字形	說　　明
攻	攻敔王光戈	𢼄	粹 1074 攻敔王光劍 包山 238	「攻」字上方增加雙個背對的簡略鳥形，正如嚴志斌所言，這種兩首相背的鳥形，在吳、越國中特別突出。〔註79〕本字去除上方鳥形之後，仍可成字，爲可拆式鳥蟲書。
季	吳季子之子逞之劍	𡥀	乙 2596 井季卣 包山 127	「季」字外面增添雙個似鳥似獸的部件，去除增加部件本字則和甲、金文一樣。〈宋公繺戈〉「宋」字作，和此處增飾的部件相似，此即林素清所言之吳國和宋國特有寫法。〔註80〕
王	大王光趩戈 攻敔王光戈 王子玦戈	王	甲 241 曾姬無卹壺 矢尊 陶文 4．20 包山 15	「王」字是最能突顯吳、越兩國雙背鳥形特色的例子。〈楚王酓璋戈〉「王」字作、〈楚王孫漁戈〉作、〈𢾼戟〉作，或是增鳥形於字下，或是改變筆畫粗細，未見增雙鳥於字上者。吳、越這些雙鳥形裝飾中正如董楚平所言，越國是

〔註79〕 嚴志斌：〈鳥書構形簡論〉，《華夏考古》第 1 期（2001 年 3 月），頁 95～96。

〔註80〕 林素清：〈春秋戰國美術字體研究〉，《中研院史語所集刊》第 61 本第 1 份（1990 年 3 月），頁 39。

			先秦幣編 68	鳥張口形，鳥首作圓圈狀，吳國鳥首皆用單線雙勾，無圓圈也無張口。〔註81〕其中〈王子孜戈〉所增飾的雙個介於鳥、獸間的頭形紋飾，和〈吳季子之子逞之劍〉類似，同樣是加在文字外面，本字筆畫和古文字形相同。
	越王州句劍 越王者旨於賜劍 〈越王盲姑劍〉			
自	越王州句劍 越王州句矛	自	甲 392 自 散盤 陶文 3‧695 包山 232	鳥蟲書的「自」字或在上方增鳥形，如〈虞公劍〉作，或在下方增彎曲線條，如〈攻敔王光戈〉作、〈蔡公子果之用戈〉作，未見像此處一樣在下方增雙鳥形者。又〈越王州句劍〉出土十六件，每件的「自」字皆作形，只有此處所列之「自」增雙鳥形，這可能和其餘州句劍銘文皆鑄於劍格上，而此處寫法較特殊的「自」字卻是鑄於劍身上有關。
丌	越王盲姑劍	丌	八 子禾子釜 丌 陶文 6‧7 六 睡虎地	「丌」字上方所增雙鳥形和同一器中「王」字上方所飾相同。除了鳥形之外，和古文字形相比，該字的下方線條作彎曲狀如蟲形，整個字是鳥、蟲形的結合體。

〔註81〕董楚平：〈金文鳥篆書新考〉，《故宮學術季刊》第 12 卷第 1 期（1994 年 10 月），頁 34。

皇	越王者旨於賜戈	皇	皇令簋 蔡侯殘鐘 陶文 5・398 包山 266	他國「皇」字多在最上方的三豎畫作變化，如〈王子午鼎〉作 、〈番仲戈〉作 ，本器三豎畫幾乎不顯，而在文字上方添加兩雙背鳥形。
用	越王句踐劍	用	甲 2464 王子申盞盂 先秦幣編 42	吳、越增添雙鳥形的位置多是在上方，如「王」、「丌」、「皇」等字；或在外面，如「季」字、〈王子玫戈〉之「王」字；或在下方，如州句器的兩個「自」字。本器「用」字是吳、越器群中，唯一於字之上下各增一隻鳥者。

在雙鳥形可拆字例中，「王」字最有特色，除了上方增飾的背對兩隻鳥之外，下方的豎畫也作彎曲狀，其中依鳥首的形狀，還可以區分出吳國和越國的差別。而〈王子玫戈〉「王」字增添的雙個似獸似鳥形裝飾，在〈吳季子之子逞之劍〉的「季」字中也可見，是很特殊的標識。〈越王州句劍〉的「自」字，反映了相同銘文鑄於不同部位時寫法上的差異。

二、雙鳥形不可拆

雙鳥形不可拆指文字書寫時於字上增添兩隻鳥形，而字的筆畫和鳥形緊密結合，去除鳥形不可成字的情形。

表 4-2-2：雙鳥形不可拆字例表

楷書	吳、越鳥蟲書	小篆	古文字字形	說　　明
劍	越王州句劍		富奠劍 師同鼎	金文「劍」字多加「金」旁，鳥蟲書該字或加「金」旁如〈越王句踐劍〉作 ，或雖未加「金」旁，但下方筆畫彎曲如〈越王盲

			 睡虎地	姑劍〉作、〈越王州句劍〉作。本字在下方彎曲的部份增添雙鳥頭，這樣寫法的「劍」字尚未見於他處，推測本器銘文鑄於劍身之上，因此文字寫法和其餘鑄於劍格上的州句劍不同。
賜	 越王者旨於賜戈 越王者旨於賜劍		 庚壺 虢季子白盤 陶文 3‧1128 包山 141	「賜」字從「貝」、「易」聲，「易」甲文作（甲 3364）象守宮之形，〔註82〕金文則開始將豎畫彎曲，如〈矢方彝〉作，甚至於圓圈中增點，狀如鳥形，如〈師𤇾簋〉作。此處「賜」字除了「易」旁作鳥形外，所從「貝」旁也增加了鳥首。

一般鳥蟲書的「自」字、「劍」字都在字的下部增添彎曲筆畫，前者增∫形，後者增㠯形。〈越王州句劍〉的此兩字都在彎曲筆畫上複增雙背鳥首形，前文提到這個現象可能和銘文位置有關係，但〈越王州句矛〉的「自」字也增加了雙鳥形，甚至鳥翅也十分清楚。因此這種在文字附加筆畫上又增添鳥形的現象，可能是州句器的特點。另外雙鳥形的裝飾，以增添在字之上或字之下者最多，唯有〈越王句踐劍〉「用」字同時在上、下添鳥形。

三、單鳥形可拆

單鳥形可拆指文字書寫時於字上增添單隻鳥形，去除鳥形仍可成字的情形。

表 4-2-3：單鳥形可拆字例表

楷書	吳、越鳥蟲書	小篆	古文字字形	說　明
元	 吳季子之子逞之劍		 甲 753	不管是一般金文或鳥蟲書，幾乎所有「元」字都有上方的短橫，少數例外者為〈王孫誥鐘〉和〈兀

〔註82〕陳獨秀：〈象鳥獸蟲魚〉，《小學識字教本》（臺北：學海，2007 年 6 月），頁 67～68。

	越大子不壽矛 越王盲姑劍		番生簋 王孫誥鐘 睡虎地	乍父戊卣〉字作 。吳、越銘文中一般字形的「元」字，都有上方短橫如〈越王差徐戈〉作 。但寫成鳥蟲書時則減去此一橫畫，這樣的區別有意義與否，值得探討。
用	吳季子之子逞之劍 王子孜戈 越王州句劍 大王光趄戈		甲 2464 王子申盞盂 先秦幣編 42	「用」字在鳥蟲書中有多種寫法，有直接在字旁添加鳥形者，如〈吳季子之子逞之劍〉，也有借用鳥形筆畫而成字者，如〈王子孜戈〉和〈大王光趄戈〉「用」字的豎畫借用鳥頸來表達。吳、越國的鳥蟲書「用」字，在構形方面和他國差別不大。
子	王子孜戈		甲 2418 史頌簋 包山 206	鳥蟲書「子」字多是將筆畫彎曲拉長，如〈吳季子之子逞之劍〉作 、〈蔡公子果戈〉作 ，未見似此處增單鳥形者。考慮到〈王子孜戈〉「王」字也增添了這種似獸似鳥的部件，可能和器主偏好有關。
戈	越王州句劍 越王句踐劍		乙 4692 師克盨	鳥蟲書「戈」字皆增單鳥形，可能和字本身右上方的筆畫 ，有時彎曲如鳥頭有關係，若增雙鳥形恐怕太過繁複。〈越王句踐劍〉的「戈」字增鳥形「邑」旁，本字則無用鳥蟲書。觀句踐劍銘文，字形雖用鳥蟲書，但增加的

	越王者旨於賜劍 越王盲姑劍	戉廩卣 陶文 1‧63	卻是簡單的鳥首，似乎也是爲了避免複雜。又若將「戉」字鳥首去除，仍可看出本字，因此爲可拆式單鳥形。
州	越王州句劍 越王州句矛	以 5327 井侯簋 包山 126	所有鳥蟲書「州」字都在上方增單鳥形，下方的本字則未加裝飾。雖然這些「州」字都出於越王州句器，但寫法如此一致的現象，說明即使是隨意性大的鳥蟲書，[註83] 也符合一般金文「相同器主文字風格差異不會太大」的情形。
土	越王州句劍	甲 2241 公子土斧壺 陶文 3‧520	「土」字上方增添鳥形以及和「王」字相似的蟲形筆畫，間接說明吳、越地區的「王」字作王，是其特有現象。
矛	越王州句矛 越大子不壽矛	戜簋 睡虎地	鳥蟲書「矛」字裝飾之鳥形皆和本字分開，且都添加在本字上方，和「州」字一樣體現了文字書寫的一致性。

〔註83〕鳥蟲書所增加的裝飾各字都不同，即使同樣增添單鳥形，鳥之形狀也有差異，因此是隨意性較大的字體。

旨	越大子不壽矛 越王者旨於賜劍	（鳥蟲書字形）	（甲 3065） 殳季良父壺 匽侯鼎 陶文 3・320	「旨」字在本字右方增添鳥形，是可拆式單鳥形字體。前文提到相同器主文字寫法應該類似，但作爲附加裝飾的鳥形，有時又不固定。例如同樣於 1930 年代安徽壽縣出土的兩把〈越王者旨於賜劍〉，〔註84〕「旨」字寫法就不同，一者有添鳥形（如本字），一者則作（圖），無增鳥形。
月	越王者旨於賜鐘	（鳥蟲書字形）	甲 225 頌鼎 陶文 3・658	「月」字似乎將本字當成鳥首，而在字之下方增加鳥的軀體和鳥爪，使整個字體看起來像一隻鳥。
日	越王者旨於賜鐘	（鳥蟲書字形）	乙 3400 且日戈 包山 55	「日」字鳥蟲書化的作法和「月」字一樣，去除鳥形裝式之後，仍可成字。
丁	越王者旨於賜鐘	（鳥蟲書字形）	甲 630 史頌簋 陶文 1・76 包山 4	「丁」、「日」、「月」三字構形一樣，應是文字類化的結果。依照第三章的分類來看，鐘銘爲「正月仲春，吉日丁亥」，則「日」字與「丁」字受到前面「月」字的影響而下方鳥形寫法一樣，屬於「形近類化」。其中「丁」字又隨「日」字而類化，屬於「隨文類化」一類。

〔註84〕容庚：〈鳥書三考〉，《燕京學報》第 23 期（1938 年 6 月），頁 287～289。

我	 越王者旨於賜鐘	我	甲 949 矢方彝 睡虎地	「我」字本義和斧戉有關，[註85]因此金文大多从「戈」。《歷代鐘鼎彝器款式法帖》所收〈維楊石〉本的〈越王者旨於賜鐘〉「我」字作，和〈姑馮句鑃〉「我」字作相似。這裡所收「戈」字是《嘯堂集古錄》本，於本字下增加鳥身。
田	 越王者旨於賜鐘	田	甲 673 令鼎 陶文 5 · 416	因鐘銘摹本不同，《嘯堂集古錄》本「田」字在鳥形之外還有增添二短橫，〈維楊石〉本「田」字則作無「＝」。林素清認為「＝」短橫飾筆以三晉文字為多，南楚和西秦則未見，[註86]此論點似乎還有再考慮的空間。
莫	 越王者旨於賜鐘	莫	甲 2034 散盤 陶文 3 · 47 包山 117	「莫」字象日從草出於草莽間之形，鐘銘增加單隻鳥形，去除裝飾則本字筆畫完整，為單鳥形可拆式。
亡	 越王者旨於賜鐘	亡	甲 2695 兮甲盤 陶文 4 · 110 包山 171	「亡」字〈之利殘片〉作，和〈越王者旨於賜鐘〉一樣都將本字穿插在鳥形之中，但鳥形抽離又不影響釋讀。

〔註85〕葉玉森：〈說契〉，《學衡》第 31 期（1924 年 7 月），頁 4282。

〔註86〕林素清：〈春秋戰國美術字體研究〉，《中研院史語所集刊》第 61 本第 1 份（1990 年 3 月），頁 36～37。

勿	越王者旨於賜鐘	勿	甲 640 師𠭯簋 包山 80	從古文字形可知〈越王者旨於賜鐘〉的「勿」字增添了一圓圈做鳥首，並且用彎曲的筆畫使字形似鳥。
乍	越王州句劍 越王盲姑劍 越王者旨於賜鐘 越王句踐劍	𠂇	乙 570 伯辰鼎 作父庚觶 陶文 2・4 睡虎地	〈越王盲姑劍〉「乍」字在下方增加了類似鳥爪的部件，〈越王句踐劍〉雖然沒有鳥首，卻在下方加了鳥爪。〈越王州句劍〉、〈越王者旨於賜鐘〉的「乍」字將本字寫在鳥形中間，去除這些鳥形筆畫，本字釋讀不受影響。
考	越王者旨於賜鐘	考	乙 12 大鼎 陶文 4・64	董楚平認爲「考」字上方的 ◘ 可能原爲鳥首，下部爲鳥身，除卻這些部份，剩下的 丂 可能是 丂 的誤摹。[註87]〈司土司簋〉「考」字作 丂、〈仲柟父〉丂，可見去除鳥形之後的 丂 不一定是誤寫，且拿去鳥形筆畫之後仍可成字。
賓	越王者旨於賜鐘	賓	甲 304 大簋 盧鐘	鳥蟲書「賓」字在上方增添 S 形筆畫，且於「貝」部上增鳥首，若去除鳥首仍可成字，爲單鳥形可拆式。

[註87] 董楚平：《吳越徐舒金文集釋》（杭州：浙江古籍出版社，1992 年 2 月），頁 168。

觀〈越王州句劍〉銘文呈兩行排列，除了「州」、「自」、「劍」三字作雙鳥形外，其他單鳥形的字鳥口方向一致，如右排的「戉」、「王」、「句」三字鳥嘴皆向右，左排的「乍」、「用」兩字鳥嘴皆向左，說明鳥蟲書除了字體本身的藝術美之外，也注意到整體銘文的美感。另外「丁」、「日」、「月」三字的類化現象，說明鳥蟲書也和一般文字的書寫情形相似。

四、單鳥形不可拆

單鳥形不可拆指文字書寫時於字上增添單隻鳥形，但字的筆畫和鳥形緊密結合，去除鳥形不可成字的情形。

表 4-2-4：單鳥形不可拆字例表

楷書	吳、越鳥蟲書	小篆	古文字字形	說　　　明
戈	王子扢戈	戈	甲 622 卣文 陶文 1・3 睡虎地	鳥蟲書「戈」字有如〈宋公欒戈〉作似蟲形者，也有如本器狀如鳥形者。在似鳥形的「戈」字中，幾乎都有畫出鳥首及鳥眼，如〈子𣅑戈〉作、〈蔡侯產戈〉作、〈自作用戈〉作，只有本器以線條和鳥爪表示鳥形。
句	越王州句劍 越王州句矛	句	前 8・4・8 鬲比盨 陶文 9・56 包山 67	「句」字从「口」、「丩」聲，州句器將丩形增繁為鳥形，下方的「口」也和鳥蟲書「邵」字（〈奇字劍〉作）、「敓」字（〈敓戟〉作）所從之「口」相似。

唯	 越王州句劍		 甲 1540 善鼎 陶文 3・525	鳥蟲書「唯」字右方的「隹」旁都較抽象，如〈邨子受鐘〉作、〈王子午鼎〉作，相較之下〈越王州句劍〉的「隹」旁畫出鳥冠顯得較具體
於	 越王於字殘鐘 越王者旨於賜劍 越王者旨於賜鐘 越王者旨於賜戈		 乙 7991 鳥且癸簋 陶文 5・185 睡虎地	鳥蟲書「於」字左半部都直接畫作鳥形，且多數鳥形都包含了鳥首，如〈夏鈎帶〉作、〈中山王響鼎〉作，還有本格所舉例之矛、劍、戈銘。但相同出土地點的另一把〈越王者旨於賜劍〉「於」字作，鳥首在左半部，而〈越王者旨於賜鐘〉的「於」字則無鳥首，這也反映了鳥蟲書書寫時的隨意性。
壽	 越大子不壽矛		 伯康簋 毛弔盤 陶文 3・834	觀古文字形，「壽」字主體作少有變化，矛銘將「壽」字所從「老」部改爲鳥首，又在字的下方增添鳥爪，但去除這些裝飾部件之後，主體仍清楚。此處就如林素清所言，附加裝飾的文字，多數是字體本身變化不大者。〔註88〕

〔註88〕　林素清云：「凡附加鳥、蟲紋飾字，多數是筆畫較少、或字體本身變化不大，所佔書寫空間較短而橫者，這些字體之添加鳥蟲紋飾，有助於拉長字體，使之更適作彎曲盤旋。」。參氏著〈春秋戰國美術字體研究〉，《中研院史語所集刊》第 61 本第 1 份（1990 年 3 月），頁 50

鳩	越王句踐劍 越王之子句踐劍	鳩	缺	「鳩」字从「鳥」、「九」聲，劍銘鳥旁並沒有特別鳥書化，反而是下方增加的「口」旁和鳥蟲書「口」字的寫法相似。
者	越王者旨於賜戈	酱	郤公牼鐘 白者君匜 陶文 3・273 侯馬 200：38	「者」字金文中有些有圓點，有些則無，〈越王者旨於賜戈〉「者」字上方寫作鳥形，屬於單鳥形不可拆式。
賜	越王者旨於賜劍	賜	詳前	「賜」字越國金文中大多「貝」旁和「易」旁皆作鳥形，此處只在「易」旁上增添裝飾。
亥	越王者旨於賜鐘 越王者旨於賜戈	亥	甲 3941 鐘伯鼎 陶文編 14・110 侯馬 194：5 先秦幣編 67	「亥」字最明顯是左邊突出類似鳥爪的部份，〈維楊石〉本所收同器的〈越王者旨於賜鐘〉「亥」字作，也是有相似筆畫。〈王子午鼎〉「亥」字作，左方並無鳥爪痕跡。推測可能是越國，甚至是者旨於賜年代所特有的標識。
貳	越王者旨於賜鐘	貳	甲 448 蔡侯鐘 邵大弔斧	金文中「貳」字上方所从「弋」旁有時作三筆如〈蔡侯鐘〉，有時爲四筆如〈邵大弔斧〉。〈越王者旨於賜鐘〉「貳」字將「弋」旁增爲鳥形，但筆畫數目並無增加，仍然爲三畫，說明鳥蟲書增加部件是在美化字體，而非更動

			結構。
		陶文 3・318	
順	越王者旨於賜鐘	何尊 中山王𧊒鼎 睡虎地	「順」字從「頁」從「川」，林義光謂從頁者，順從見於顏面，〔註89〕可知「頁」旁爲主要義符。鳥蟲書改「頁」爲鳥形，這種更動文字義符的情形，在一般金文中除非有文例之制約，否則較少見到。查鐘銘「順」字上下文例爲「順余子孫」，並無人名、地名等制約，鳥形的改動可能是出於美化的心理。

「亥」字寫法特殊，左方所從的 𠂆 部件未見於他國，似乎是越國所獨有。「貪」字和「順」字，前者上方將鳥形和「弋」旁結合，卻不更改字形結構；後者將義符「頁」旁改爲鳥形，卻又無文例上的制約，此兩字皆證明了鳥蟲書有時符合一般金文的書寫原則，有時卻又不合原則。

五、增飾蟲形

蟲形指文字在書寫時，於字上增添彎曲似蟲之筆畫的情形。

表 4-2-5：蟲形字例表

楷書	鳥蟲書	小篆	古文字字形	說　明
自	攻敔王光戈 大王光趠戈 越大子不壽矛	自	甲 392 散盤 陶文 3・695 包山 232	鳥蟲書「自」字除了〈虞公劍〉在上方增鳥形作 ，和前面所說的州句器在下方增雙背鳥形外，其餘的「自」字皆在下方增兩畫彎曲蟲形。

〔註89〕林義光：《文源》卷 11，《石刻史料新編》第 4 輯（臺北：新文豐出版社，2006 年 7 月），頁 598。

之	 王子孜戈 吳季子之子逞之劍 越王者旨於賜戈 越王者旨於賜鐘		 甲 180 乙 570 差君壺 陶文 5・384 包山 18	董楚平率先提出〈王子孜戈〉「之」字和〈吳季子之子逞之劍〉及〈玄鏐之用戈〉相似，這種寫法尚未見於別國。〔註90〕他國「之」字寫法大多如同〈越王者旨於賜鐘〉，兩豎畫連接到底下橫畫，另一豎畫則和兩豎畫相連，而吳國特殊寫法的「之」字則三豎畫接連到底下橫畫。另外多數「之」字豎畫止於和橫畫交接處，〈吳季子之子逞之劍〉銘文的兩個「之」字則豎劃突出橫畫。〈越王者旨於賜戈〉的「之」字也十分特別。
各	 越王者旨於賜鐘		 甲 730 胸簋 包山 227	「各」字從「口」從「止」，鐘銘在「止」旁上方增添彎曲蟲形 S 筆畫，下方之「口」也寫得和鳥蟲書「口」字相似。
大	 大王光趄戈 越大子不壽矛		 甲 387 子仲匜 陶文 1・44	矛銘「大」字無法確定其兩側的彎曲筆畫是鳥首，還是鳥喙，亦或只是單純的蟲形，因爲字形上未再出現鳥形部件，此處將之視爲蟲形。
趄	 大王光趄戈		 前 4・37・3 曾姬無卹壺	〈大王光趄戈〉「趄」字以筆畫粗細變化，來達到造形上的美感，〈董武鐘〉「趄」字作 則以修長的線條，展現鳥蟲書的藝

〔註90〕董楚平：〈金文鳥篆書新考〉，《故宮學術季刊》第 12 卷第 1 期（1994 年 10 月），頁 36。

			包山 135	術性。
戈	大王光趄戈	戈	甲 622 卣文 陶文 1．3 睡虎地	本器「戈」字不僅變化筆畫粗細，更於長豎畫上增加圓點。增飾圓點本是古文字常見的情形，鳥蟲書也不例外。
帝	越王者旨於賜鐘	帝	甲 779 井侯簋 陶文 5．392	鳥蟲書「帝」字於頂端增添蟲形筆畫 S，使得文字結構更爲修長，符合鳥蟲書的審美觀。
余	越王州句劍 越王者旨於賜鐘	余	甲 270 弔向簋 秦公簋 陶文 4．128 先秦幣編 13	鳥蟲書「余」字上方所增 S 形，常見於越國銅器，如此處的兩字、〈越王者旨於賜鐘〉的「帝」字（如上格）、「賓」字作、「各」字作、〈越王盲姑劍〉「古」字作、〈越王者旨於賜鐘〉「戟」字作等。「S」形筆畫爲越國所獨有，是很特殊的蟲形裝飾。
秌	越王州句劍	缺	缺	「秌」字所從「禾」旁和「乚」旁皆由將部分筆畫變粗，來達到藝術化效果。
邗	越王州句劍	邗	禺邗王壺	「邗」字在兩偏旁的豎畫中間，皆加了圓點，是裝飾性筆畫常見的現象。

王	 越王盲姑劍 越王者旨於賜劍		 甲 241 夨尊 陶文 4・20 包山 15 先秦幣編 68	吳、越「王」字幾乎都在上方增飾雙背鳥形，但偶有例外。〈越王盲姑劍〉寫在劍首上的「王」字即沒有這種裝飾，者旨於賜劍的「王」字也有不增鳥形的寫法。
北	 越王盲姑劍 越王盲姑劍		 甲 1636 休盤 陶文 3・661 包山 153	同樣是〈越王盲姑劍〉，上字刻於劍格，下字刻於劍首，可以看出和「王」字一樣，劍首上的銘文字體較簡單。又雖然嚴志斌認為 是雙背鳥形的簡略形式，但其中並無鳥首、鳥喙等部件，反而和越國獨有的「S」形筆畫較相似，因此這裡將之歸為蟲形。
古	 越王盲姑劍〉		 甲 1394 師旂鼎 陶文 5・465	鳥蟲書「古」字上方的 S 形是越國常見的標識，也具有拉長文字整體結構的效果。
淺	 越王句踐劍 越王之子句踐劍		 長沙帛書 漢印	「淺」字鳥蟲書皆增「口」形，且〈越王句踐劍〉銘文中「鳩」、「淺」、「劍」三字下部都增「口」形。〈越王之子句踐劍〉筆畫肥圓似蛇虺，「鳩淺」二字也添「口」旁。這種頻繁增添「口」部的現象，可能和器主風格有關。

乍	大王光趩戈	乡	乙 570 伯辰鼎 陶文 2．4 睡虎地	戈銘「乍」字在彎曲部份筆畫變粗肥，也是蟲形裝飾的特徵。
者	越王者旨於賜劍 越王者旨於賜鐘	嵩	邾公𥐂鐘 白者君匜 陶文 3．273 侯馬 200：38	鳥蟲書「口」字或和「口」相似的字，大約有兩種寫法，一為如此處「者」字一樣作，一為一般金文中的「口」形，如〈子可覛戈〉「可」字作、〈王孫名戈〉「名」字作。吳、越鳥蟲書「口」旁大多為第一種。
旨	越王者旨於賜鐘	旨	甲 3065 殳季良父壺 匽侯鼎 陶文 3．320	「旨」字上方的「匕」旁蜿蜒曲折，再配合下方鳥蟲書筆畫的「日」旁，是為標準的蟲形寫法。又從「者」、「旨」等字來看，「日」旁、「口」旁、「曰」旁等鳥蟲書形體，寫法均相似，都作形。
正	越王者旨於賜鐘	正	甲 193 鐘伯鼎 陶文 3．40 包山 271	鳥蟲書「正」字在字形下方增添類似蟲形的彎曲筆畫，而本字的最後一筆也拉長，使得字形整體顯得修長。

仲	越王者旨於賜鐘	仲	甲 398 中 散盤 中 先秦幣編 67	現今所傳的〈越王者旨於賜鐘〉只剩摹本，而各本之間又有差異，此處「仲」字出自《嘯堂集古錄》本，但《宣和博古圖錄》作、《古器物銘》作、〈維楊石〉本作，筆畫之間不全然相同。不過各摹本中間皆有類似「王」字的筆畫，「王」筆畫在〈吳季子之子劍〉「吳」字中也出現過。此筆畫是否爲吳、越所特有，目前因字例較少無法做推斷。
吉	越王者旨於賜鐘	吉	乙 3880 吉 命簋 吉 陶文 3·299 吉 包山 206	鳥蟲書「吉」字有增兩鳥形如〈虞公劍〉作，也有整體結構拉長如〈王子午鼎〉作，鐘銘「吉」字則改變下方「口」旁爲蟲形。
金	越王者旨於賜鐘	金	金 叔卣 金 邾公華鐘 金 禽簋 金 陶文 3·834 金 包山 116	鳥蟲書「金」字寫法不一，如〈虞公劍〉增鳥作、〈自用命劍〉作、〈蔡劍〉作。都在本字上另作裝飾。鐘銘「金」字所從的四小點，筆畫彎曲類似蟲形，是直接改造本字筆畫爲鳥蟲書的例子。

鐘	（越王者旨於賜鐘）	鐘	楚公鐘 包山 170	董楚平認爲字上部像鐘形，下部像鐘架，〔註91〕整體爲象形字。金文「鐘」字皆从「金」、「童」聲，到了鳥蟲書則改爲象形字，可能是爲了配合這種字體的美術性，而以形象化的方式表達「鐘」的概念。
臺	（越王者旨於賜鐘）	臺	上官登 睡虎地	鳥蟲書「臺」字不管下方从「口」與否，都增飾彎曲的蟲形筆畫，而無增鳥形者。
戠	（越王者旨於賜鐘）	缺	缺	「戠」字所从「喜」旁〈伯喜簋〉作，鐘銘更改「喜」旁上方三豎畫爲 S 形，亦是越國特有標示的顯示。
夙	（越王者旨於賜鐘）		乙 433 追簋 睡虎地	《說文》謂「夙」字象人持事雖夕不休，有早敬之意。鐘銘在「夙」字上方增添和〈越王盲姑劍〉「北」字相似的蟲形，所从「人」旁也較不明顯。
疆	（越王者旨於賜鐘）	疆	毛伯簋 郘公鼎	鐘銘「疆」字上方彎曲的筆畫爲越國特有的蟲形標誌。

吳器銘文的「之」字三豎畫皆連接到底部橫畫作 形，是該國特殊的寫法；越器銘文上方增飾的「S」形筆畫、蟲形裝飾 未見於他國，亦是判斷國別的標識之一。句踐器文字喜增添「口」旁、〈越王者旨於賜鐘〉「仲」字和〈吳季

〔註91〕董楚平：《吳越徐舒金文集釋》（杭州：浙江古籍出版社，1992 年 2 月），頁 167。

子之子逞之劍〉「吳」字所添的「┴」筆畫、〈越王者旨於賜鐘〉「鐘」字改爲象形文等，是十分特別的現象。

第三節　小　結

　　「鳥蟲書」首見於文獻是許慎的《說文解字・敍》，敍中有「蟲書」和「鳥蟲書」兩種稱呼，說明這兩者所指範圍有別。考察古籍文獻中對於蟲書的記載，大約有廣義和狹義兩種，前者包含鳥、蟲、魚、龍、鳳等美術字體，後者指筆畫彎曲、回繞的字體。典籍中很難實際區分兩者，因此以「鳥蟲書」的名稱來稱呼，是較適當的方法，而從名稱上可推知這種字體是加有鳥、蟲形裝飾，線條曲折的美術字。早期有學者以爲鳥蟲書在商代銅器及武乙卜辭中就有，但後人以殷商鳥圖騰崇拜和發現字例太少爲由，推翻了此說。鳥蟲書較爲系統的出現是春秋中期，以〈王子午鼎〉爲代表，直到兩漢之間這種字體都十分盛行。這和作爲鳥蟲書發源國楚國的地理環境、鳥鳳信仰有關係，而鳥蟲書所處的時代背景以及各國之間的互動關係，又把這種字體推廣至各國。鳥蟲書依形體繁簡不同、字體和鳥形裝飾結合程度的差異及鳥、蟲形裝飾的擺放位置等，可以做不同分類，其中林素清之分法較清晰，可做參考。

　　吳、越鳥蟲書在構形方面可分爲雙鳥形可拆、雙鳥形不可拆、單鳥形可拆、單鳥形不可拆、增飾蟲形五類，各類之中都有些特別的字形如下所述：

表 4-2-6：吳、越鳥蟲書特殊字例表

特殊筆畫	楷書	字　　例	說　　明
字上方增雙背鳥形	王	吳國：、 越國：、、	除了〈越王盲姑劍〉銘文鑄於劍首的一把和〈越王者旨於賜劍〉出土於壽縣的其中之一把外，其餘吳、越銅器的「王」字皆在上方增飾雙背鳥形。其中吳國所增鳥形只有鳥喙，而越國則繪出圓圈形鳥首及鳥喙。
字下方增雙背鳥形	自、劍	、、	此兩字在鳥蟲書中皆增飾下方彎曲筆畫，未見增添雙鳥形者。這種在附加筆畫之上，又添雙鳥形的增飾方式，可能是越王州句器的特點。

似獸似鳥形紋飾	王、季		此兩國增添的紋飾是吳國和宋國所獨有。
缺少起首短橫	元		古文字缺少開頭筆畫恆見，吳、越金文也不例外（參第三章第一節）。但鳥蟲書「元」字中，卻只有吳、越缺少起首橫畫，至於此兩國要將鳥書與非鳥書「元」字作區隔的原因，還要再討論。
增添鳥爪	亥		越王者旨於賜器的「亥」字會在左方增添鳥爪，是該器主或該國「亥」字的特有符號
三豎畫連接底部橫畫	之		吳國「之」字的三豎畫都和底畫相連，他國則只有兩豎畫連接，而〈吳季子之子逞之劍〉的「之」字豎畫又貫穿底部橫畫，是該國特有的寫法。
文字上方增添 S 形	賓、各、帝、余、古、戠		在字之上方增添 S 形筆畫，是越國獨有的裝飾。

　　除了這些字以外，本文還發現了一些現象，如銘文刻鑄的位置不同，也會影響字形寫法。如〈越王盲姑劍〉刻於劍格上的字，較刻於劍首上的字繁複，「王」字、「丌」字、「北」字都如此。又如〈越王州句劍〉鑄於劍身上的字，也比鑄於劍格上的字多了鳥形裝飾，「自」字、「劍」字爲其例。另外相同器主、銘文和出土地點的器物，有時文字構形也有差異。如〈越王者旨於賜劍〉出土兩把，其一文字較繁複，如有增雙背鳥形的「王」字、增單鳥形的「旨」字、「貝」旁與「易」旁皆作鳥形的「賜」字；其二爲去除或簡化鳥形裝飾的「王」字、「旨」字和「賜」字。鳥蟲書除了字體的藝術美之外，有時候還會顧及整體銘文的美感，如〈越王句踐劍〉的銘文排列，單鳥形字體的鳥喙方向一致。

　　最後是鳥蟲書和一般金文在書寫規則上的異同，相同點是鳥蟲書多少也有一般金文中的「類化」現象，如「日」、「月」、「丁」三字間，就有自體類

化和隨文類化的情形。另外鳥蟲書中有一些字如「州」、「矛」等，在任何國家中的寫法皆類似，說明鳥蟲書在附加裝飾時，也有其規範。相異處爲一般文字替換義符時，應該要有文例上的制約（詳第三章第三節），但〈越王者旨於賜鐘〉「順」字直接將「頁」旁畫爲鳥形，更改義符的形狀。

第五章　結　論

　　吳、越、徐、舒相關的研究，從早期對族屬、文化源流的探討，到出土報告發表之後，許多研究器物形制、國別、年代和銘文內容的論文紛紛出現，以及近來字典、匯編和綜合研究的面市，對於四國金文有更多的認識。本文在此基礎上，透過圖版、拓片的整理和資料蒐集，針對四國銅器的銘文內容、銘文構形和鳥蟲書特色做全面的分析，以期能揭示出四國文字的更多面向。以下第一節爲研究成果綜述，分成銅器釋讀、銘文構形和鳥蟲書構形研究三個部份，將四國金文的特色以及前人有疑議之處做個總結。第二節爲未來研究展望，包含研究中遇到的困境及待解決的問題，並提出吳、越、徐、舒四國研究的新方向。

第一節　研究成果綜述

一、銅器釋讀

（一）吳　國

　　〈宜侯夨簋〉是目前發現的最早吳國有銘銅器，年代大約在西周康王時期。對於〈宜侯夨簋〉的器主是誰至今仍無定論，但從器物出土地、銘文內容和作冊諸器相對照，可推知虞侯的原封地爲洛陽，到了康王時才遷移到江蘇，並改

稱爲宜侯。〈者減鐘〉鑄於魯宣公、文公之際，器主爲吳王句卑之子去齊，透國銘文對「皮難」和「者減」的稱呼，對照出吳國在發音上和中原國家的差異。〈配兒句鑵〉是夫差之兄太子波所作，波、終纍和配兒爲同一人的不同稱呼。器銘「先人 $\square$ 訏」第三字上部殘損，對照徐國〈儔兒鐘〉「後民是語」句，推測該字爲「是」字。〈吳王光殘鐘〉內容記載闔閭九年敗楚入郢之事，銘文 $\square$ 字釋作「辟」，多出來的「口」旁可能和秦簡「尸」旁寫作 β 一樣，都是累增的偏旁。

〈叡巢編鎛〉從銘文中自稱爲吳王之「玄孫」來看，器主「叡巢」和其父親「詨」，並非是諸樊和其父吳王僚。〈邗王是野戈〉自稱「邗王」反映出吳、干之戰的最後結果——邗被吳所滅，並遷都、去舊號。〈工獻太子姑發劍〉器主「姑發冑反」即吳王諸樊，前者爲王的本名，後者爲名字的合音，至於史籍中所記的「遏」、「謁」可能爲其字或稱號。〈工盧季子劍〉銘文 $\square$ 、 $\square$ 二字諸家釋作「受余」，意思未詳，筆者根據古文字形和吳器、徐器的銘文圖版，認爲應該釋爲「後子」二字，但意思仍費解。〈攻盧王姑發邸之子劍〉 $\square$ 字應該釋「尋」，銘文「員」字非曹錦炎以爲的字義不詳，而應是器主名字的一部份。因此本器主名爲「曹□眾尋員」，和〈壽夢之子劍〉稱壽夢作「姑發難壽夢」一樣以五字爲名。

〈諸樊之子通劍〉討論篇章較少，銘文 $\square$ 字學者釋爲「者」，筆者以爲本字下半部從「舌」，且和〈工盧季子劍〉「䚕」字相似，應據此隸定作「䚕」。〈攻敔工敘戟〉 $\square$ 字雖然上半部模糊，但下部所從和「差」字、「季」字、「年」字等相差很遠，應當釋爲「敘」字，「工敘」讀作句餘即余祭。〈攻盧王叡戉此鄴劍〉器主「叡戉此鄴」和〈壽夢之子劍〉銘文中的「叡戉鄴」當爲同一人，從即位年代來看應該是吳王余祭。〈工盧大叡鈹〉銘文讀爲「工盧大叡自元用矢」，缺少掉的「作」字可能爲脫漏，器主名「大叡」，「矢」則爲器類名。〈吳王夫差矛〉銘文最後一字釋作「鏦」，是吳、越地區對於矛的別稱。〈禺邗王壺〉「禺」字讀作「吳」，銘文內容是趙孟贈金給吳王夫差作壺。歷來器主和年代有爭議的銅器，經過本文討論之後，羅列如下：

表 5-1-1 吳國銅器器主疑議表

吳國王室	銅 器 名	備 註
吳王去齊	〈者減鐘〉	
太子波	〈配兒句鑃〉	
吳王余祭	〈攻敔工叙戟〉	作爲尚未即位之前
	〈攻盧王叡戉此鄦劍〉	已即位稱王
	〈壽夢之子劍〉	
	〈工盧大叡鈹〉	
吳王夫差	〈王子孜戈〉	

（二）越 國

〈越王者旨於賜鐘〉因摹本眾多，釋文差異頗大，筆者在探討時有所定奪。如時令上應爲「仲春」，而非「王春」、「孟春」或「季春」；[圖] 字又下方的「＝」符號，是鳥爪和鳥羽的省略，並非合文，因此當釋爲「田」。〈者汈編鐘〉是越王翳十九年（公元前 393 年）的標準器，銘文斷句方面各家有爭議，正確句逗應爲「以克總光朕躬。万之慸學，趄趄哉，弼王宅」，是期許者汈能夠發揚朕的榮耀之意。[圖] 字釋爲「訕」，有「祭禱」之意，正好和下文「齊休告成」意思相當。通篇鐘銘內容是者汈的作爲引起越王的憂愁，因此越王鑄鐘勸勉者汈要接續越王的光榮、虛心學習。〈其次句鑃〉、〈姑馮句鑃〉的「句」字不從「金」，吳國〈配兒鈎鑃〉「鈎」字從「金」，是判斷國別的依據之一。〈越王之子句踐劍〉劍長 47 公分，從形制上看是越國有銘銅劍中年代最早的。〈越王者旨於賜戈〉背面銘文應釋爲「戈亥郐侯之皇」，反映徐人受到越國庇護，仰人鼻息的情狀。

〈越王者旨於賜矛〉、〈越大子不壽矛〉和吳器〈叡巢編鎛〉、〈工盧大叡鈹〉都有銘文誤植的情形，這種現象和製作精良的吳、越銅器形成對比，值得探討。〈越王州句劍〉出土十六把，銘文相同，唯現藏臺灣古越閣的一把，在銘文末端多出「唯余土卷邗」五字，反映越王州句十九至三十四年佔領邗國的歷史，也說明此劍鑄於州句三十四年前後。〈越王差徐戈〉爲私人所藏，因此較少見於著錄，器主和年代待考。銘文隸定上因拓本清晰，爭議較少，但釋讀上則各有己見。較可通的釋文應爲「未得居乍金，豪（就）差郐之爲王」，「乍金」指的是姑蘇山以北的「蘇陰」，銘文反映越國到越王差郐時遷都至姑蘇的一段歷史。

越國銅器的器主大約都已確定，較無可議者，因此不另行列表

（三）徐國、舒國

〈余大子鼎〉銘文「于」字的上一字殘缺，高應勤釋為「賓」，筆者以為應該改釋為「賓」，「賓于」的用法可見於《左傳》。〈徐王糧鼎〉　　字應釋為「鱻」，下部從「羔」不從「鬲」；　　字釋為「魚」，文獻中「魚腊」一詞常連舉。〈庚兒鼎〉出土於晉地山西上馬村，從出土地推測該鼎作於魯襄公年間，此時吳、鄭、齊等國都曾到過晉國，〈庚兒鼎〉可能於此時入晉，鼎銘　　字和〈徐王糧鼎〉一樣同釋為「鱻」。〈宜桐盂〉作於禧公、文公時期，器主不可考，但從銘文稱呼上可知非嫡子，盂銘在時令上應釋為「初吉日己酉」較佳。〈䢅邡鼎〉銘文顯示舒國當時已經服從於吳，從史籍記載來看，本器之年代當在公元前五百年前後。鼎銘在時令上應釋為「丁亥甫遬時」，相當於現在的申時，　　字下部從「羔」，上部中間從「言」應釋作鸞。

〈沇兒鎛〉器主是徐王庚之子，年代也在襄公時期。鐘銘「皇皇趣趣」的「皇」字是徐國等江淮銅器的特點，中原黃河流域銅器大多作「它它熙熙」。〈儔兒鐘〉器主是徐王義楚之大臣，本器出土資料不明，但從前人銘文斷句和釋讀來看，出土年代可能早於 1888 年發現的義楚器。從〈沇兒鎛〉、〈庚兒鼎〉和〈儔兒鐘〉等器來看，徐國人名多以「兒」字做詞尾，且只限自稱。〈徐王子旃鐘〉器主為徐君子旃，揭示了徐國未即位的嫡子並不稱為「王子」，鐘銘　　字拓片不清楚，學者釋為「敆」字，或缺釋。筆者根據〈湯鼎〉和〈儔兒鐘〉字形，以及金文文例改釋為「敬」字。〈徐王義楚盥盤〉從紋飾上多有浮雕圈點蟠虺紋來看，定名稱為「盥盤」較「小鑑」為佳。〈徐缶蓋〉銘文釋讀順序，第一至三圈的起首字應為「邾」、「擇」、「永」，器主身分不可考，但從銘文有刮毀痕跡來看，作器時代當在章禹之後。〈湯鼎〉的年代在徐國滅亡之後，銘文反應了亡國之後將涂地風俗引進浙江的歷史。

總結來說，從吳國銅器的國名稱呼上可以發現，諸樊之前的銅器作「工獻」，諸樊至季札時期作「工盧」，其中余祭時期「獻」和「盧」漸漸由「敔」和「致」字取代，闔閭時已寫作「攻敔」、「句敔」和「吳」。徐國的日用器如〈徐王元子

爐〉、〈徐令尹者旨型爐盤〉和〈徐王義楚盥盤〉等，反映了該國器名多用複合名詞的現象。從器物形制來看吳國和徐國的食器，在春秋中期之前並無獸形裝飾，如〈宜侯矢簋〉、〈余大子鼎〉、〈余子汆鼎〉和〈徐王糧鼎〉，而到了春秋中、晚期開始出現夒紋、獸面紋等裝飾。越國出土的有銘銅器類形較少，且無越式鼎等有銘食器的發現、器主身分較集中和國名的不同寫法較統一等情形，是可以再從不同面向探討的問題。

二、銘文構形

本文以小篆爲基準點，將銘文構形分爲簡化、繁化、類化和變異三種，以下以表格表示，其中「字例」一欄在文字前方打「*」者，是寫法較特殊的字。

（一）簡　化

表 5-1-2：四國金文簡化分類表

分　類	細　項	字　例	說　明
筆畫簡化	省略開頭筆畫	元、祀、亥、商	
	筆畫無貫穿	王、士、至、夫	
	缺筆	皇、*余、用、保、*乍、臺、鐘	和 和小篆及一般金文的寫法相比皆少一畫。
	缺少點	宴、者、易、湯	
偏旁簡化	簡化義符	若、行、監、姑、*癸、隹、身、縱、御	作交叉形，但因爲有文例制約，不會和「乂」、「五」等字混淆。
	省略義符	春、臧、郢、*眾、西、*發、終、處、年	省略「目」旁，但从「三人」亦可表現出眾多之意。 和甲骨文的寫法一樣省略「弓」旁。
	省略聲符	*倏、㽙	所从「攸」旁，省略「攴」部
共用筆畫		吳、青、至于（合文）、汭涇（合文）	

（二）繁　化

表 5-1-3：四國金文繁化分類表

分　類	細　項	字　例	說　明
筆畫增繁	增添筆畫	天、正、王、庶、*光、旨、峊、至、酉、穌、念	吳、越金文 字或從「光」之字上方皆有短橫，可做為識別吳國的依據之一。
	筆畫貫穿	于、*呂	及從「呂」之字豎畫皆貫穿兩圓圈。
	增加點	光、*坪、金、克、成、王	多增添了兩點在古文字形中少見。
偏旁增繁	增添義符	登、薦、得、鼎、召、減、鼓、舍、舞	
	增添贅旁、贅筆	御、青、鳴、庚、匽、余	
	增添同形	敗、宜、敬	
	增添聲符	兄、盧	

（三）類化與變異

表 5-1-4：四國金文類化與變異分類表

分　類	細　項	字　例	說　明
類化	自體類化	*剌、語、良、追、城、辟、題	所從「束」旁的 ⃝，受到上方筆畫的影響也寫成 ⌣。
	隨文類化	是、*安、*呼	受到上文「女」字的影響省略「宀」旁。 受到上文「鳥」字的影響而添鳥旁。
	形近類化	樂、從、聞	

變異	方位互移	命、攸、朕、叡	
	義近替代	型、*盟、鑄、敬、寺、專、期	改「皿」旁爲「示」旁。
	形近訛混	逞、馮	
	義異別構	遞	

三、鳥蟲書構形研究

　　本文鳥蟲書分爲增添雙鳥形、增添單鳥形和增添蟲形三種，其中雙鳥形和單鳥形又各自分爲可拆式與不可拆式，以下以表格列出各字例，並於字前打「*」以標示字形特別者。

表 5-1-5：吳、越鳥蟲書分類表

分　類	字　例	說　　明
雙鳥形可拆	攻、*季、*王、*自、丌、皇、用	增雙獸首鳥形，是吳國和宋國特有的裝飾。增雙背鳥形，下方的豎畫也彎曲，其中鳥首畫成圓圈狀張口形爲越國所獨有，吳國鳥首則無圓圈也無張口。州句器「自」字下方增雙鳥
雙鳥形不可拆	*劍、賜	和「自」都在附加筆畫之外又增添雙鳥形，這可能是州句器的特點。
單鳥形可拆	*元、用、*子、戈、州、土、旨、月、日、丁、我、田、莫、亡、勿、乍、考、*賓	吳、越鳥蟲書「元」字皆少起首筆畫，但一般寫法的「元」字則多數有短橫。增單獸首鳥形，爲吳、宋二國之特色。增 S 形裝飾，是越國獨有的飾筆。

單鳥形不可拆	戈、句、唯、於、壽、鳩、者、賜、*亥、貮、順	左方有鳥爪，可能是越國或者旨於賜時期特有的裝飾。
增飾蟲形	自、*之、*各、大、起、戈、*帝、*余、𥅆、王、北、*古、淺、乍、者、旨、正、仲、吉、金、鐘、臺、*戠、夙、疆	三豎畫連接底部橫畫，爲吳、越獨有的寫法。增添越國特有之 S 形筆畫。

第二節　未來研究展望

對於吳、越、徐、舒四國文字的研究，仍有許多補強空間，尤其是舒國，因出土器物缺少、拓本不清晰或器物殘損，導致銘文釋讀困難，這些問題都有待釐清。本文在研究上以材料匯整、比較和前人考釋爲主，對於待識字的考證以及和楚系他國文字，甚至是與他系文字的比較上，較顯薄弱。以下是尙有開拓空間的一些面向，有待日後更深入的探討：

一、圖版整理

施謝捷《吳越文字彙編》、張光裕、曹錦炎《東周鳥篆文字編》等書，收錄文字齊全，是研究四國金文不可或缺的工具書。但在研究文字構形時，鳥蟲書圖版的眞確性是個問題。目前鳥蟲書銘文多爲摹本，而摹本易失眞。如〈越王者旨於賜鐘〉「我」字〈維楊石〉本作　，《嘯堂集古錄》本作　，差異頗大。如何在眾摹本之間或摹本和拓本之間取得平衡，十分重要。

二、國別判定

銅器國別的判定，通常以銘文內容以及特殊字形爲依據，但銘文中對人名的稱呼往往因語言差異而有不同，如吳王余祭在銅器中就有「工敍」、「虘戜郮」、「大虘」等寫法。將歷史典籍和銘文內容相對照，以判定器物年代，也是常使用的方法，但許多時候銘文上記載的事件，在史籍中沒有紀錄，更是增加斷代的困難。本文並未收錄在國別判定方面有爭議的銅器，如〈之利

鐘〉、〈能原鎛〉、〈南疆鉦〉等，若日後有更堅強的證據證明其國別，釐清四國銅器的模糊地帶，對往後的研究助益頗大。

三、文字識別和歸納

銅器出土時的狀況、鏽蝕程度、搨印技術高低、拓本或圖版的保存情形等，都會影響文字的釋讀，學者對此做了很多努力，考釋、拼湊出一篇篇的銘文。本文對於待識字較無探討，某些根據殘損銅器、拓片而臆測的字，在文意上仍有討論空間。另外鳥蟲書字體因整體總數不多，許多字都只有一、兩個字例可循，我們很難僅根據少數字例，就判定某裝飾或符號為某國所特有，因此在文字特徵的歸納上，可以再衡量。

吳、越、徐、舒四國金文在楚系文字，或是整個南方文字中，都有其研究價值，本文試圖整理所有出土材料，歸納四國的文字特色，以期對四國有更多的認識。在研究方法或資料分析上，本文尚顯不足，有待日後補證。

參考書目

一、古　籍（依作者年代遞增排序）

1. 〔漢〕戴德：《大戴禮記》（臺北：臺灣商務，1979 年，四部叢刊正編據上海涵芬樓借無錫孫氏小綠天藏明袁氏嘉趣堂刊本景印）。

2. 〔漢〕袁康：《越絕書》（成都：巴蜀書社，1993 年，中國野史集成據上海涵芬樓借江安傳氏雙鑑樓藏明雙栢堂刊本影印）。

3. 〔漢〕趙曄：《吳越春秋》（臺北：新文豐出版，1989 年）。

4. 〔漢〕揚雄：《方言》（北京：中華書局，1985 年，叢書集成影印逸史本）。

5. 〔漢〕陳壽：《三國志》（臺北：中華書局，1966 年，四部備要據武英殿本校刊）。

6. 〔三國吳〕韋昭注《國語》（臺北：漢京文化出版，1983 年）。

7. 〔晉〕崔豹：《古今注》（臺北：臺灣商務，1984 年，四部叢刊廣編據上海涵芬樓景印宋刊本影印）。

8. 〔南朝宋〕范曄：《後漢書》（臺北：中華書局，1991 年影印中華書局據武英殿本）。

9. 〔南唐〕徐鍇：《說文繫傳》（臺北：中華書局，1966 年，四部備要據小學彙函本影印）。

10. 〔唐〕韋續《墨藪‧第五十六種》（臺灣：商務印書館，1966 年，叢書集成簡編據十萬卷樓叢書本排印）。

11. 〔唐〕封演《封氏聞見記‧文字》（臺灣：商務印書館，1986 年，景印文淵閣四庫全書據國立故宮博物院藏本影印）。

12. 〔宋〕羅泌：《路史‧國名記丙‧越》（北京：北京圖書館，2003 年，中國國家圖書館藏宋刻本影印中華再造善本）。

13. 〔宋〕鄭樵:《通志略》（臺北:中華書局,1966 年,四部備要據金壇刻本校刊影印）。

14. 〔清〕吳闓生:《尚書大義》（臺北:中華書局,1986 年 11 月）。

15. 〔清〕梁玉繩:《史記志疑》（臺北:臺灣學生書局,190 年 7 月）。

16. 〔清〕吳大澂:《說文古籀補》（上海:上海古籍出版社,2002 年,續修四庫全書據上海圖書館藏清光緒七年刻本影印）。

17. 〔清〕孫葆田:《山東通志》（臺北:華文出版社,1969 年,中國省志彙編據清宣統 3 年修民國 4 年山東日報館排印本影印）。

18. 〔清〕王國維:《國朝金文著錄表》（臺北:藝文書局,1971 年,百部叢書集成續編影印雪堂叢刻本）。

19. 〔清〕王國維:《史籀篇疏證》（臺北:商務印書館,1976 年 12 月）。

20. 〔清〕王國維:《觀堂集林》（上海:上海書店,1992 年）。

21. 〔清〕王杰等:《西清續鑑乙編》（上海:上海古籍出版,2002 年,續修四庫全書據復旦大學圖書館藏民國二十年北平文物陳列所石印寶蘊樓抄本影印）。

22. 〔清〕羅振玉:《增訂殷墟書契考釋》（臺北:藝文書局,1981 年 3 月）。

23. 〔清〕羅振玉:《殷虛書契考釋三種》（北京:中華書局,2006 年 1 月）。

24. 〔清〕羅振玉:《甲骨文字集釋》（臺北:中央研究院歷史語言研究所,1965 年）。

二、專　書（依作者姓氏筆畫遞增排序）

1. 〔日〕瀧川資言:《史記會注考證》（高雄:復文圖書公司,1991 年 7 月）。

2. 丁佛言:《說文古籀補補》（北京:中華書局,1988 年 2 月）。

3. 于省吾:《甲骨文字釋林》（北京:中華書局,1983 年 8 月）。

4. 中國社會科學院考古研究所編:《殷周金文集成釋文》（香港:香港中文大學中國文化研究所,2001 年 10 月）。

5. 王寧:《春秋金文構形系統研究》（上海:上海教育出版社,2005 年 10 月）。

6. 毛穎、張敏:《長江下游的徐舒與吳越》（武漢:湖北教育出版社,2005 年 1 月）。

7. 白玉崢:《契文舉例校讀》（臺北:藝文出版社,1988 年 3 月）。

8. 江蘇省吳文化研究會編:《吳文化研究論文集》（廣州:中山大學出版社,1988 年 8 月）。

9. 宋公文、張君:《楚國風俗志》（武漢:湖北教育出版,1995 年 7 月）。

10. 安徽省博物館:《壽縣蔡侯墓出土遺物》（北京:科學出版社,1956 年 12 月）。

11. 李世源:《古徐國小史》（南京:南京大學出版社,1990 年 5 月）。

12. 李圃主編:《古文字詁林》（上海:上海教育出版社,2000 年 12 月）。

13. 李學勤:《東周與秦代文明》（上海:上海人民出版社,2007 年 11 月）。

14. 李孝定:《金文詁林讀後記》（臺北市:中央研究院歷史語言研究所,1982 年 6 月）。

15. 李孝定：《甲骨文字集釋》（臺北：中央研究院歷史語言所，1991 年 3 月）。

16. 吳其昌：《殷虛書契解詁》（臺北：文史哲出版社，1961 年 1 月）。

17. 何琳儀：《戰國文字通論》（北京：中華書局，1989 年 4 月）。

18. 何琳儀：《戰國古文字典》（北京：中華書局，2007 年 5 月）。

19. 孟文鏞：《越國史稿》（北京：中國社會科學出版社，2010 年 3 月）。

20. 施謝捷：《吳越文字彙編》（南京：江蘇教育出版社，1998 年 8 月）。

21. 柏楊：《中國帝王皇后親王公主世系錄》（臺北：星光出版社，2000 年 11 月）。

22. 故宮編輯委員會：《故宮青銅兵器圖錄》（臺北：故宮，1995 年 1 月）。

23. 高鴻縉：《中國字例》（臺北：三民出版社，1976 年 1 月）。

24. 高明：《中國古文字學通論》（臺北：仰哲出版社，1983 年 7 月）。

25. 高田忠周：《古籀篇》（臺北：宏業書局，1975 年 1 月）。

26. 徐中舒：《甲骨文字典》（成都：四川辭書出版社，2006 年 9 月）。

27. 唐蘭：《五省出土重要文物展覽圖錄》（北京：文物出版社，1958 年 10 月）。

28. 唐蘭：《天壤閣甲骨文存》（北京：北京圖書館，2000 年）。

29. 陳獨秀：《小學識字教本》（臺北：學海出版社，2007 年 6 月）。

30. 陳夢家：《海外中國銅器圖錄》（臺北：台聯國風出版，1976 年 10 月）。

31. 陳槃：《春秋大事表列國爵姓及存滅表譔異》（臺北：中央研究院歷史語言研究所，1988 年 6 月）。

32. 陳昭容：《秦系文字研究》（臺北：中研院史語所，2003 年 7 月）。

33. 陳昭容：《新收殷周青銅器銘文暨器影彙編》（臺北：藝文印書館，2006 年 4 月）。

34. 容庚：《商周彝器通考圖錄》（臺北：文史哲出版，1983 年 2 月）。

35. 馬承源：《商周青銅器銘文選》（北京：文物出版社，1986 年 8 月）。

36. 馬承源編：《中國青銅器》（臺北：南天出版社，1991 年 10 月）。

37. 馬承源編：《吳越地區青銅器研究論文集》（香港：兩木出版社，1997 年 1 月）。

38. 馬敘倫：《說文解字六書疏證》（臺北：鼎文書局，1975 年 10 月）。

39. 孫詒讓：《名原》（濟南：齊魯書社，1986 年 5 月）。

40. 郭沫若：《青銅時代》（北京：科學出版社，1957 年 9 月）。

41. 郭沫若：《兩周金文辭大系圖錄考釋》（上海：上海書店，1999 年 7 月）。

42. 郭沫若：《奴隸制時代》（北京：科學出版社，1986 年 11 月）。

43. 郭沫若：《卜辭通纂》（成都：四川辭書，1976 年 5 月）。

44. 商承祚：《說文中之古文考》（上海：上海古籍出版社，1983 年 3 月）。

45. 曹錦炎：《商周金文選》（杭州：西冷印社，1990 年 3 月）。

46. 曹錦炎：《吳越歷史與考古論叢》（北京：文物出版社，2007 年 11 月）。

47. 張光裕、曹錦炎：《東周鳥篆文字編》（香港：翰墨軒出版，1994 年 9 月）。

48. 張光直：《青銅揮塵》（上海：上海文藝，2000 年 1 月）。

49. 張曉明：《春秋戰國金文字體演變研究》（山東：齊魯書社，2006 年 11 月）。

50. 周法高：《金文詁林》（香港：中文大學，1975 年）。

51. 童書業：《春秋左傳研究》（上海：上海人民出版社，1980 年 10 月）。

52. 童書業：《童書業歷史地理論集》（北京：中華書局，2004 年 9 月）。

53. 董楚平：《吳越徐舒金文集釋》（杭州：浙江古籍出版社，1992 年 12 月）。

54. 葉玉森：《殷虛書契前編集釋》（臺北：藝文印書館，1966 年 10 月）。

55. 楊伯峻：《春秋左傳注》（高雄：復文出版社，1991 年 9 月）。

56. 楊式昭：《春秋楚系青銅器轉型風格研究》（臺北：史博館，2005 年 12 月）。

57. 楊樹達：《積微居金文說》（長沙：湖南教育出版社，2007 年 12 月）。

58. 鄭小爐：《吳越和百越地區周代青銅器研究》（北京：科學出版社，2007 年 12 月）。

59. 劉彬徽：《楚系青銅器研究》（武漢：湖北教育出版社，1995 年 7 月）。

60. 劉彬徽、劉長武編：《楚系金文匯編》（武漢：湖北教育出版社，2009 年 5 月）。

61. 劉釗：《古文字構形學》（福州：福建人民出版社，2006 年 1 月）。

62. 盧連成、胡智生：《寶雞強國墓地》（北京：文物出版社，1998 年 10 月）。

63. 戴家祥：《金文大字典》（上海：學林出版社，1999 年 5 月）。

三、學位論文（依作者姓氏筆畫遞增排序）

1. 林文華：《吳國青銅器銘文研究》（高雄：高雄師範大學國文學系碩士論文，1998 年）。

2. 林清源：《楚國文字構形演變研究》（臺中：私立東海大學中國文學所博士論文，1997 年）。

3. 洪燕梅：《秦金文研究》（臺北：國立政治大學中國文學所博士論文，1998 年）。

4. 陳國瑞：《吳越文字研究》（高雄：中山大學中國文學所碩士論文，1997 年）。

5. 許仙瑛：《先秦鳥蟲書研究》（臺北：國立臺灣大學中國文學所碩士論文，1999 年）。

6. 黃靜吟：《楚金文研究》（高雄：國立中山大學中國文學所博士論文，1996 年）。

7. 徐再仙：《吳越文字構形研究》（臺北：東吳大學中國文學所博士論文，2003 年）。

8. 鄭金仙：《《左傳》與《國語》敘事藝術比較研究——以春秋晚期吳楚、吳越之爭為範圍》（高雄：高雄師範大學國文學研究所碩士論文，2005 年）。

四、期刊論文（依作者姓氏筆畫遞增排序）

1. 丁山：〈論句趑其夷即越王句踐——句趑其夷戈跋〉，《文史雜誌》第 3 卷第 1、2 期（1944 年 1 月），頁 43～47。

2. 丁佛言：《說文古籀補補》（北京：中華書局，1988 年 2 月）。

3. 丁秀菊：〈戰國鳥蟲書述論〉，《山東大學學報》第 2 期（2006 年 3 月），頁 145～

150。

4. 山西省文物管理委員會侯馬工作站：〈山西侯馬上馬村東周墓葬〉，《考古》第 5 期（1963 年 5 月），頁 229～245。

5. 于省吾：〈壽縣蔡侯墓銅器銘文考釋〉，《古文字研究》第 1 輯（1979 年 8 月），頁 40～54。

6. 于鴻志：〈吳國早期重器冉鉦考〉，《東南文化》第 2 期（1988 年 3 月），頁 102～107。

7. 心健、家驥：〈山東費縣發現東周銅器〉，《考古》第 2 期（1983 年 2 月），頁 188。

8. 孔令遠、陳永清：〈江蘇邳州市九女墩三號墩的發掘〉，《考古》第 5 期（2002 年 5 月），頁 19～31。

9. 孔令遠：〈試論邳州九女墩三號墩出土的青銅器〉，《考古》第 5 期（2002 年 5 月），頁 81～84。

10. 文物編輯委員會：〈湖北省文物考古工作新收穫〉，《文物考古工作三十年》（北京：文物出版社，1979 年 11 月），頁 295～307。

11. 王步毅：〈安徽霍縣出土吳蔡兵器和車馬器〉，《文物》第 3 期（1983 年 3 月），頁 44～46。

12. 王輝：〈關於「吳王胐發劍」釋文的幾個問題〉，《文物》第 10 期（1992 年 10 月），頁 89～91。

13. 王輝：〈徐銅器銘文零釋〉，《東南文化》第 1 期（1995 年 2 月），頁 35～38。

14. 王永波：〈宜侯矢簋及其相關的歷史問題〉，《中原文物》第 4 期（1999 年 12 月），頁 45～53。

15. 王世民：〈西周暨春秋戰國時代編鐘銘文的排列形式〉，《商周銅器與考古學史論集》（臺北：藝文出版社，2008 年 3 月），頁 151～172。

16. 王人聰：〈江陵出土吳王夫差矛銘新釋〉，《文物》第 12 期（1991 年 12 月），頁 92～93。

17. 王文清：〈「禺邗王」銘辨〉，《東南文化》第 1 期（1991 年 1 月），頁 160～161。

18. 方壯猷：〈初論江陵望山楚墓的年代與墓主〉，《江漢考古》第 1 期（1980 年），頁 59～62。

19. 田宜超：〈釋鋅〉，《江漢考古》第 3 期（1984 年 8 月），頁 70～84。

20. 江蘇省文物管理委員會：〈江蘇六合程橋東周墓〉，《考古》第 3 期（1956 年 3 月），頁 105～115。

21. 江蘇省丹徒考古隊：〈江蘇丹徒北山頂春秋墓發掘報告〉，《東南文化》第 3～4 期（1988 年 8 月），頁 13～50。

22. 江西省歷史博物館靖安縣文化館：〈江西靖安出土春秋徐國銅器〉，《文物》第 8 期（1980 年 8 月），頁 13～15。

23. 安徽省文物局文化工作隊：〈安徽淮南市蔡家崗趙家孤堆戰國墓〉，《考古》第 4 期（1963 年 4 月），頁 204～212。

24. 朱德熙、裘錫圭：〈戰國文字研究六種〉，《考古學報》第 1 期（1972 年 12 月），頁 73～89。

25. 任相宏、張慶法：〈吳王諸樊之子通劍及相關問題探討〉，《中國歷史文物》第 5 期（2004 年），頁 15～23。

26. 吳振武：〈古文字中的借筆字〉，《古文字研究》第 20 輯（2000 年 3 月），頁 308～337。

27. 吳振武：〈蔡家崗越王者旨於賜戈新釋（提要）〉，《古文字研究》23 輯（2006 年 6 月），頁 100～101。

28. 何琳儀：〈者汈鐘銘校注〉，《古文字研究》17 輯（1989 年 6 月），頁 147～159。

29. 沈融：〈吳越系統青銅矛研究〉，《華夏考古》第 1 期（2007 年 3 月），頁 120～130。

30. 李純一：〈試釋用、庸、甫並試論鐘名之演變〉，《考古》第 6 期（1964 年 6 月），頁 310～311。

31. 李學勤：〈戰國題銘概述〉，《文物》第 7 至 9 期（1959 年 7 至 9 月），頁 50～53、60～63、58～61。

32. 李學勤：〈談「張掖都尉棨信」〉，《文物》第 1 期（1978 年 1 月），頁 42～43。

33. 李學勤：〈從新出青銅器看長江下游文化的發展〉，《文物》第 8 期（1980 年 8 月），頁 35～40。

34. 李學勤：〈試論山東新出青銅器的意義〉，《文物》第 12 期（1983 年 12 月），頁 18～22。

35. 李伯謙：〈吳文化及其淵源初探〉，《考古與文物》第 3 期（1982 年 5 月），頁 89～96。

36. 李家浩：〈越王州句複合劍銘文及其所反映的歷史——兼釋八字鳥篆鐘銘文〉，《北京大學學報》第 2 期（1988 年 3 月），頁 221～226。

37. 李家浩：〈攻五王光韓劍與虞王光趄戈〉，《古文字研究》17 輯（1989 年 6 月），頁 138～145。

38. 李家浩：〈攻敔王光劍銘文考釋〉，《文物》第 2 期（1990 年 2 月），頁 74～79。

39. 李家浩：〈談工盧大矢銘文的釋讀〉，《古文字研究》26 輯（2006 年 11 月），頁 209～212。

40. 李先登：〈吳王夫差銅器集錄〉，《東南文化》第 4 期（1990 年 8 月），頁 104～106。

41. 李晶：〈試談句鑃〉，《考古與文物》第 6 期（1996 年 6 月），頁 38～42。

42. 李瑾：〈徐楚關係與徐王義楚元子劍〉，《江漢考古》第 3 期（1986 年 8 月），頁 37～43。

43. 李永迪：〈談山彪鎮一號墓出土的一件盨盤及其相關問題〉，《古今論衡》第 8 期（2002 年 4 月），頁 144～167。

44. 宋蜀華：〈論春秋戰國時期楚、吳、越之間的三角關係及其演變〉，《湖北民族學院學報》第 21 卷第 4 期（2003 年 8 月），頁 1～6。

45. 沙孟海：〈配兒鉤鑃考釋〉，《考古》第 4 期（1983 年 4 月），頁 340～342。

46. 呂榮芳：〈望山一號墓與越王劍的關係〉，《廈門大學學報》第 4 期（1977 年），頁 84～86。

47. 林澐：〈越王者旨於賜考〉，《考古》第 8 期（1963 年 8 月），頁 448～449。

48. 林華東：〈越國都成探研〉，《中國古都研究》第 4 輯（1989 年 3 月），頁 361～371。

49. 林進忠：〈東周鳥蟲書的文字造形藝術〉，《書畫藝術學刊》第 2 期（2007 年 6 月），頁 1～31。

50. 林素清：〈春秋戰國美術字體研究〉，《中研院史語所集刊》第 61 本第 1 份（1990 年 3 月），頁 29～75。

51. 林義光：《文源》，《石刻史料新編》（臺北：新文豐出版社，2006 年 7 月）。

52. 周曉陸、張敏：〈《攻敔王光劍》跋〉，《東南文化》第 3 期（1987 年），頁 71～75。

53. 洛陽市文物工作隊：〈洛陽 C1M3352 出土吳王夫差劍等文物〉，《文物》第 3 期（北京：文物出版社，1992 年 3 月），頁 23～26。

54. 南京博物院等：〈江蘇邳州市九女墩二號墓發掘簡報〉，《考古》第 11 期（北京：社會科學，1999 年 11 月），頁 28～34。

55. 袁國華：〈山彪鎮一號大墓出土鳥蟲書錯金戈名新釋〉，《古今論衡》第 5 期（2000 年 12 月），頁 18～29。

56. 浙江省文物管理員會等，〈紹興 306 號戰國墓發掘簡報〉，《文物》第 1 期（1984 年 1 月），頁 10～21。

57. 郭沫若：〈由壽縣蔡器論到蔡墓的年代〉，《考古學報》第 1 期（1956 年 3 月），頁 1～5。

58. 郭沫若：〈吳王壽夢之戈〉，《奴隸制時代》（北京：科學出版社，1956 年 11 月），頁 130～135。

59. 郭沫若：〈者汈鐘銘考釋〉，《考古學報》第 2 期（1958 年 3 月），頁 3～5。

60. 郭沫若：〈跋江陵與壽縣出土銅器群〉，《考古》第 4 期（1963 年 4 月），頁 181。

61. 郭若愚：〈從有關蔡侯的若干資料論壽縣蔡侯器的年代〉，《上海博物館集刊》第 2 期（1983 年 7 月），頁 75～88。

62. 郭沫若：〈雜說林鐘、句鑃、鉦、鐸〉，《郭沫若全集‧考古篇》（北京：科學出版社，2002 年 10 月），頁 84～98。

63. 唐蘭：〈宜侯夨簋考釋〉，《考古學報》第 2 期（1956 年 6 月），頁 79～83。

64. 唐蘭：〈趙孟庎壺跋〉，《唐蘭先生金文論集》（北京：紫禁城出版社，1995 年 10 月），頁 43～44。

65. 高次若：〈寶雞貫村再次發現夨國銅器〉，《考古與文物》第 4 期（1984 年 8 月），頁 192。

66. 陳夢家：〈禺邗王壺考釋〉，《燕京學報》第 21 期（1937 年 6 月），頁 207～229。

67. 陳夢家：〈蔡器三記〉，《考古》第 7 期（1963 年 7 月），頁 381～384。

68. 陳秉新：〈舒城鼓座銘文初探〉，《江漢考古》第 2 期（1984 年），頁 73～83。

69. 陳秉新：〈安徽霍縣出土吳工敔戟考〉,《東南文化》第 2 期（1990 年 2 月）,頁 1 ～3。

70. 陳華文：〈吳越「文身」研究——兼論「文身」的本質〉,《中國民間文化》第 7 期（1992 年 9 月）,頁 32～39。

71. 陳偉：〈古徐國故城新探〉,《東南文化》第 1 期（1995 年）,頁 41～42。

72. 陳昭容：〈從古文字材料談古代盥洗用具及其相關問題——自浙川下寺春秋楚墓的青銅水器自名說起〉,《中央研究院歷史語言研究所集刊》第 71 本第 4 份（2000 年 12 月）,頁 857～932。

73. 陳振裕：〈望山一號墓的年代與墓主〉,《中國考古學會第一次年會論文集》（北京：文物出版社,1979 年 12 月）,頁 229～236。

74. 馬承源：〈越王劍、永康元年群神禽獸鏡〉,《文物》第 12 期（1962 年 12 月）,頁 53～55。

75. 馬承源：〈關於翏生盨和者減鐘的幾點意見〉,《考古》第 1 期（1979 年 1 月）,頁 60～63。

76. 馬國權：〈繆傳研究〉,《古文字研究》第 5 輯（1981 年 1 月）,頁 261～289。

77. 馬國權：〈鳥蟲書論稿〉,《古文字研究》第 10 輯（1983 年 7 月）,頁 139～176。

78. 徐伯鴻：〈程橋三號春秋墓出土盤匜簠銘文釋証〉,《東南文化》第 1 期（1991 年 1 月）,頁 153～159。

79. 徐俊：〈楚國銅器銘中的「鳥篆文字」爲「鳳飾篆字」辨析〉,《華中師範大學學報》第 6 期（1991 年）,頁 99～104。

80. 容庚：〈鳥書考〉,《燕京學報》第 16 期（1934 年 12 月）,頁 75～91。

81. 殷滌非：〈「者旨於賜」考略〉,《古文字研究》10 輯（1983 年 7 月）,頁 214～220。

82. 殷滌非：〈舒城九里墩墓的青銅鼓座〉,《古文字學論集》（1983 年 9 月）,頁 441～454。

83. 曹錦炎：〈越王姓氏新考〉,《中華文史論叢》第 3 輯（1983 年 8 月）,頁 219～222。

84. 曹錦炎：〈北山銅器新考〉,《東南文化》第 6 期（1988 年 12 月）,頁 41～45。

85. 曹錦炎：〈攻盧王姑發𨳡之子曹䤨劍銘文簡介〉,《文物》第 6 期（1988 年 6 月）,頁 90～92。

86. 曹錦炎：〈吳季子劍銘文考釋〉,《東南文化》第 4 期（1990 年 8 月）,頁 109～110。

87. 曹錦炎：〈程橋新出銅器考釋及相關問題〉,《東南文化》第 1 期（1991 年 1 月）,頁 147～151。

88. 曹錦炎：〈越王嗣旨不光劍銘文考〉,《文物》第 8 期（1995 年 8 月）,頁 73～75。

89. 曹錦炎：〈吳王壽夢之子劍銘文考釋〉,《文物》第 2 期（2005 年 2 月）,頁 67～74。

90. 張光裕：〈從幾個錢文字形的變化說到有關它們的問題〉,《中國文字》37 冊（1970 年 9 月）,頁 47～57。

91. 張頜：〈萬榮出土錯金鳥書戈銘文考釋〉，《文物》第 4、5 期（1962 年 5 月），頁 35～36。

92. 張敏：〈吳王余眛墓的發現及其意義〉，《東南文化》第 3～4 期（1988 年 8 月），頁 52～58。

93. 張敏、周曉陸：〈北山四器銘考〉，《東南文化》第 3～4 期（1988 年 8 月），頁 73～82。

94. 張鐘雲：〈淮河中下游春秋諸國青銅器研究〉，《考古學研究（四）》（北京：社會科學出版社，2000 年 10 月），頁 140～179。

95. 張臨生：〈國立故宮博物院所藏東周鑲嵌器研究〉，《故宮學術季刊》第 7 卷第 2 期（1989 年 11 月），頁 1～78。

96. 張傳旭：〈鳥蟲書的發展與楚青銅器發展之關係〉，《青少年書法》第 4 期（2004 年），頁 29～31。

97. 曾憲通：〈吳王光編鐘銘文的再探討〉，《古文字與出土文獻叢考》（廣州，中山大學出版社，2005 年 1 月），頁 145～163。

98. 商承祚：〈「王子玖戈」考及其它〉，《學術研究》第 3 期（1962 年 5 月），頁 65～67。

99. 商承祚：〈「姑發臀反」即吳王「諸樊」別議〉，《中山大學學報》第 3 期（1963 年 9 月），頁 67～72。

100. 商志䪞、唐珏明：〈江蘇丹徒背山頂春秋墓出土鐘鼎銘文釋証〉，《文物》第 4 期（1989 年 9 月），頁 51～59。

101. 張振林：〈關於兩件吳越寶劍銘文的釋讀問題〉，《中國國語文研究》第 7 期（1985 年 3 月），頁 31～36。

102. 湖北省博物館，〈襄洋蔡坡戰國墓發掘報告〉，《江漢考古》第 1 期（1985 年），頁 1～37。

103. 黃靜吟：〈「徐、舒」金文析論〉，《中正大學中文學術年刊》第 4 期（2001 年 12 月），頁 1～18。

104. 黃盛璋：〈吳王御士叔孫簠的官職、年代和出土地點〉，《文物》第 12 期（1958 年 12 月），頁 56。

105. 黃盛璋：〈銅器銘文宜、虞、矢的地望及其與吳國的關係〉，《考古學報》第 3 期（1983 年 7 月），頁 295～305。

106. 黃錫全：〈楚系文字略論〉，《華夏考古》第 3 期（1990 年 9 月），頁 99～108。

107. 童書業：〈釋「攻吳」與「禺邗」〉，《童書業歷史地理論集》（北京：中華書局，2004 年 9 月），頁 135～138。

108. 馮時：〈工盧大叔盨銘文考釋〉，《古文字研究》22 輯（2000 年 7 月），頁 112～115。

109. 馮時：〈叔巢鐘銘文考釋〉，《考古》第 6 期（2000 年 6 月），頁 73～78。

110. 舒潔：〈群舒略論——兼論徐舒異源〉，《皖西學院學報》第 24 卷第 4 期（2008 年 8 月），頁 87～89。

111. 彭適凡：〈談江西靖安徐器的名稱問題〉，《文物》第 6 期（1983 年 6 月），頁 66～68。

112. 董作賓：〈殷代的鳥書〉，《大陸雜誌》第 6 卷第 11 期（1953 年 6 月），頁 345～347。

113. 董珊：〈越者汈鐘銘新論〉，《東南文化》第 2 期（2008 年 3 月），頁 49～55。

114. 董珊：〈越王差徐戈考〉，《故宮博物院院刊》第 4 期（2008 年 7 月），頁 24～39。

115. 董楚平：〈徐器湯鼎銘文考釋中的一些問題〉，《杭州大學學報》第 1 期（1987 年 3 月），頁 123～124。

116. 董楚平：〈金文鳥篆書新考〉，《故宮學術季刊》第 12 卷第 1 期（1994 年 10 月），頁 31～71。

117. 楊向奎：〈宜侯夨簋釋文商榷〉，《文史哲》第 6 期（1987 年 6 月），頁 3～6。

118. 湯餘惠：〈略論戰國文字形體研究中的幾個問題〉，《古文字研究》15 輯（2005 年 8 月），頁 9～100。

119. 溫廷敬：〈者減鐘釋〉，《中山大學文史學研究所月刊》3 卷 2 期（1934 年 12 月），頁 63。

120. 賈艷紅：〈論原始族外婚與周代之「同姓不婚」〉，《濟南大學學報》第 5 卷第 1 期（1995 年），頁 41～46。

121. 鄭小爐：〈試論徐與群舒青銅器──兼論徐、舒與吳越的融合〉，《文物春秋》第 5 期（2003 年 10 月），頁 6～14。

122. 趙世綱：〈徐王子旃鐘與徐君世系〉，《華夏考古》第 1 期（1987 年 3 月），頁 194～201。

123. 劉啟益：〈微氏家族同器與西周銅器斷代〉，《考古》第 5 期（1978 年 9 月），頁 314～317。

124. 劉啟益：〈西周夨國銅器的新發現與有關的歷史地理問題〉，《考古與文物》第 2 期（1982 年 3 月），頁 42～47。

125. 劉興：〈吳臧孫鐘銘考〉，《東南文化》第 4 期（1990 年 8 月），頁 107～108。

126. 劉曉東：〈先秦同姓不婚觀考察〉，《韓山師範學院學報》第 4 期（1999 年 12 月），頁 4～38。

127. 劉雨：〈近出殷周金文綜述〉，《古文字研究》24 輯（2002 年 7 月），頁 152～161。

128. 劉廣和：〈徐國湯鼎銘文試釋〉，《考古與文物》第 1 期（1985 年 1 月），頁 101～102。

129. 劉玉堂：〈楚書法藝術簡論〉，《文藝研究》第 3 期（1992 年 5 月），頁 97～106。

130. 盧連成、尹盛平：〈古夨國遺址、墓地調查記〉，《文物》第 2 期（1982 年 2 月），頁 48～57。

131. 叢文俊：〈鳥鳳龍蟲書合考〉，《書法研究》第 3 期（1996 年 5 月），頁 40～80。

132. 戴遵德：〈原平峙峪出土的東周銅器〉，《文物》第 4 期（北京：文物出版社，1972 年 4 月），頁 69～71。

133. 韓偉、曹明檀：〈陝西鳳翔高王寺戰國銅器窖藏〉，《文物》1 期（1981 年 1 月），頁 15～17。

134. 魏宜輝：〈再談獻巢編鎛及其相關問題〉，《南方文物》第 3 期（2002 年），頁 41～44。

135. 襄陽首屆亦工亦農考古訓練班：〈襄陽蔡坡 12 號墓出土吳王夫差劍等文物〉，《文物》第 11 期（1976 年 11 月），頁 65～69。

136. 譚戒甫：〈周初矢器銘文綜合研究〉，《武漢大學學報》第 1 期（1958 年 5 月），頁 163～211。

137. 譚維四：〈奇寶淵源〉，《文物天地》第 5 期（1986 年 9 月），頁 27～31。

138. 藍麗春：〈夫椒之戰論〉，《嘉南學報》第 28 期（2002 年），頁 305～318。

139. 嚴志斌：〈鳥書構形簡論〉，《華夏考古》第 1 期（2001 年 3 月），頁 94～97。

140. 羅衛東：〈鳥篆與東周南方文化〉，《中國文化研究》第 2 期（2008 年 3 月），頁 157～165。

141. 顧頡剛：〈徐和淮夷的遷、留——周公東征史事考證四之五〉，《文史》第 32 輯（北京：中華書局，1990 年 3 月），頁 1～28。

附錄：吳越徐舒字形表

凡　例

一、本表所收字形爲圖版拓片經掃描器處理所得，多數釋文參照各家隸定，個別單字則爲筆者之淺見。表格圖版主要出自《商周青銅器銘文選》、《殷周金文集成釋文》和《商周金文選》三書，若圖版模糊不清、難以判定字形者則不錄。

二、本表依序分爲吳國、越國和徐、舒三部份，表內所收單字依照許愼《說文解字》五百四十部首排列，同部首內之字也依《說文》順序排定，表末爲待釋字及合文。《說文》中未見之字形，若能定出部首者，附於該部字之後。

三、表格第一欄爲楷書隸定；第二欄爲《說文解字》篆文，凡《說文》未登錄者，此欄空白；第三欄爲四國銘文字形，於字形下註明出處。

四、本表共收錄吳國單字 285 個、合文 7 組、待釋字 3 個；越國單字 145 個、合文 4 組；徐、舒單字 229 個、合文 6 組、待釋字 3 個。

表一：吳國字形表

楷書	小篆	圖　　板		
一	一	宜侯夨簋		
元	元	邘王是埜戈	吳王夫差劍	攻盧王姑發郘之子劍
		攻盧王叡戗此邲劍	吳季子之子逞之劍	工盧季子劍
		余昧矛	工盧大叡鈹	諸樊之子通劍
天	天	吳王光殘鐘		
祠	祠	禺邘王壺		
三	三	壽夢之子劍		
王	王	者減鐘	王子孜戈	吳王御士簋
		大王光趄戈	邘王是埜戈	吳王夫差鑑
		吳王光鑑	吳王夫差劍	攻敔王光劍
		無土脰鼎	臧孫鐘	宜侯夨簋

		宜侯夨簋	壽夢之子劍	工盧季子劍
		吳王夫差劍	吳王夫差矛	禺邗王壺
		諸樊之子通劍	吳王光劍	攻敔王光戈
皇	皇	者減鐘	吳王光殘鐘	
士	士	吳王御士簠		
中	中	臧孫鐘		
英	英	吳王光殘鐘	吳王光殘鐘	
若	若	者減鐘	者減鐘	
春	春	吳王光殘鐘	吳王光殘鐘	
莫	莫	工獻太子姑發劍		
莘		吳王光殘鐘		

曾	曾	吳王光殘鐘		
尚	尚	者減鐘		
公	公	宜侯矢簋	者減鐘	
余	余	配兒鈎鑃	壽夢之子劍	吳王光劍
吾	吾	攻敔王光韓劍		
君	君	壽夢之子劍		
命	命	吳王光殘鐘	壽夢之子劍	
召	召	者減鐘		
臺	臺	吳王光鑑	攻敔王光劍	配兒鈎鑃
		吳王光殘鐘	吳王光殘鐘攻	敔王光韓劍
		禺邗王壺		

吉	吉	者減鐘	吳王夫差鑑	吳王光鑑
		臧孫鐘	吳王光殘鐘	吳王夫差鑑
		吳王夫差鑑		
嚴	嚴	吳王光殘鐘		
趙	趙	禺邗王壺		
趄	趄	大王光趄戈	吳王光劍	
登	登	者減鐘	者減鐘	
歲	歲	吳王光殘鐘		
此	此	攻盧王叡旬戈此邻劍		
正	正	臧孫鐘	者減鐘	
是	是	邗王是埜戈	配兒鉤鑃	臧孫鐘
		者減鐘		

通	通	諸樊之子通劍		
逞	逞	吳季子之子逞之劍		
往	徃	吳王光鑑		
後	後	工𤾓季子劍		
御	御	吳王御士𥂴	吳王夫差鑑	吳王夫差鑑
行	行	工獻太子姑發劍	工𤾓大叔盤	
龠	龠	者減鐘		
龢	龢	臧孫鐘 吳王光殘鐘	者減鐘	者減鐘
器	器	禺邗王壺		
商	商	宜侯夨𣪘	宜侯夨𣪘	

千	𠂤	宜侯矢簋		
語	語	《配兒鉤鑃》		
諆		配兒鉤鑃		
誃		配兒鉤鑃		
龏	龏	配兒鉤鑃		
爲	爲	禺邗王壺		
又	又	宜侯矢簋	宜侯矢簋	吳王光殘鐘
父	又	配兒鉤	宜侯矢簋	
尹	尹	吳王御士簠		
叡	叡	攻盧王叡戉此邻劍	工盧大叡鈹	
反	反	工獻太子姑發劍	工盧季子劍	諸樊之子通劍

卑	𢆶	者減鐘	者減鐘	
臧	臧	臧孫鐘		
寺	𡥉	吳王光鑑	吳王光殘鐘	
尋	𡥉	攻敔王姑發𡩋之子劍		
專	𡬠	吳王光殘鐘		
皮	𡥉	者減鐘		
攴	攴	壽夢之子劍		
孜	𡥉	吳王光殘鐘		
敗	敗	壽夢之子劍		
攻	攻	吳王夫差劍	攻敔王光劍	臧孫鐘
		攻敔王姑發𡩋之子劍	壽夢之子劍	攻敔王虘㕚句此郞劍

		工敔工叙戟	攻敔王光韓劍	吳王夫差劍
		吳王夫差鑑	吳王光劍	吳王光劍
		攻敔王光戈		
敔	敔	吳王夫差劍	攻敔王光劍	臧孫鐘
		壽夢之子劍	工敔工叙戟	諸樊之子通劍
		吳王光劍	吳王夫差劍	
叙	叙	工敔工叙戟		
戲		者減鐘		
卜	卜	宜侯矢簋		
用	用	工獻太子姑發劍	王子𢨋戈	大王光趩戈

		工盧王劍	邘王是埜戈	吳王光鑑
		吳王夫差劍	攻敔王光劍	者減鐘
		攻盧王姑發郎之子劍	攻盧王叡㪣此邻劍	吳季子之子逞之劍
		工敔工敘戟	余昧矛	攻敔王光韓劍
		諸樊之子通劍	吳王光劍	
眉	𦣻	吳王光鑑	者減鐘	
自	𦣻	者減鐘	者減鐘	工歔太子姑發劍
		大王光趞戈	吳王夫差鑑	吳王夫差劍
		攻敔王光劍	配兒鉤鑵	臧孫鐘
		工敔工敘戟	余昧矛	攻敔王光韓劍
		攻敔王光戈	吳王夫差鑑	諸樊之子通劍

者		 者減鐘	 者減鐘	 配兒鉤鑃
百		 宜侯夨簋	 宜侯夨簋	
隹		 者減鐘	 吳王光鑑	 臧孫鐘
隻		 工獻太子姑發劍		
難		 壽夢之子劍		
鳴		 吳王光殘鐘		
鴉		 者減鐘	 者減鐘	
玄		 吳王光鑑		
敢		 工獻太子姑發劍	 配兒鉤鑃	
脰		 無土脰鼎		
初		 者減鐘	 吳王光鑑	 臧孫鐘
		 壽夢之子劍		

劍	劍	 攻敔王光劍	 攻盧王叡虘此邻劍	 吳季子之子逞之劍
		 攻敔王光韓劍	 吳王光劍	
其	其	 吳王光鑑	 吳王夫差劍	 者減鐘
		 工盧季子劍	 余眛矛	
差	差	 吳王夫差鑑	 吳王夫差劍	 吳王夫差劍
		 吳王夫差鑑	 吳王夫差鑑	 吳王夫差矛
奠	奠	 宜侯夨簋		
工	工	 者減鐘	 工獻太子姑發劍	 工獻盧王劍
		 工盧季子劍	 工敔工敍戟	 余眛矛
		 工盧大叔盤	 工盧大叡鈹	
日	日	 配兒鉤鑃	 宜侯夨簋	
曹	曹	 攻盧王姑發邘之子劍		

乃	⼄	吳王光鑑		
可	可	工盧季子劍		
于	亏	配兒鉤鑃	宜侯夨簋	者減鐘
		禺邗王壺		
吁	旴	吳王光鑑	吳王光殘鐘	
虔	虔	吳王光鑑		
虘	虘	吳王光殘鐘		
虞	虞	吳王光殘鐘		
虞		宜侯夨簋		
盧		工獻太子姑發劍	攻盧王姑發邔之子劍	攻盧王虘句戗此鄒劍
		工盧季子劍	工盧大叔盤	工盧大虘戗鈹
彤	彤	宜侯夨簋		

青	青	吳王光殘鐘	吳王光殘鐘	
既	既	吳王光鑑	吳王光殘鐘	
鄙	鄙	宜侯夨簋		
舍	舍	郘兒鉤鑃		
矢	夨	工盧大叔鈹		
侯	侯	宜侯夨簋	宜侯夨簋	
亯	亯	吳王光鑑		
弟	弟	工盧季子劍		
條	條	吳王光殘鐘	吳王光殘鐘	
盤	盤	工盧大叔盤		
樂	樂	郘兒鉤鑃		
休	休	宜侯夨簋		

無	森	吳王光鑑	無土脰鼎	
才	‡	宜侯矢簋		
之	止	者減鐘	工𭃂太子姑發劍	王子欨戈
		配兒鉤鑃	無土脰鼎	臧孫鐘
		臧孫鐘	吳王光殘鐘	攻𢊼王姑發郘之子劍
		壽夢之子劍	工𢊼季子劍	禺邗王壺
		吳季子之子逞之劍	諸樊之子通劍	
南	米	工𭃂太子姑發劍	工𢊼王劍	
生	生	(姓)宜侯矢簋		
東	東	吳王光殘鐘		
圖	圖	宜侯矢簋	宜侯矢簋	

員	員	 攻盧王姑發叴之子劍		
賓	寶	 配兒鉤鑃		
邑	邑	 宜侯夨簋		
邦	邦	 壽夢之子劍		
邸	邸	 配兒鉤鑃		
鄶	鄶	 壽夢之子劍	 攻盧王叡戗此邰劍	
邢	邢	 邢王是埜戈	 禺邢王壺	
郂		 攻盧王姑發叴之子劍		
日	日	 吳王光鑑	 吳王光殘鐘	
旅	旅	 吳王御士簠		
旟		 者減鐘		
參	參	 者減鐘		

月			
	者減鐘	吳王光鑑	臧孫鐘
	宜侯矢簋		
期			
	吳王光鑑		
外			
	臧孫鐘		
多			
	吳王光劍		
甬			
	吳王夫差矛		
鼎			
	無土脰鼎		
克			
	吳王光劍		
穆			
	吳王光殘鐘		
宴			
	配兒鈎鑃	吳王光殘鐘	
宜			
	宜侯矢簋	宜侯矢簋	
宗			
	吳王光鑑		

呂	呂	吳王光殘鐘	吳王光殘鐘	
帛	帛	者減鐘		
白	白	吳王光鑑	吳王光鑑	宜侯夨簋
人	人	攻敔王光劍	配兒鈎鑃	宜侯夨簋
保	保	者減鐘	臧孫鐘	
伐	伐	壽夢之子劍		
弔	弔	吳王御士簋	吳王光鑑	吳王光鑑
		工𢓜大叔盤		
從	從	臧孫鐘		
北	北	工𢓜王劍		
眾	眾	攻𢓜王姑發郐之子劍		
監	監	吳王夫差鑑	吳王夫差鑑	

壽		吳王光鑑	者減鐘	者減鐘
		壽夢之子劍		
考		者減鐘		
孝		吳王光鑑		
兒		配兒鉤鑃		
允		吳王光劍		
先		配兒鉤鑃		
玖		王子玖戈		
后		吳王光鑑		
令		宜侯夨簋		
辟		吳王光殘鐘	吳王光殘鐘	

敬	敬	吳王光鑑	吳王光殘鐘	
禺	禺	禺邘王壺		
庶	庶	宜侯夨簋		
斿		禺邘王壺		
勿	勿	吳王光殘鐘		
而	而	吳王光殘鐘		
易	易	宜侯夨簋		
薦	薦	吳王光鑑		
焚	焚	吳王光殘鐘		
光	光	大王光趄戈	吳王光鑑	攻敔王光劍
		攻敔王光戈	攻敔王光韓劍	吳王光劍

艱		者減鐘	者減鐘	者減鐘
大	大	工獻太子姑發劍	大王光趄戈	工盧大叔盤
		工盧大叔鈚	吳王夫差鑑	
矢	矢	宜侯矢簋		
吳	吳	吳王御士簠	吳王夫差鑑	吳王光鑑
		配兒鉤鑃	無土壓鼎	吳季子之子逞之劍
		吳王夫差矛		
睪	睪	者減鐘		
夫	夫	吳王夫差鑑	吳王夫差劍	吳王夫差劍
念	念	吳王光殘鐘	吳王光殘鐘	
愳		禺邗王壺		
江	江	工獻太子姑發劍		

濼	𤃹	 者減鐘		
沽	沽	 吳王光殘鐘		
池	池	 禺邗王壺		
減	減	 者減鐘	 者減鐘	
川	川	 宜侯矢簋		
永	永	 者減鐘	 臧孫鐘	
凋	凋	 者減鐘		
霝	霝	 者減鐘		
不	不	 配兒鉤鑃	 者減鐘	 吳王光殘鐘
至	至	 吳王光劍		
西	卤	 工㪿太子姑發劍		
擇	擇	 臧孫鐘	 吳王夫差鑑	 吳王夫差鑑

女	灾	者減鐘		
姬	姫	吳王光鑑	吳王光鑑	吳王光殘鐘
姑	姑	工瀛太子姑發劍	攻瀛王姑發郳之子劍	壽夢之子劍
		工瀛季子劍	諸樊之子通劍	
威	威	配兒鉤鑃		
氏	氏	吳王御士簠		
毕	毕	吳王夫差鑑	配兒鉤鑃	臧孫鐘
		宜侯矢簋	工瀛季子劍	吳王夫差鑑
戈	夫	王子玫戈	大王光鑃戈	
戟	戟	工敔工敍戟		
或	或	宜侯矢簋		
戕	戕	配兒鉤鑃		

武		 配兒鉤鑃	 宜侯夨簋	
我		 配兒鉤鑃	 者減鐘	
義		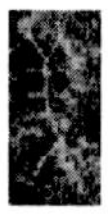 壽夢之子劍		
⿰肙戈		 臧孫鐘		
⿰㕣戈		 攻敔王光劍		
⿰月戎		 攻敔王光劍		
⿰句戈		 壽夢之子劍	 攻盧王叡⿰句戈此郐劍	
⿰寻戈		 吳王光劍		
乍		 吳王御士簠	 大王光逗戈	 邗王是埜戈
		 吳王夫差鑑	 吳王光鑑	 吳王夫差劍
		 攻敔王光劍	 配兒鉤鑃	 臧孫鐘
		 宜侯夨簋	 攻盧王姑發郘之子劍	 攻盧王叡⿰句戈此郐劍

		工盧季子劍	工歔工敍戟	余昧矛
		攻敔王光韓劍	吳王夫差矛	吳王夫差鑑
		諸樊之子通劍	吳王光劍	
筐	篚	吳王御士簠		
發	發	工歔太子姑發劍	攻盧王姑發郘之子劍	工盧季子劍
		諸樊之子通劍		
孫	孫	無土脰鼎	臧孫鐘	
終	終	臧孫鐘		
紐	紐	吳王光殘鐘		
維	維	吳王光殘鐘		
絲	絲	吳王御士簠		
土	土	宜侯矢簋	無土脰鼎	

坪	坖	臧孫鐘		
型	垫	壽夢之子劍		
屋		吳王光殘鐘		
釐	釐	者減鐘		
野	野	邘王是埜戈		
疆	疆	吳王光鑑		
金	金	吳王夫差鑑	吳王光鑑	郘兒鈎鑃
		臧孫鐘	者減鐘	吳王光殘鐘
		工虘季子劍	攻敔王光韓劍	吳王夫差鑑
鑑	鑑	吳王光鑑		
鐘	鐘	者減鐘	者減鐘	臧孫鐘

		吳王光殘鐘		
鎫	鎫	吳王夫差矛		
鏐	鏐	酭兒鉤鑃		
銚		吳王光鑑	吳王光鑑	
鋁		酭兒鉤鑃		
鏽		酭兒鉤鑃		
處	處	工獻太子姑發劍		
且	且	者減鐘		
陽	陽	工獻太子姑發劍	吳王光殘鐘	
隌		宜侯夨簋		
四	四	宜侯夨簋		
五	五	吳王光鑑	宜侯夨簋	

六		宜侯夨簋		
七		宜侯夨簋	壽夢之子劍	
丁		者減鐘	臧孫鐘	宜侯夨簋
庚		吳王光鑑	配兒鉤鑃	
成		宜侯夨簋	吳王光殘鐘	
子		者減鐘	工𠦪太子姑發劍	王子孜戈
		配兒鉤鑃	臧孫鐘	工盧季子劍
		吳季子之子逞之劍		
字		吳王光鑑		
季		吳季子之子逞之劍		
孟		禺邗王壺		
巳		工盧王劍	吳王光鑑	

以	㠯	工㪔太子姑發劍	工盧季子劍	
午	午	配兒鉤鑃		
配	配	配兒鉤鑃		
亥	亥	者減鐘	臧孫鐘	
胃		工㪔太子姑發劍	工盧季子劍	諸樊之子通劍
㿋		吳王光鑑		
嫛		配兒鉤鑃		
嫯		配兒鉤鑃		
堲		宜侯夨簋		
燾		宜侯夨簋		
卅		宜侯夨簋		
因		宜侯夨簋		

駐		宜侯矢簋		
羋		者減鐘		
栞		者減鐘		
金		者減鐘		
婺		吳王光殘鐘		
韓		攻敔王光韓劍		
合文與待識字				
至于	坣亏	(合文)工歔太子姑發劍		
余	余	(余余合文)工歔太子姑發劍		
音	音	(音音合文)者減鐘		
漾	濼	(漾漾合文)吳王光殘鐘		
孫	綵	(孫孫合文)者減鐘		

五	⋈	 (五十合文)宜侯夨簋
子	♀	 (子子合文)者減鐘
		 攻敔王姑發劗之子劍
		 工敔季子劍
		 工敔季子劍

表二：越國字形表

楷書	小篆	圖　　板		
元	元	越王差徐戈		
帝	帝	越王者旨於賜鐘		
祇	祇	者汈編鐘	者汈編鐘	
王	王	姑馮句鑃	越王盲姑劍	越王盲姑劍
		越王之子句踐劍	越王句踐劍	越王州句劍
		越王者旨於賜戈	越王者旨於賜劍一	越王者旨於賜劍三
		者汈編鐘	者汈編鐘	越王者旨於賜鐘
		越王差徐戈	越王差徐戈	越王差徐拱戟
皇	皇	越王者旨於賜戈		
壯	壯	者汈編鐘		

春		越王者旨於賜鐘		
莫		越王者旨於賜鐘		
余		者汈編鐘	越王者旨於賜鐘	
昏		姑馮句鑃		
命		者汈編鐘		
哉		者汈編鐘		
臺		其次句鑃	者汈編鐘	
吉		其次句鑃	其次句鑃	姑馮句鑃
		姑馮句鑃	越王者旨於賜鐘	越王者旨於賜鐘
各		越王者旨於賜鐘		
邊		越王差徐戈		
正		其次句鑃		

得	得	 越王差徐戈		
商	商	 姑馮句鑃		
句	句	 其次句鑃	 姑馮句鑃	 越王州句劍
		 越王州句矛		
古	古	 越王盲姑劍		
十	十	 者汈編鐘		
尵	尵	 者汈編鐘	 者汈編鐘	
訓	訓	 者汈編鐘		
爲	爲	 越王差徐戈		
父	父	 姑馮句鑃		
及	及	 姑馮句鑃		

秉	秉	者汈編鐘	者汈編鐘	
聿	聿	者汈編鐘		
攸	攸	越王差徐戈		
玟		者汈編鐘		
學	學	者汈編鐘	者汈編鐘	
用	用	其次句鑃	姑馮句鑃	越王盲姑劍
		越王盲姑劍	越王句踐劍	越王州句劍
		者汈編鐘	者汈編鐘	越王者旨於賜鐘
		越王州句矛		
相	相	越王者旨於賜鐘		

自	自	姑馮句鑃	越王盲姑劍	越王句踐劍
		越王州句劍	越王者旨於賜鐘	越王州句矛
者	者	越王者旨於賜戈	越王者旨於賜劍一	越王者旨於賜劍三
		者汈編鐘	者汈編鐘	越王者旨於賜鐘
隹	隹	其次句鑃	姑馮句鑃	者汈編鐘
		越王者旨於賜鐘		
於	於	越王者旨於賜戈	越王者旨於賜劍一	越王者旨於賜劍三
		越王者旨於賜鐘	越王於字殘鐘	
鳩	鳩	越王句踐劍		
冉	冉	者汈編鐘		
初	初	其次句鑃	姑馮句鑃	

劍	劍	越王句踐劍	越王盲姑劍	越王州句劍
兀		越王盲姑劍	越王盲姑劍	
其	其	其次句鑃	其次句鑃	者汈編鐘
		者汈編鐘	越王差徐戈	越王差徐拱戟
		越王差徐拱戟		
差	差	越王差徐戈	越王差徐戈	越王差徐拱戟
旨	旨	越王者旨於賜劍一	越王者旨於賜劍三	越王者旨於賜鐘
曰	曰	者汈編鐘		
乃	乃	者汈編鐘	者汈編鐘	
丂	丂	者汈編鐘	越王者旨於賜鐘	
于	于	者汈編鐘	者汈編鐘	

鼓	〓	越王者旨於賜鐘		
虡	〓	者汈編鐘	者汈編鐘	
今	〓	者汈編鐘		
享	〓	其次句鑃		
樂	〓	姑馮句鑃	者汈編鐘	越王者旨於賜鐘
葉	〓	越王者旨於賜鐘		
之	〓	其次句鑃	姑馮句鑃	姑馮句鑃
		越王盲姑劍	越王之子句踐劍	越王者旨於賜戈
		者汈編鐘	者汈編鐘	越王者旨於賜鐘
		越王者旨於賜鐘	越王差徐戈	
刺	〓	者汈編鐘	者汈編鐘	

貲	貲	越王者旨於賜鐘		
賜	賜	越王者旨於賜戈	越王者旨於賜劍	越王者旨於賜劍
		越王者旨於賜鐘		
賓	寶	姑馮句鑃	越王者旨於賜鐘	
邦	邘	越王差徐戈		
郤	郤	越王差徐戈	越王差徐戈	越王差徐拱戟
		越王者旨於賜戈		
日	日	越王者旨於賜鐘		
撕		其次句鑃		
月	月	姑馮句鑃	越王者旨於賜鐘	
有	司	者汈編鐘	者汈編鐘	者汈編鐘
夙	夙	越王者旨於賜鐘		

甬	甬	越王差徐戈		
克	克	者汈編鐘		
禾	禾	越王者旨於賜鐘		
年	年	者汈編鐘		
宅	宅	者汈編鐘		
安	安	者汈編鐘		
客	客	姑馮句鑃		
同	同	姑馮句鑃		
保	保	其次句鑃	姑馮句鑃	
仲	仲	越王者旨於賜鐘		
北	北	越王盲姑劍	越王盲姑劍	
壽	壽	其次句鑃	者汈編鐘	

考		其次句鑵	其次句鑵	
居		越王差徐戈	越王差徐戈	
朕		者汈編鐘		
兄		姑馮句鑵		
先		越王差徐戈		
次		其次句鑵	其次句鑵	
順		越王者旨於賜鐘		
顝		者汈編鐘		
司		越王差徐戈		
庶		者汈編鐘		
勿		者汈編鐘	越王者旨於賜鐘	

而	帀	越王者旨於賜鐘		
馮	塲	姑馮句鑃		
光	炎	者汈編鐘	者汈編鐘	
亦	夾	者汈編鐘		
睪	睪	越王者旨於賜鐘		
立	血	者汈編鐘		
悳	悳	者汈編鐘		
念	念	者汈編鐘		
孫		者汈編鐘		
淺	淺	越王句踐劍		
汈		者汈編鐘		

州	州	越王州句劍	越王州句矛	
永	永	其次句鑃	姑馮句鑃	
不	不	者汈編鐘	者汈編鐘	者汈編鐘
		越王者旨於賜鐘		
擇	擇	其次句鑃	姑馮句鑃	
女	女	者汈編鐘	者汈編鐘	
姑	姑	姑馮句鑃		
辰	辰	姑馮句鑃	越王者旨於賜鐘	
戈	戈	越王差徐戈		
戔	戔	越王之子句踐劍		
戉	戉	越王盲姑劍	越王盲姑劍	越王州句劍

		 越王之子句踐劍	 越王者旨於賜劍	 者汈編鐘
		 越王者旨於賜鐘	 越王差徐戈	 越王差徐拱戟
		 越王句踐劍	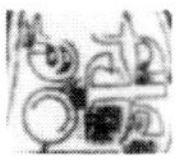 越王者旨於賜劍	
我		 姑馮句鑃	 越王者旨於賜鐘	
義		 者汈編鐘		
⿰圭戈		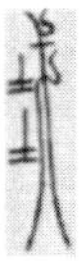 越王者旨於賜戈		
⿰⿱日皿戈		 者汈編鐘		
⿰壴戈		 越王者旨於賜鐘		
⿰共戈		 越王差徐拱戟		
⿰匽戈		 越王差徐拱戟		
亡		 越王者旨於賜鐘		

乍	乍	姑馮句鑃	越王盲姑劍	越王盲姑劍
		越王句踐劍	越王州句劍	越王者旨於賜鐘
		越王差徐戈	越王差徐戈	越王州句矛
弼	弼	者汈編鐘		
弜	弜	越王差徐戈		
孫	孫	越王者旨於賜鐘		
土	土	越王差徐戈		
田	田	越王者旨於賜鐘		
疆	疆	越王者旨於賜鐘		
金	金	其次句鑃	姑馮句鑃	越王者旨於賜鐘
		越王差徐戈	越王差徐戈	越王差徐拱戟
鑄	鑄	其次句鑃	越王差徐戈	越王差徐拱戟

鐘	鐘	越王者旨於賜鐘	越王差徐拱戟	
鑃	鑃	其次句鑃	姑馮句鑃	
矛	矛	越王州句矛		
九	九	越王之子句踐劍	者汈編鐘	
萬	萬	其次句鑃	越王者旨於賜鐘	
丁	丁	其次句鑃	姑馮句鑃	越王者旨於賜鐘
子	子	越王之子句踐劍	越王者旨於賜鐘	
以	以	姑馮句鑃	越王者旨於賜鐘	越王者旨於賜鐘
		越王差徐戈	越王差徐戈	越王差徐拱戟
未	未	越王差徐戈		
亥	亥	其次句鑃	姑馮句鑃	越王者旨於賜戈
		越王者旨於賜鐘		

丝		 者汈編鐘		
軎		 者汈編鐘		
稾		 越王差徐戈		
禾		 越王州句劍		
合文及待釋字				
趄	趄	 （趄趄合文）者汈編鐘		
孫	緣	 （孫孫合文）其次句鑃	 （孫孫合文）姑馮句鑃	
子	孚	 （子子合文）其次句鑃	 （子子合文）姑馮句鑃	
汭涇	汭涇	 （合文）者汈編鐘		

表三：徐、舒字形表

楷書	小篆	圖　板		
元	元	徐王子旃鍾	徐王子旃鍾	徐王之子羽戈
		徐缶蓋	沇兒鎛	沇兒鎛
		儔兒鐘		
天	天	徐王義楚耑		
祭	祭	徐王義楚耑	義楚耑	
祀	祀	徐王子旃鍾	沇兒鎛	湯鼎
祖	祖	䢅邗編鍾		
王	王	徐王義楚耑	宜桐盂	庚兒鼎
		䢅邗編鍾	䢅邗編鍾	徐王子旃鍾
		徐王之子羽戈	徐王禹又耑	徐王義楚元子劍
		徐王義楚盥盤	徐王糧鼎	沇兒鎛

		遱邡鼎		
皇	皇	徐王義楚觶	徐王子旃鍾	沈兒鎛
士	士	徐王子旃鍾	徐茜尹征城	沈兒鎛
中	屮	遱邡編鍾	沈兒鎛	
茲	茲	儔兒鐘		
曾	曾	儔兒鐘		
尚	尚	徐茜尹征城		
余	余	徐王義楚觶	遱邡編鍾	遱邡編鍾
		徐茜尹征城	湯鼎	儔兒鐘
		儔兒鐘	余大子鼎	余子汆鼎
		遱邡鼎		
呼	呼	儔兒鐘		
君	君	者旨型爐盤	徐缶蓋	

哉	𢦏	儔兒鐘		
臺	𰍹	邁邡編鍾	邁邡編鍾	儔兒鐘
		儔兒鐘	邁邡鼎	
吉	吉	徐王義楚觶	徐王義楚觶	余大子鼎
		宜桐盂	庚兒鼎	邁邡編鍾
		邁邡編鍾	邁邡編鍾	徐王子旃鍾
		徐王子旃鍾	徐王義楚元子劍	徐王義楚盥盤
		者旨型爐盤	徐茜尹征城	徐茜尹征城
		徐缶蓋	沇兒鎛	沇兒鎛
		湯鼎	儔兒鐘	儔兒鐘
		邁邡鼎		
是	是	邁邡編鍾	徐王糧鼎	徐茜尹征城

		儔兒鐘		
征	延	庚兒鼎	徐茜尹征城	
正	正	徐王義楚觶	宜桐盂	庚兒鼎
		邌邡編鐘	徐王子旃鐘	徐茜尹征城
		沈兒鎛	湯鼎	儔兒鐘
		邌邡鼎		
追	𨒀	儔兒鐘		
後	後	儔兒鐘		
遣		沈兒鎛		
遷		邌邡編鐘		
迭		儔兒鐘		
遰		儔兒鐘		

得	得	儔兒鐘		
行	行	庚兒鼎		
侁		儔兒鐘		
趹		遱邟鼎		
龢	龢	庚兒鼎	遱邟編鍾	遱邟編鍾
		徐王子旃鍾	沇兒鎛	沇兒鎛
丩	丩	湯鼎		
世	世	徐王子旃鍾	徐茜尹征	遱邟鼎
語	語	儔兒鐘		
詞	詞	儔兒鐘		
譸		湯鼎		
音	音	徐王子旃鍾		
韻		徐王子旃鍾		

龢		 儔兒鐘		
諎		 徐茜尹征城		
兵		 徐茜尹征城		
響		 庚兒鼎		
爲		 余大子鼎		
又		 徐王禹又耑		
尹		 者旨型爐盤	 徐茜尹征城	 湯鼎
父		 徐王子旃鍾	 沈兒鎛	 儔兒鐘
		 儔兒鐘		
及		 徐王義楚觶	 徐王子旃鍾	 沈兒鎛
叔		 徐王子旃鍾	 （且）沈兒鎛	
臣		 儔兒鐘		

尋	(字形)	達邥編鍾		
故	故	徐茜尹征城		
敂		者旨型爐盤		
歔		沈兒鎛		
攴		沈兒鎛		
攷		達邥鼎		
用	用	徐王義楚觶	余大子鼎	宜桐盂
		庚兒鼎	庚兒鼎	庚兒鼎
		庚兒鼎	達邥編鍾	徐王之子羽戈
		徐王糧鼎	徐王糧鼎	徐王糧鼎
		徐王義楚元子劍	徐缶蓋	沈兒鎛
		余子汆鼎	湯鼎	儔兒鐘
		達邥鼎		

眉		庚兒鼎	徐王子旃鍾	徐茜尹征城
		徐缶蓋	湯鼎	
自		徐王義楚觶	庚兒鼎	徐王義楚元子劍
		湯鼎	沈兒鎛	徐王義楚盥盤
		者旨型爐盤	徐茜尹征城	徐缶蓋
白		余大子鼎		
者		者旨型爐盤	徐茜尹征城	徐茜尹征城
百		沈兒鎛	余子氽鼎	
習		徐王子旃鍾		
羽		徐王之子羽戈		
隹		徐王義楚觶	余大子鼎	宜桐盂
		庚兒鼎	徐王子旃鍾	遱邔編鐘

		蓬邚編鍾	沇兒鎛	湯鼎
		儔兒鐘	蓬邚鼎	
雔	雔	徐王糧鼎		
鳴	鳴	蓬邚編鍾		
烏	烏	儔兒鐘		
惠	惠	沇兒鎛		
敢	敢	湯鼎		
利	利	徐缶蓋		
劍	劍	徐王義楚元子劍	徐茜尹征城	
初	初	余大子鼎	宜桐盂	庚兒鼎
		蓬邚編鍾	徐王子旃鍾	徐茜尹征城
		沇兒鎛	湯鼎	儔兒鐘

其	其	蓬邾鼎		
		余大子鼎	徐王子旃鍾	徐王子旃鍾
		徐王義楚元子劍	徐王義楚盥盤	徐王糧鼎
		徐王糧鼎	者旨型爐盤	徐缶蓋
		沈兒鎛		
甚	是	蓬邾鼎		
旨	旨	者旨型爐盤		
曰	曰	儔兒鐘		
于	亏	徐王義楚觶	余大子鼎	蓬邾編鍾
		徐王子旃鍾	沈兒鎛	沈兒鎛
		儔兒鐘		
喜	喜	徐王子旃鍾	沈兒鎛	
嘉	嘉	徐王子旃鍾	沈兒鎛	

鼓				
		徐王子旃鍾	沈兒鎛	
盂				
		宜桐盂		
盧				
		者旨型爐盤		
虘				
		達邡鼎		
盥				
		徐王義楚盥盤		
岴				
		湯鼎		
糧				
		徐王糧鼎		
飲				
		宜桐盂	庚兒鼎	儔兒鐘
缶				
		徐缶蓋		
知				
		湯鼎		
享				
		徐王義楚觶	達邡編鍾	徐茜尹征城

楷書	字形			
良		湯鼎		
舞		儔兒鐘		
桐		宜桐盂		
盤		徐王禹又耑	徐王義楚盥盤	者旨型爐盤
		沇兒鎛		
樂		達邠編鍾	徐王子旃鍾	沇兒鎛
		儔兒鐘		
無		庚兒鼎	徐王子旃鍾	徐茜尹征城
		徐缶蓋	沇兒鎛	湯鼎
		儔兒鐘		
楚		徐王義楚觶	義楚觶	徐王義楚元子劍
		徐王義楚盥盤	達邠編鍾	

才	＃	徐茜尹征城		
之	凵	義楚觶	余大子鼎	宜桐盂
		宜桐盂	徐王之子羽戈	庚兒鼎
		邍邟編鍾	邍邟編鍾	邍邟編鍾
		徐王子旃鍾	徐王之子羽戈	徐王禹又耑
		徐王禹又耑	者旨型爐盤	徐缶蓋
		徐缶蓋	沇兒鎛	沇兒鎛
		余子汆鼎	湯鼎	儔兒鐘
		儔兒鐘	儔兒鐘	邍邟鼎
南	峀	邍邟編鍾		
生	坐	徐王子旃鍾	沇兒鎛	
購	購	儔兒鐘		
賓	賓	徐王子旃鍾	徐王糧鼎	沇兒鎛

邾	𨝋	徐王義楚觶	宜桐盂	庚兒鼎
		徐王子旃鍾	徐王之子羽戈	徐王禹又觶
		徐王義楚元子劍	徐王義楚盥盤	徐王糧鼎
		者旨型爐盤	徐茜尹征城	沇兒鎛
		湯鼎		
邟		達邟編鍾		
日	日	徐王義楚觶	宜桐盂	徐王子旃鍾
		徐茜尹征城	湯鼎	
時	暊	達邟鼎		
旃		徐王子旃鍾		
月	𝌠	徐王義楚觶	余大子鼎	宜桐盂
		庚兒鼎	達邟編鍾	徐王子旃鍾
		徐茜尹征城	沇兒鎛	湯鼎

期	𣇿	僑兒鐘	遱𨛫鼎	
		徐王子旃鍾	徐缶蓋	沇兒鎛
		湯鼎		
明	𖩝	沇兒鎛	湯鼎	
盟	𥁰	徐王子旃鍾		
鼎	鼎	淦鼎	徐王糧鼎	余子汆鼎
		湯鼎	遱𨛫鼎	
兼	𩙿	徐王子旃鍾		
糧	糧	宜桐盂		
耑	耑	義楚觶	徐王禹又耑	徐王禹又耑
寶	寶	徐王義楚觶	余大子鼎	遱𨛫鼎
宜	宜	宜桐盂		

客		徐王子旃鍾	徐王糧鼎	
疾		者旨型爐盤		
人		徐茜尹征城		
保		徐王義楚觶	達邡編鍾	徐缶蓋
		沇兒鎛	湯鼎	
微		徐茜尹征城		
俗		湯鼎		
儔		儔兒鐘		
伐		達邡鼎		
從		達邡鼎		
身		徐王義楚觶		
躬		湯鼎		
壽		宜桐盂	庚兒鼎	徐王子旃鍾

		徐茜尹征城	徐缶蓋	沈兒鎛
		湯鼎	湯鼎	
考	老	徐王義楚觶		
考	老	儔兒鐘		
方	方	徐王子旃鍾	達邟鼎	
兒	兒	庚兒鼎	沈兒鎛	儔兒鐘
		儔兒鐘		
允	允	達邟編鍾		
兄	兄	儔兒鐘	徐王子旃鍾	沈兒鎛
先	先	達邟編鍾		
次	次	徐缶蓋		
飲	飲	沈兒鎛	儔兒鐘	

題	題	蓬邿編鍾		
頷		徐缶蓋		
文	文	徐王義楚觶		
敬	敬	湯鼎	儔兒鐘	
庶	庶	徐王子旃鍾	沇兒鎛	
奧		宜桐盂		
易	易	沇兒鎛		
大	大	余大子鼎		
罪	罪	徐缶蓋		
夫	夫	蓬邿鼎		
心	心	蓬邿編鍾		
怂		徐王義楚觶		
患		沇兒鎛	沇兒鎛	

涂	𣵀	湯鼎		
沈	𣳦	沈兒鎛		
溉	𣴴	徐王禹又耑		
津	𣲋	湯鼎		
湯	湯	湯鼎		
淦		淦鼎		
永	𣱱	徐王義楚觶	余大子鼎	宜桐盂
		徐缶蓋	沈兒鎛	湯鼎
羕	𣱱	遱邟編鍾	遱邟鼎	
魚	𩵋	徐王糧鼎		
孔	𣃁	徐王子旃鍾	沈兒鎛	沈兒鎛
至	𦤶	徐茜尹征城		
聖	𦔻	湯鼎		

聞	聞	徐王子旃鍾		
擇	擇	徐王義楚觶	鄝邟編鍾	鄝邟編鍾
		徐王子旃鍾	徐王義楚盥盤	者旨型爐盤
		沇兒鎛		
妻	妻	余大子鼎		
妹	妹	宜桐盂		
好	好	余大子鼎		
媞	媞	鄝邟編鍾		
婿		湯鼎		
民	民	僑兒鐘		
畢	畢	鄝邟編鍾	鄝邟鼎	
戈	戈	徐王之子羽戈		
我	我	徐王義楚觶	鄝邟編鍾	鄝邟編鍾

		達邡編鍾	達邡編鍾	沇兒鎛
		儔兒鐘		
義	義	徐王義楚耑	義楚耑	徐王義楚元子劍
		徐王義楚盥盤	沇兒鎛	
乍	乍	宜桐盂	庚兒鼎	達邡編鍾
		達邡編鍾	徐王義楚元子劍	徐王義楚盥盤
		者旨型爐盤	徐茜尹征城	徐缶蓋
		沇兒鎛	湯鼎	達邡鼎
匽	匽	沇兒鎛		
孫	孫	徐王義楚耑	宜桐盂	宜桐盂
		達邡編鍾	徐茜尹征城	者旨型爐盤
		徐缶蓋	儔兒鐘	儔兒鐘

		蓬邡鼎		
緜	緜	庚兒鼎		
卵	卵	徐缶蓋		
型	型	者旨型爐盤		
城	城	徐茜尹征城		
疆	疆	庚兒鼎	徐茜尹征城	
金	金	徐王義楚耑	蓬邡編鍾	蓬邡編鍾
		徐王義楚元子劍	徐王義楚盥盤	徐王糧鼎
		者旨型爐盤	徐缶蓋	沇兒鎛
		儔兒鐘	蓬邡鼎	
鑄	鑄	蓬邡編鍾	蓬邡編鍾	徐王糧鼎
		儔兒鐘	蓬邡鼎	

鐘	鐘	蓬邿編鍾	蓬邿編鍾	徐王子旃鍾
		沇兒鎛	儔兒鐘	
鎛	鎛	儔兒鐘		
鏐	鏐	蓬邿編鍾		
鍴		徐王義楚𩜯		
鏽		蓬邿編鍾		
鋁		儔兒鐘		
且	且	儔兒鐘		
斯	斯	儔兒鐘		
四	四	徐王子旃鍾	蓬邿鼎	
五	五	余大子鼎		
六	六	蓬邿鼎		
九	九	儔兒鐘		

萬	𧒦	徐王子旃鐘	徐茜尹征城	逄邟鼎
禹	禼	徐王禹又耑		
丁	个	徐王義楚觶	庚兒鼎	逄邟編鐘
		沈兒鎛	儔兒鐘	逄邟鼎
成	𢦏	沈兒鎛		
己	𢎘	宜桐盂		
庚	𩇩	庚兒鼎	徐茜尹征城	沈兒鎛
		湯鼎		
癸	癸	徐王子旃鐘		
子	𢀗	徐王義楚觶	余大子鼎	逄邟編鐘
		徐王義楚元子劍	徐王子旃鐘	庚兒鼎
		宜桐盂	徐王之子羽戈	徐茜尹征城
		徐缶蓋	沈兒鎛	湯鼎

		余子氽鼎	遳邚鼎	
字	宇	儔兒鐘		
穀	毃	湯鼎		
季	季	宜桐盂		
辰	辰	余大子鼎		
以	㠯	宜桐盂	徐王子旃鍾	徐王子旃鍾
		徐王子旃鍾	徐王子旃鍾	徐王子旃鍾
		沇兒鎛	沇兒鎛	沇兒鎛
		湯鼎		
申	申	遳邚鼎		
酉	酉	徐王義楚耑	沇兒鎛	宜桐盂
酢	酨	徐王義楚耑		
亥	亥	庚兒鼎	遳邚編鍾	徐王子旃鍾

		沈兒鎛	儔兒鐘	逢邗鼎
臽		湯鼎		
㝨		宜桐盂		
戩		逢邗編鍾		
斡		徐王子旃鍾		
糶		徐王糧鼎	庚兒鼎	
肴		湯鼎		
絺		湯鼎		
汆		余子汆鼎		
𢓓		儔兒鐘		
饗		逢邗鼎	逢邗鼎	
饔		逢邗鼎		

合文與待識字			
皇	皇	（皇皇合文）沈兒鎛	
世	世	（世世合文）徐王糧鼎	
孫	孫	（孫孫合文，下同） 遱邟編鍾	（合文）徐王子旃鍾 |（合文）徐王糧鼎
		（合文）徐缶蓋	（合文）沈兒鎛 |（合文）儔兒鐘
它	它	（它它合文）遱邟編鍾	
子	子	（子子合文，下同） 遱邟編鍾	（合文）徐王子旃鍾 |（合文）徐王糧鼎
		（合文）徐缶蓋	（合文）沈兒鎛	
巳	巳	（巳巳合文） 遱邟編鍾	
熙		（熙熙合文） 徐王子旃鍾	
韹		（韹韹合文） 徐王子旃鍾	
箸		（箸箸合文） 徐王子旃鍾